『三国志演義』年表

年	劉備《りゅうび》	曹操《そうそう》	その他の勢力
168年			● 後漢《ごかん》12代・霊帝《れいてい》が即位、宦官《かんがん》の専横が始まる（P.30）
184年	劉備・曹操ら諸将の活躍により、黄巾の乱が終結する（P.36）		● 黄巾《こうきん》の乱が勃発する（P.32）
189年		● 曹操、董卓《とうたく》暗殺に失敗し逃亡。 ● 曹操が反董卓連合軍を集める（P.58）	● 霊帝が病死、13代・少帝《しょうてい》が即位（P.56） ● 宦官らが何進《かしん》を殺害 ● 袁紹《えんしょう》らが宦官を殺害 ● 董卓が少帝を廃し、14代・献帝《けんてい》を即位させる（P.58）
190年	反董卓連合軍が結成される（P.58）		
191年		汜《し》水《すい》関《かん》・虎《こ》牢《ろう》関《かん》の戦い	● 董卓が洛陽《らくよう》から長安《ちょうあん》への遷都《せんと》を強行 ● 孫堅《そんけん》が玉璽《ぎょくじ》を発見（P.86） ● 孫堅が戦死する、子・孫策《そんさく》が跡を継ぐ
192年			● 董卓が呂布《りょふ》に殺される（P.60）
193年		● 曹操が徐州《じょしゅう》の民衆を虐殺する（P.62）	
194年	● 劉備が陶謙《とうけん》の援軍に駆けつける ● 陶謙が病死。劉備が跡を継ぎ、徐州の主となる	呂布と曹操が兗州をめぐって対立	
196年	● 劉備が呂布に徐州を奪われる（P.64）	● 曹操が献帝を許昌《きょしょう》に迎える（P.88）	● 孫策が江東《こうとう》を手に入れる（P.86）
198年		下邳《かひ》の戦い	
199年	● 劉備が袁術《えんじゅつ》討伐を行い、そのまま徐州で独立	● 曹操が暗殺計画の首謀者・董承《とうじょう》を処刑（P.88）	● 袁紹が公孫瓚《こうそんさん》に勝つ
200年	劉備が曹操に攻撃される。関羽《かんう》が曹操に降伏	客将の関羽が袁紹軍の武将・顔良《がんりょう》と文醜《ぶんしゅう》を討ち取る（P.90） 官渡《かんと》の戦い（P.90）	● 孫策が急死、弟・孫権《そんけん》が跡を継ぐ（P.86）
201年	劉備が曹操に攻撃され、劉表《りゅうひょう》のもとへ逃げる（P.90）		

	劉備（蜀《しょく》）	曹操（魏《ぎ》）	孫権（呉《ご》）
206年		● 曹操が袁家を滅ぼす（P.90）	
208年	● 諸葛亮《しょかつりょう》が劉備の軍師となる ● 劉表が病死、子・劉琮《りゅうそう》が跡を継ぐ（P.116）	● 劉琮が曹操に降伏、曹操は荊州《けいしゅう》を獲得	
	長坂《ちょうはん》の戦い（P.116）		
	● 諸葛亮が孫権を説得し同盟成立（P.118）		
	赤壁《せきへき》の戦い（P.118）		
	● 劉備が荊州南部のほとんどを獲得（P.142）		
209年	● 劉備と孫権の妹が結婚する		
211年	● 劉備が劉璋《りゅうしょう》の援軍に向かう（P.146）	● 曹操が西涼《せいりょう》の馬超《ばちょう》を破る（P.144）	
212年		濡須口《じゅしゅこう》の戦い（P.120）	
214年	● 劉璋が劉備に降伏、劉備は益州《えきしゅう》（蜀）を獲得（P.146）		
215年		● 曹操が張魯《ちょうろ》を攻撃し漢中《かんちゅう》を奪う（P.148）	
		合肥《がっぴ》の戦い（P.120）	
216年		● 曹操が魏王になる（P.148）	
218年	劉備・曹操がそれぞれ漢中へ出陣（P.148）		
219年	定軍山《ていぐんざん》の戦い		
	● 劉備が漢中王になる		
	樊城《はんじょう》の戦い（P.170）		
	● 関羽が呂蒙《りょもう》に敗れる（P.172）		
220年		● 曹操が病死し、子・曹丕《そうひ》が跡を継ぐ（P.174） ● 曹丕が皇帝になり、魏が建国される	
221年	● 劉備が皇帝になり、蜀（蜀漢《しょくかん》）が建国される（P.176）	曹丕が孫権に呉王の位を授ける（P.178）	
222年	● 夷陵《いりょう》の戦い（P.178）		
223年	● 劉備が病死し、2代・劉禅《りゅうぜん》が即位 ● 呉蜀同盟成立（P.200）		

[illegible]年		魏が呉を攻撃するが大敗（P.200）	
225年	●諸葛亮が南中を征伐		
226年		●曹丕が病死し、（曹操から数えて）3代・曹叡《そうえい》が即位	
227年	諸葛亮の第1次北伐《ほくばつ》（P.202）		
228年	第2次北伐	石亭の戦い（P.204）	
229年	第3次北伐（P.206）		●孫権が皇帝になり、呉が建国される（P.204）
230年	第4次北伐		
231年	第5次北伐		
234年	第6次北伐（五丈原《ごじょうげん》の戦い）（P.208）		
235年	●諸葛亮の遺言に従い、体制を一新（P.210）		
238年		●司馬懿《しばい》が公孫淵《こうそんえん》の反乱を鎮圧（P.212）	
239年		●曹叡《そうえい》が病死し、4代・曹芳《そうほう》が即位	
249年	●姜維《きょうい》が北伐を始める（P.210）	●司馬懿がクーデターを起こし、政権を掌握	
251年		●司馬懿が病死し、子・司馬師《しばし》が跡を継ぐ	
252年			●孫権が病死し、2代・孫亮《そんりょう》が即位（P.214）
253年		魏が呉の諸葛恪《しょかつかく》を撃退	
254年		●曹芳が司馬師に廃され、5代・曹髦《そうぼう》が即位	
255年		●司馬師が病死し、弟・司馬昭《しばしょう》が跡を継ぐ	
258年			●孫亮が孫綝《そんちん》に廃され、3代・孫休《そんきゅう》が即位
260年		●曹髦が司馬昭に殺され、6代・曹奐《そうかん》が即位	
263年	劉禅が魏の鄧艾《とうがい》に降伏し、蜀が滅亡（P.210）		
264年		●司馬昭が晋《しん》王になる	●孫休が病死し、4代・孫皓《そんこう》が即位
265年	司馬炎が皇帝になり晋《しん》を建国。魏が滅亡	●司馬昭が病死し、子・司馬炎《しばえん》が跡を継ぐ	
280年	孫皓が晋に降伏し、呉が滅亡。晋が天下を統一する		

『三国志演義』勢力変遷MAP

三国志の時代ごとの勢力MAPです。見出しに記した「CHAPTER」は、対応している本編解説ページを表しており、照らし合わせながら読むと、より理解が深まります。

CHAPTER 1 ～ 2

戦乱の始まり（190年頃）

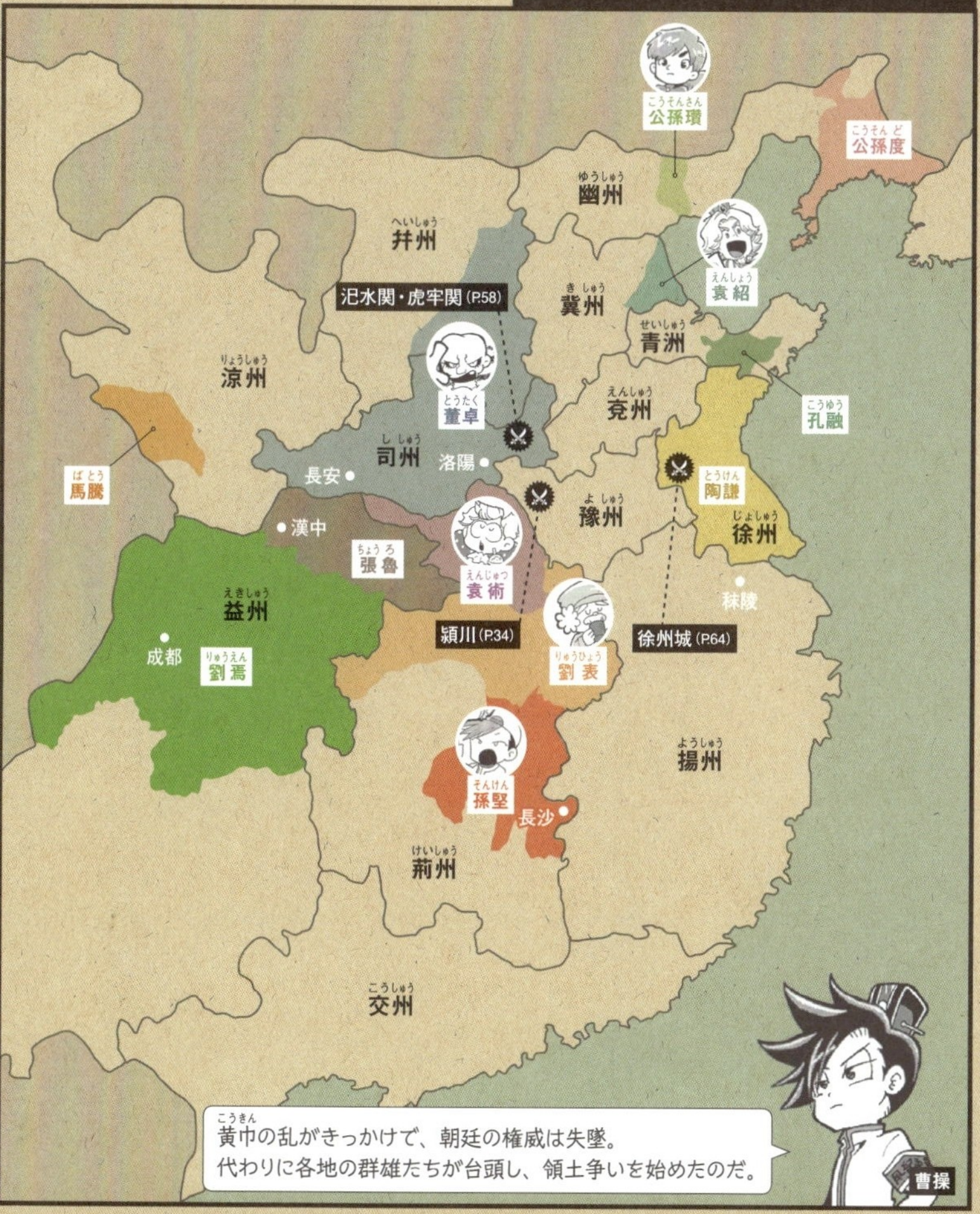

公孫瓚《こうそんさん》
公孫度《こうそんど》
幽州《ゆうしゅう》
并州《へいしゅう》
袁紹《えんしょう》
汜水関・虎牢関（P.58）
冀州《きしゅう》
青洲《せいしゅう》
涼州《りょうしゅう》
董卓《とうたく》
兗州《えんしゅう》
孔融《こうゆう》
司州《ししゅう》
洛陽
長安
馬騰《ばとう》
陶謙《とうけん》
豫州《よしゅう》
徐州《じょしゅう》
漢中
張魯《ちょうろ》
袁術《えんじゅつ》
秣陵
益州《えきしゅう》
潁川（P.34）
徐州城（P.64）
成都
劉焉《りゅうえん》
劉表《りゅうひょう》
揚州《ようしゅう》
孫堅《そんけん》
長沙
荊州《けいしゅう》
交州《こうしゅう》
黄巾《こうきん》の乱がきっかけで、朝廷の権威は失墜。
代わりに各地の群雄たちが台頭し、領土争いを始めたのだ。
曹操

—— 当時の州境界線
● 主要都市・地名
⚔ おもな戦場

CHAPTER 5 ~ 7

三国に分かれる(217年頃)

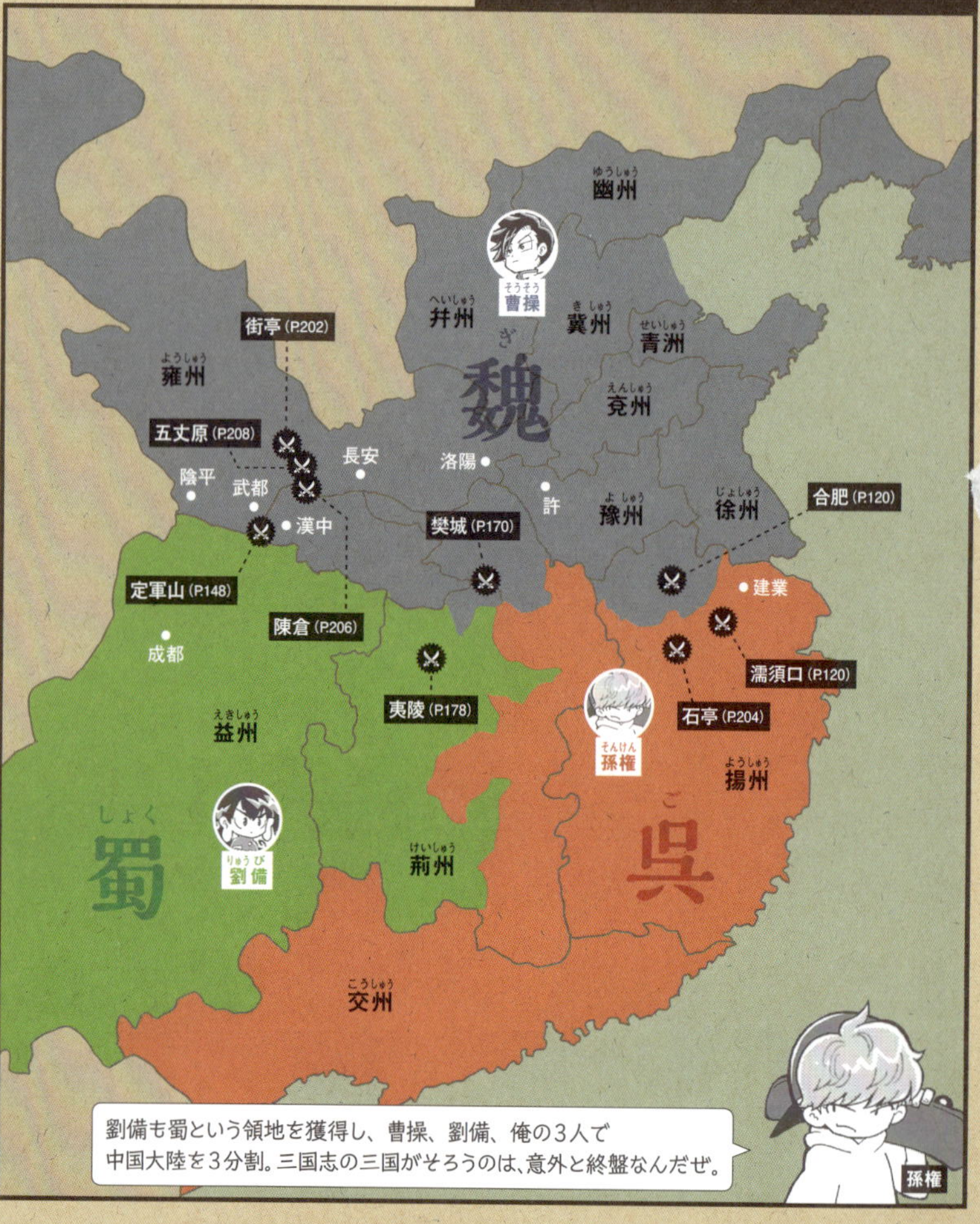

CHAPTER 2 ～ 4

群雄割拠の時代（197年頃）

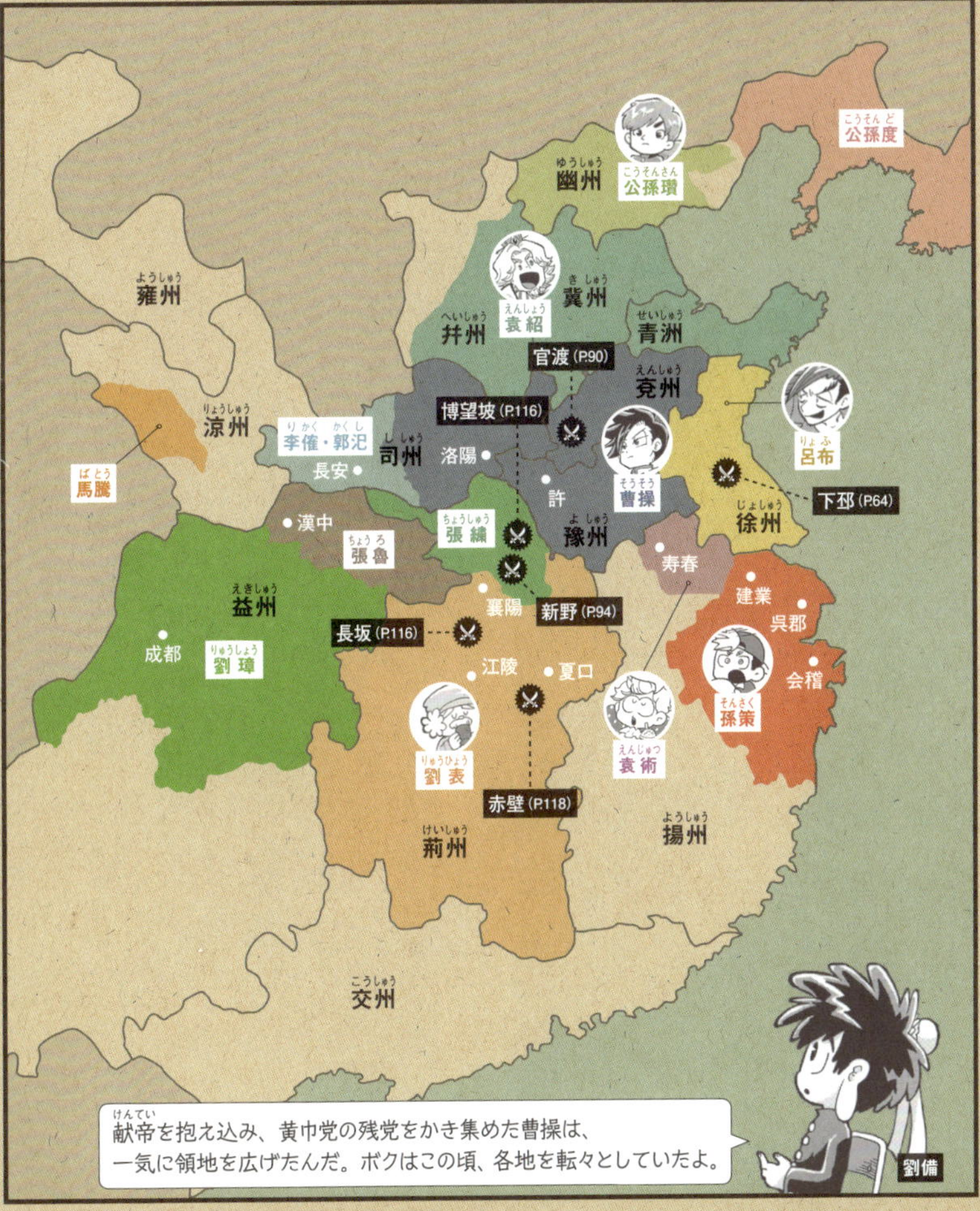

マンガで教養

やさしい三国志

YASASHII-SANGOKUSHI

一生モノの基礎知識

監修｜岡本伸也　　マンガ｜明加

プロローグまんが
おしえて！孔明くん
孔明孔明！
「三国志」っていう おもしれー小説が あるって聞いたけど どんな話なの？
関羽《かんう》
張飛《ちょうひ》
ハーッ
あなたたちは 三国志の 登場人物なのに
そんなことも 知らないのですね
優等生
諸葛亮《しょかつりょう》（孔明《こうめい》）
バーン
バカにするな！ 三国志とは
中国の 古い話だ！
オー
ほうほう して その内容は？

レッスン1
そもそも
三国志ってどんな話？
殷《いん》 周《しゅう》 秦《しん》 前漢《ぜんかん》 新《しん》 後漢《ごかん》 三国 晋《しん》
三国志は後漢末期に起こった黄巾《こうきん》の乱から晋の天下統一までの群雄割拠時代の話です
三国（3つの勢力）とは曹操《そうそう》の「魏《ぎ》」
孫権《そんけん》の「呉《ご》」
劉備《りゅうび》の「蜀《しょく》」を意味します
魏は皇帝を抱え込むことで強大なパワーを得た国
献帝
漫画では「風紀委員」
呉は豪族の連合軍自分たちの領土の安全が確保されることが一番の目的の国
スポーツ科
蜀は前漢を立ち上げた劉邦《りゅうほう》の末裔とされる劉備が自らを正統とし打倒・魏を目指す国
真・生徒会
どこが勝つかな？

レッスン2
いつの話？
三国志の舞台は3世紀頃の古代中国…
ハイ！問題です！
3世紀は現代からどのくらい前？
えっ
約1800年前！
ビシ
正解
そろばん
西暦184年〜280年の約100年間
日本は弥生《やよい》時代で邪馬台国《やまたいこく》の記録で有名な『魏志《ぎし》』の「倭人伝《わじんでん》」は三国時代の魏で書かれたものですよ
弥生時代…
ひみこ？…
弥生時代
魏志倭人伝
レッスン3
史実なの？
三国志には3世紀末の歴史書『三国志』（通称：正史《せいし》）と
14世紀の小説『三国志演義《えんぎ》』の2つがあります
演義
正史

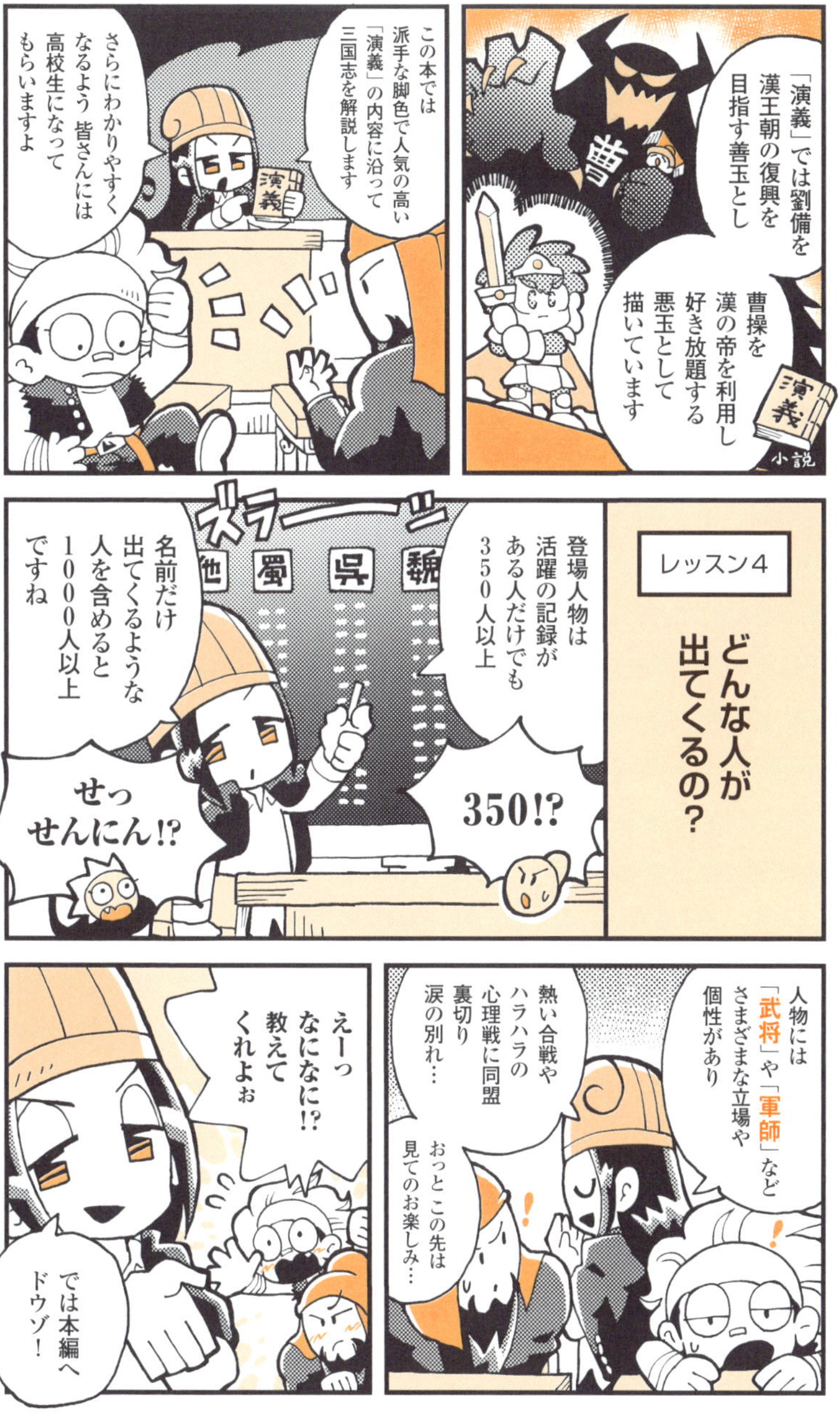
「演義」では劉備を漢王朝の復興を目指す善玉とし
曹
曹操を漢の帝を利用し好き放題する悪玉として描いています
演義
小説
この本では派手な脚色で人気の高い「演義」の内容に沿って三国志を解説します
演義
さらにわかりやすくなるよう 皆さんには高校生になってもらいますよ
レッスン4
どんな人が出てくるの？
登場人物は活躍の記録がある人だけでも350人以上
ズラーーーッ
魏
呉
蜀
他
350!?
名前だけ出てくるような人を含めると1000人以上ですね
せっせんにん!?
人物には「武将」や「軍師」などさまざまな立場や個性があり
熱い合戦やハラハラの心理戦に同盟裏切り涙の別れ…
おっとこの先は見てのお楽しみ…
えーっなになに!?教えてくれよぉ
では本編へドウゾ！

CONTENTS

・人物名の読み方など、異説があるものもありますが、最も一般的と思われる説を記載しています。
・本書では『演義』のストーリーをわかりやすく解説するため、建国以前でも劉備とその配下の勢力を「蜀」、曹操とその配下の勢力を「魏」、孫堅・孫策・孫権とその配下の勢力を「呉」と表記している部分があります。

注意事項

・本書では『正史三国志』を『正史』、『三国志演義』を『演義』と表記しています。『正史』と『演義』についてはP.228参照。
・本書の情報は基本的に『演義』に基づいていますが、一部『正史』や他の歴史書、民間伝承の内容も含まれています。

三国①

劉備を慕い天才集結！田舎から大健闘した国

蜀【しょく】

建国 221年　滅亡 263年　首都 成都

農民の出身だが皇帝の血を引く劉備《りゅうび》は、関羽《かんう》・張飛《ちょうひ》とともに、後漢《ごかん》の平和を守るため旅に出る。やがて曹操《そうそう》が朝廷を支配すると、劉備は献帝《けんてい》から親戚のよしみでSOSを受け、曹操と敵対。そこで劉備は天才戦略家の諸葛亮《しょかつりょう》（孔明《こうめい》）を配下に入れ、パワーアップ！孫権《そんけん》と同盟し、最大最強の曹操軍を打ち破った「赤壁《せきへき》の戦い」を機に、荊州《けいしゅう》の一部と益州《えきしゅう》、曹操の領地である漢中《かんちゅう》を攻め取り最大勢力になった！しかし躍進もここまで。曹操が孫権と密かに同盟したことにより、荊州を孫権に奪われる大失態。さらに曹操死後、子の曹丕《そうひ》が後漢朝を滅ぼし「魏《ぎ》」を建国。ついに後漢の再興という劉備の悲願は叶わなかった。守るべき後漢が無くなった劉備は、魏に対抗して「蜀（蜀漢《しょくかん》）」を建国。劉備死後は、孔明が跡を引き継いで魏と戦い続けたが、人材不足により苦しい立場が続き……。

マンガでは

治安が悪化した後漢高校で、生徒会長を中心にしたみんなが楽しいスクールライフを送ろうと立ち上がった劉備・関羽・張飛の3人。物語の後半では生徒会長を抱え込んだ風紀委員会に対し「真・生徒会」を結成し、打倒・曹操を目指し戦う。

このマンガの登場人物

※( )内は字《あざな》。本編では省略している（詳しくは→P.186）

主人公

劉備《りゅうび》（玄徳《げんとく》）

平和を求め立ち上がる

実は後漢高校初代校長・劉邦の末裔。関羽・張飛とみんなが楽しい学校生活を求め活動。志を同じくする仲間が集まり、一大勢力になった。

関羽《かんう》（雲長《うんちょう》）

劉備・張飛と義兄弟（親友）でケンカが強い。ヒゲがチャームポイント。

張飛《ちょうひ》（翼徳《よくとく》）

劉備の義兄弟（親友）で、関羽同様ケンカが強い。短気なのがたまにキズ。

諸葛亮《しょかつりょう》（孔明《こうめい》）

後漢高校稀代の優等生だが不登校。劉備の志に賛同し仲間になる。

趙雲《ちょううん》（子竜《しりゅう》）

1年生だがケンカの強さは関羽・張飛に並ぶ。よく阿斗に引っ掛かれる。

黄忠《こうちゅう》（漢升《かんしょう》）

見た目はおじいちゃんだが一応高校生。射撃の腕前は後漢高校一。

馬超《ばちょう》（孟起《もうき》）

特撮研究会部長。旧校舎を拠点に特撮研究にいそしむ。風紀委員が大嫌い。

徐庶《じょしょ》（元直《げんちょく》）

孔明のクラスメート。孔明を探す劉備たちに居場所を教えてくれた。

阿斗《あと》【劉禅《りゅうぜん》】

劉備が飼っている猫。劉備一行の動向を見守り、真・生徒会の跡を継ぐ!?

魏延《ぎえん》（文長《ぶんちょう》）

ツノのように出っ張った髪型が特徴。漢中では曹操をあと一歩の所まで追い詰める。

馬岱《ばたい》

特撮研究会副部長で、馬超とはいとこ同士。魏延とケンカしてしまう。

龐統《ほうとう》（士元《しげん》）

孔明・徐庶のクラスメート。孔明と同じくらい頭がいいと言われている。

馬良《ばりょう》（季常《りじょう》）

白い眉毛が特徴の優等生。独断で風紀委員会に攻め込む関羽を諌める。

馬謖《ばしょく》（幼常《ようじょう》）

馬良の弟。頭は良いが、ケンカ必勝マニュアルに頼りがち。

姜維《きょうい》（伯約《はくやく》）

元風紀委員。孔明のスカウトで真・生徒会の仲間になる。

三国②

魏【ぎ】

中国の北半分を制した天下統一の大本命！

建国 220年　滅亡 265年　首都 洛陽

リーダーの曹操《そうそう》は一勢力にすぎなかったが、良い人材をスカウトしまくり一気に大躍進。さらに時の皇帝・献帝《けんてい》を自らの本拠地に迎えると、皇帝の名を借りて政治を自由に操るようになる。「官渡《かんと》の戦い」で当時最大勢力だった袁紹《えんしょう》を破ると、曹操は丞相《じょうしょう》（首相）になり、中国のおよそ北半分を領有。最大勢力になった曹操は、今度は劉表《りゅうひょう》や孫権《そんけん》らから領土を奪おうと、大軍勢を引き連れて赤壁《せきへき》へ侵攻。しかし劉備・孫権連合軍に大敗し、逃げ帰ることになった。その後、西側にある涼州《りょうしゅう》エリアの群雄を倒し、体制を建て直した曹操は、再び最大勢力に！中国全14州のうち、70%の10州を支配した。曹操の死後跡を継いだ曹丕《そうひ》は、それまで形だけでも立てていた献帝から帝位を奪い取り、「魏」を建国。ちなみに、歴史の授業で習う『魏志《ぎし》』「倭人伝《わじんでん》」の「魏」は、この「魏」のこと。曹操も卑弥呼も同時代の人物なのだ。

マンガでは

後漢高校風紀委員長・曹操は、生徒会を乗っ取り、生徒会長・献帝《けんてい》の補佐として新校則を発表。校則違反者は退学という厳しいルールを定め、校内の乱れた風紀を正そうとする。

このマンガの登場人物

※( )内は字《あざな》。本編では省略している(詳しくは→P.186)

風紀委員長

曹《そう》操《そう》(孟《もう》徳《とく》)

厳しいリーダー

厳しい校則をつくり、学校の風紀を正そうとする。極度の能力主義者で、敵味方問わず優秀な人物はスカウト、取り柄のない人物は見下す癖がある。

夏《か》侯《こう》惇《とん》(元《げん》讓《じょう》)

曹操とは親戚関係で、側近として活動する。左目をケガしている。

夏《か》侯《こう》淵《えん》(妙《みょう》才《さい》)

夏侯惇の弟。風紀委員兼サバゲー部部長。射撃の腕前は百発百中と達者。

曹《そう》丕《ひ》(子《し》桓《かん》)

曹操の後継者。自ら生徒会長になり、学校名を曹魏高校に変える。

司《し》馬《ば》懿《い》(仲《ちゅう》達《たつ》)

後漢改め曹魏高校生徒会のブレーンで慎重な性格。諸葛亮《しょかつりょう》(孔明《こうめい》)のライバル。

曹《そう》芳《ほう》(蘭《らん》卿《けい》)

曹丕の引退後、曹魏高校の2代目生徒会長になる。カリスマ性が無い。

曹《そう》髦《ぼう》(彦《げん》士《し》)

曹芳の跡を引き継いだ3代目生徒会長。有能な司馬懿のカリスマ性に圧される。

徐《じょ》晃《こう》(公《こう》明《めい》)

風紀委員会屈指の武闘派で、たびたび劉備《りゅうび》たちとぶつかる。

張《ちょう》遼《りょう》(文《ぶん》遠《えん》)

実は元不良で、呂布《りょふ》と暴れまわっていた過去があり、ケンカも強い。

張《ちょう》部《こう》(儁《しゅん》乂《がい》)

元は特進クラスだったが、風紀委員に降伏した。真・生徒会の馬謖《ばしょく》を追い込む。

許《きょ》褚《ちょ》(仲《ちゅう》康《こう》)

曹操直々のスカウトを受け風紀委員会入りした。とんでもない力持ち。

曹《そう》仁《じん》(子《し》孝《こう》)

曹操の親戚で、風紀委員を結成した当初から所属する。プライドが高い。

龐《ほう》徳《とく》

元特撮研究会だが、訳あって風紀委員に。関羽《かんう》に倒されてしまう。

甄《しん》氏《し》

曹丕の彼女。美人でモテモテ。特進クラスに元カレがいるらしい。

張《ちょう》春《しゅん》華《か》

司馬懿の彼女。ゆるふわ系の美少女だが、実は鬼嫁と噂されている。

三国③

親子で築き上げた国
外交戦略で生き抜く

呉【ご】

建国 229年　滅亡 280年　首都 建業→武昌→建業

孫家一族を中心とした勢力。２２９年に孫家3代目の孫権《そんけん》が蜀《しょく》・魏《ぎ》に対抗し「呉」を建国した。孫権の父・孫堅《そんけん》は反乱討伐で大活躍したが、若くして戦死。跡を継いだ長男・孫策《そんさく》は、群雄を次々とやぶり、たった5年で一大勢力になる。だが孫策もまた、26歳という若さで亡くなってしまう。優秀な父と兄の跡を継いだのが、次男の孫権だ。孫権は、武力はイマイチだったが、フリーダムな豪族たちをまとめ、リーダーとして高い能力を見せた。そんな孫権軍の転機となったのが「赤壁《せきへき》の戦い」。当時最強だった曹操《そうそう》の大軍を、劉備《りゅうび》と同盟し撃破することに成功！ その後も劉備と交流を続けていたが、劉備が漢中《かんちゅう》王を名乗った頃、密かに魏と同盟。劉備と曹操が戦っている隙をつき、劉備の領土を奪取。孫権たちは、蜀・魏どちらが優勢かを見抜き、外交戦略で三国時代を生き抜いたのだ。

マンガでは

後漢高校スポーツ科のリーダー・孫権の元に、風紀委員から校則を守るよう手紙が届く。ブレーン・周瑜《しゅうゆ》はのびのびとスポーツに打ち込んできたスポーツ科を守るため、曹操に立ち向かう。

このマンガの登場人物

※( )内は字《あざな》。本編では省略している(詳しくは→P.186)

リーダー

孫権《そんけん》(仲謀《ちゅうぼう》)

ちょっと弱気なNo.1

兄・孫策がケガで引退したため、急遽リーダーとなった。優秀なスポーツマンの先輩たちと協力し、曹操を迎え撃つ。

孫堅《そんけん》(文台《ぶんだい》)

スポーツ科1代目リーダー。弁当欲しさに反董卓《とうたく》プロジェクトに参加した。

孫策《そんさく》(伯符《はくふ》)

スポーツ科2代目リーダーで、孫権の兄。ケガを負い引退してしまう。

周瑜《しゅうゆ》(公瑾《こうきん》)

スポーツ科のブレーン。曹操と勝負するため赤壁《せきへき》大運動会を企画する。

甘寧《かんねい》(興覇《こうは》)

陸上部のエース。走るスピードなら誰にも負けないと自負している。

黄蓋《こうがい》(公覆《こうふく》)

ラグビー部部長。黄蓋のつくったチャーハンは後漢高校一の美味しさ。

凌統《りょうとう》(公績《こうせき》)

野球部所属の新入生。言葉遣いが悪い甘寧とは馬が合わないらしい。

魯粛《ろしゅく》(子敬《しけい》)

周瑜の後を引き継ぎブレーンになる。運動会で協闘した劉備を信頼している。

呂蒙《りょもう》(子明《しめい》)

魯粛卒業後ブレーンになる。劉備との協力を反対している。

周泰《しゅうたい》(幼平《ようへい》)

ボクシング部所属。孫権のボディーガードも務めている。

韓当《かんとう》(義公《ぎこう》)

柔道部主将。1年生の陸遜がブレーンになったことが気にくわない。

陸遜《りくそん》(伯言《はくげん》)

呂蒙の後輩でともにブレーンになる。真・生徒会を撃退する。

孫夫人《そんふじん》

孫権の妹。劉備と付き合っているが、孫権はあまりよく思っていない。

大喬《だいきょう》

孫策の彼女。チアリーダー部所属。妹の小喬といつも一緒にいる。

小喬《しょうきょう》

周瑜の彼女で大喬の妹。実は曹操に好かれており、周瑜が怒っている。

勢力&人物①

後漢

【ごかん】

役人や群雄に利用される悲しき皇帝たち

建国	25年
滅亡	220年
首都	洛陽→長安→許

中国統一を成し遂げた劉邦《りゅうほう》が紀元前２０６年につくった国「漢」は、途中「新《しん》」に支配された。「新」支配より前を「前漢」、それより後を「後漢」と呼ぶ。三国志の序盤は、後漢皇帝の権威を利用したい者たちによる「皇帝の保護者になる権利」争奪戦が描かれる。12代霊帝《れいてい》の放蕩と世継ぎ争いで政治は乱れ、隙をついた董卓《とうたく》が幼弱な13代少帝《しょうてい》を暗殺し、14代献帝《けんてい》を立てて政権を奪取。董卓死後、献帝は曹操《そうそう》にかくまわれ、そのまま操り人形状態に。最後は曹操の息子・曹丕《そうひ》に帝位を奪われ、後漢は滅亡した。

マンガでは

後漢高校の生徒会長の座は、初代校長・劉邦の子孫に受け継がれてきた。しかし、現会長の霊帝には威厳もプライドもなく、生徒会は堕落しきっていた。

生徒会長

霊帝《れいてい》（劉宏《りゅうこう》）

後漢高校の生徒会長。役員の十常侍とともに、生徒から回収した生徒会費で豪遊、ゲームに明け暮れている。

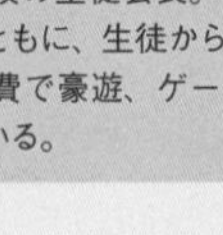

生徒会長

献帝《けんてい》（劉協《りゅうきょう》）

後漢高校最後の生徒会長。臆病な性格で董卓が暴れていた時は隠れていた。のち曹操の保護観察下に置かれる。

勢力＆人物②

黄巾党【こうきんとう】

三国時代のきっかけは宗教団体の反乱だった

教祖の張《ちょう》角《かく》を指導者に、反乱を起こした宗教団体。「蒼（後漢のチームカラー）の世は終わり黄色（黄巾党）の世が来る」を合言葉に、黄色い頭巾を巻いて各地で暴れまわった。これを後漢軍として鎮圧したのが、曹《そう》操《そう》・劉《りゅう》備《び》・孫《そん》堅《けん》ら、のちの三国時代の英雄たち。1年を待たずに乱は収束した。

マンガでは

リーダー・張角率いる不良グループ。頭に黄色い頭巾を巻き、暴れまわっていて、生徒会では手に負えない。

勢力＆人物③

董卓軍【とうたくぐん】

ザ・最強悪役！政権握る悪代官

大将軍・何《か》進《しん》の暗殺事件などで都が大混乱の中「これはチャンス」と、皇帝を保護し悪政を行う。さらに名馬・赤《せき》兎《と》馬《ば》をエサに最強武将・呂《りょ》布《ふ》をスカウトし、向かう所敵なしに。曹操、袁紹、劉備ら反董卓連合軍が結成されて一時追い詰められるも、遷都を強行して難を逃れる。最期は美女の貂《ちょう》蝉《せん》によるハニートラップで仲間割れした呂布に暗殺される。

マンガでは

生徒会長・霊帝の卒業後、その取り巻きがゴタゴタしているうちに生徒会を支配。会長を人質に暴走する。

勢力＆人物④

呂布軍【りょふぐん】

三国志最強の戦士！
女に弱いのがたまにキズ

元は董卓《とうたく》と敵対していた丁《てい》原《げん》の義子だったが、赤兎《せきと》馬《ば》をエサに義父を裏切り董卓につく。反董卓連合軍が結成されると、関羽《かんう》・張飛《ちょうひ》ら猛将と戦うが誰にも負けない武力を誇る。しかし、美女貂蝉《ちょうせん》の計略にかかり董卓を殺害する。その後は李傕《りかく》・郭汜《かくし》や曹操《そうそう》、劉備《りゅうび》と揉め、最後は曹操・劉備の連合軍に殺される。

マンガでは

董卓の舎弟で、愛車「赤兎バイク」にまたがり暴れ回る。董卓と美少女・貂蝉をめぐって対立する。

勢力＆人物⑤

公孫瓚軍【こうそんさんぐん】

白馬に跨る王子様？
劉備の兄貴分

白馬の騎馬隊をつくり「白馬将軍」と呼ばれた劉備《りゅうび》の兄弟子。反董卓《とうたく》連合軍に参加する際は劉備も随行した。袁紹《えんしょう》と対立すると、死にかけたところを傭兵の趙《ちょう》雲《うん》や劉備らの助けで一時勝利した。しかし、それ以降劉備とは疎遠になり、袁紹との戦いでは連敗。最後は味方部隊を見捨てたことから、離反者が続出し滅ぶことに。

マンガでは

劉備の中学生時代の先輩で、乗馬部の部長。劉備を「反董卓プロジェクト」に勧誘する。

勢力＆人物⑥

袁紹軍【えんしょうぐん】

いいとこのボンボン 一時は最大勢力！

霊《れい》帝《てい》の後継争いに巻き込まれたり、混乱に乗じて董《とう》卓《たく》が政治を乗っ取ったりと、踏んだり蹴ったりの袁紹。反董卓連合軍ができると代表になるが、まとめきれず仲間割れ。その後は土地をだまし取ったりしていつの間にか最大勢力になり曹《そう》操《そう》と対立。圧倒的優位な兵力で攻撃するも、油断して大負けし、衰退する。

マンガでは

セレブが所属する特進クラスのナンバーワン。「反董卓プロジェクト」ではリーダーを務めるが……。

勢力＆人物⑦

袁術軍【えんじゅつぐん】

誰も認めてくれないが（自称）皇帝の男！

袁紹の弟で、一応群雄のひとり。反董卓連合軍では補給担当だが職務放棄し、抗議されると部下に責任をなすりつけるダメ上司。孫策に兵を貸してあげる代わりに、皇帝の印をゲットした袁術は勝手に皇帝を名乗り、傲慢に。最期は曹操と劉備に攻め込まれ、兄を頼ろうとするが失敗。「はちみつ水を飲みたい」と言って亡くなった。

マンガでは

兄・袁紹と一緒に「反董卓プロジェクト」に参加するが、呂布の圧倒的強さに、あきらめてしまう。

勢力＆人物⑧

劉表軍

【りゅうひょうぐん】

三国志序盤の英雄で劉備の恩人になる

荊《けい》州《しゅう》の刺史《しし》（治安を監視する役人）。このときの荊州は豪族が争っていたが、劉表は地元の人と協力して統治。その後、孫《そん》堅《けん》が攻めて来たら返り討ちにするなど、政治的手腕を発揮した。しかし、曹操《そうそう》と袁紹《えんしょう》が争い始めると、日和見主義になる。その後は曹操に追われて領地を失った劉備《りゅうび》を受け入れ、領地の一部を分けてあげた。

マンガでは

後漢高校の用務員。初代校長・劉邦《りゅうほう》の末裔で「劉」の姓を持つ。風紀委員に追われる劉備をかくまった。

勢力＆人物⑧

南中

【なんちゅう】

ジャングルの王は前科7犯!? 許され改心して蜀に帰順

蜀《しょく》の南にある未開の地「南中」は、もはやジャングル。そんな南中は蜀の属国的な立ち位置だったが、劉備《りゅうび》が亡くなると、これはチャンスと独立を表明。劉備の跡を継いだ諸葛亮《しょかつりょう》（孔明《こうめい》）はこれを鎮圧、ほどなくしてリーダー・孟獲《もうかく》は捕まるが、降伏しない。そこで孔明は本人が心から降伏するまで捕まえては放つことを7回も繰り返した。

マンガでは

真・生徒会とスポーツ科が同盟を結んだことを知り、真・生徒会の仲間になった不良グループ。

[マンガには出ないけど……重要な人物]

李傕&郭汜

【りかく&かくし】

政治のできない迷コンビ

元董卓《とうたく》配下の役人たち。董卓が死ぬと呂《りょ》布《ふ》を追い出し、反乱を起こした西涼《せいりょう》軍を倒すなど地味に強い。朝廷を掌握するが、献帝《けんてい》の策略で対立。その隙に献帝《けんてい》は曹操《そうそう》のもとに脱走してしまい破滅する。

張繍

【ちょうしゅう】

名参謀のおかげで幸せに

元董卓《とうたく》軍の武将で、参謀・賈詡《かく》に従い曹操《そうそう》に帰順するも、叔父の未亡人を曹操にとられ反逆。賈詡の知恵で曹操を何度も追い詰めたのち、頃合いを見てまた曹操に帰順し、安泰に暮らす。

張魯

【ちょうろ】

「五斗米道」で平和をもたらす

「五斗米道《ごとべいどう》」の教祖。漢中《かんちゅう》に米5斗を差し出すと生活保障するというシステムの国家を築き、30年間平和に暮らす。しかし曹操《そうそう》の侵攻により降伏。漢中を奪われるが、五斗米道の存続自体は許された。

陶謙

【とうけん】

劉備に領土を託す

徐州《じょしゅう》を支配する群雄。部下が曹操《そうそう》の父を殺害した事で曹操の侵攻を受けるが、劉備《りゅうび》の援軍と呂布《りょふ》が曹操領で暴れたため曹操は撤退。なんとか徐州を守った。劉備に徐州を譲り病死。

馬騰

【ばとう】

親友とともに西涼を守る

大親友の韓遂《かんすい》とともに中国北西部の西《せい》涼《りょう》エリアを守る。董卓《とうたく》死後、長安の李《り》傕《かく》・郭汜《かくし》を二人で攻めるが敗れる。馬騰が曹操《そうそう》に殺されると、韓遂は馬騰の子・馬超《ばちょう》とともに曹操に挑むが負けた。

劉璋

【りゅうしょう】

領民を思って降伏した君主

中国南西部の益州《えきしゅう》(蜀《しょく》)を治める。張魯《ちょうろ》や曹操《そうそう》の侵攻を恐れた劉璋は劉備《りゅうび》に援軍を頼むが、まさかの劉備が益州を乗っ取りに来る。徹底抗戦するも城を包囲され、領民を思って素直に降伏する。

CHAPTER 1

黄巾党と乱世の始まり

三国志の物語は、後漢王朝の衰退から始まる。宦官《かんがん》の専横や黄巾党の反乱に疲弊した後漢を救わんと立ち上がったのが、のちの英雄たちである。

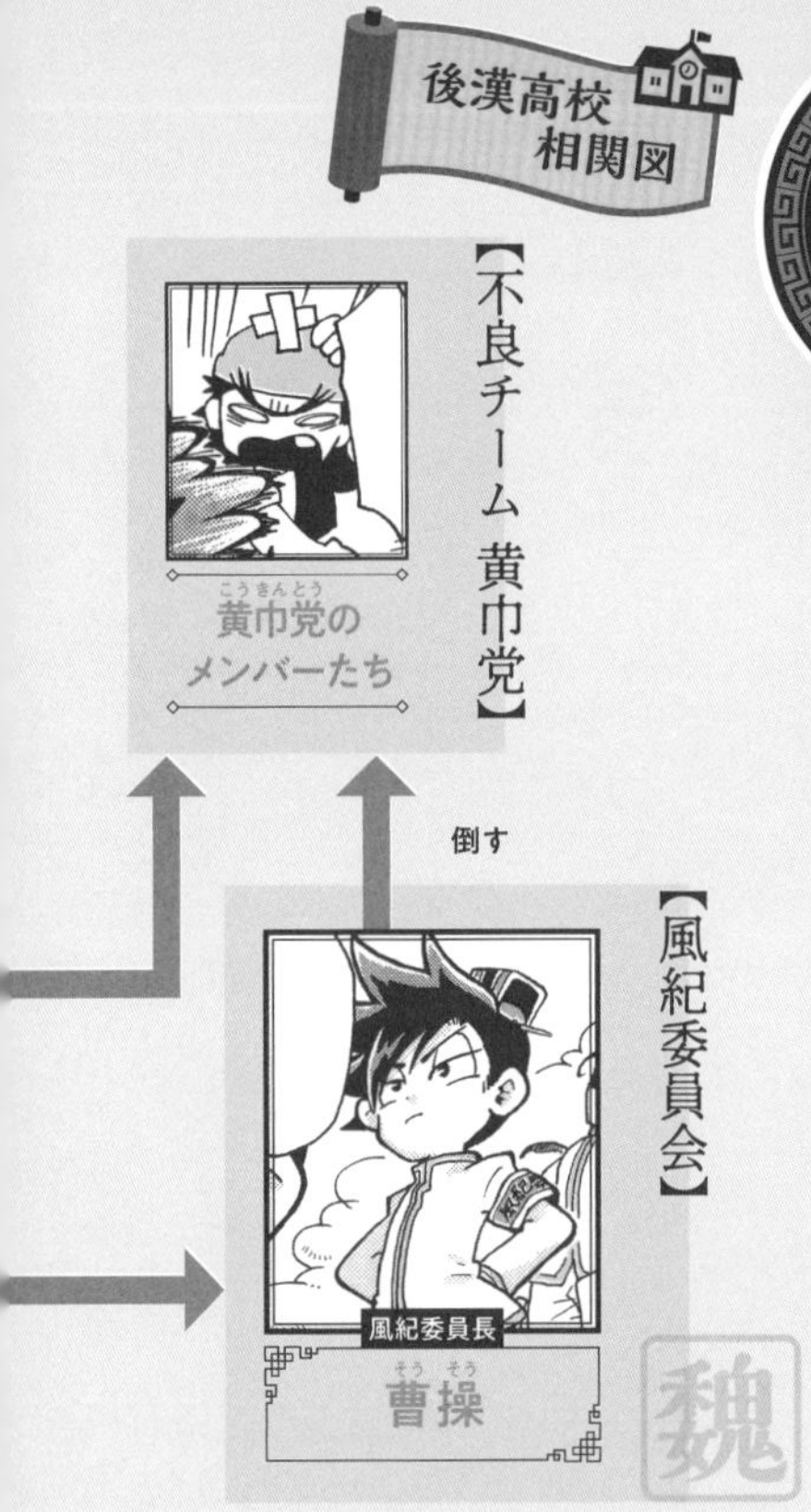
後漢高校
相関図
【不良チーム 黄巾党】
黄巾党《こうきんとう》のメンバーたち
倒す
【風紀委員会】
風紀委員長
曹操《そう　そう》
魏

【ざっくりあらすじ】

諸葛亮（孔明）
三国志といっても、最初から3つの国に分かれていたわけではありません。

張飛
え？ そうなの？

孔明
最初は後漢という1つの大国でした。後漢のトップは、皇帝率いる朝廷です。このマンガでは後漢=高校、帝=生徒

朝廷
【生徒会】
私には
やることが……
ジャマする
生徒会長補佐
十常侍《じゅうじょうじ》
生徒会長
霊帝《れいてい》
子孫
初代校長
劉邦《りゅうほう》
実は子孫
【劉備と仲間たち】
関羽《かんう》
親友
張飛《ちょうひ》
助ける
主人公
劉備《りゅうび》
倒す
のちの
ライバル
蜀

会長です。

張飛
どうしてそんなデカい国が分裂しちゃったんだ？

孔明
皇帝の秘書である十常侍が、若い皇帝よりも強い発言権を持つようになり、政権乱用したのです。それに怒ったのが「黄巾党」という宗教組織。彼らは反乱を起こしました。

張飛
あぶねーやつらだな！

孔明
結局反乱そのものは黄巾党のリーダー・張角が病死し終結しましたが、この時反乱を制圧しようと立ち上がったのが劉備さんや曹操ら三国志の英雄たち。

張飛
なるほど、三国志の始まりは黄巾党の反乱な訳だ！

後漢高等学校
私立後漢《ごかん》高校
広大な敷地に
いくつもの校舎を有する
超巨大スクールである
この高校を
築いたのは
劉邦《りゅうほう》という
伝説の男
以後、この高校の生徒会長は代々
劉家の人間が務めてきた
しかし
長い時が経ち…

史実では、漢王朝は「前漢→新→後漢」と前後半で区別されています。
劉邦は前漢を築いた人物で、後漢は劉秀が築きました。

十常侍は、霊帝の側近だった宦官グループです。霊帝からの寵愛をいいことに、政治を好き放題にしていました。

黄巾党は、妖術使いの張角が開いた宗教組織。
腐敗した朝廷に反乱を起こし、後漢王朝崩壊のきっかけをつくります。

てめぇ
何組だコラ
痛い目みねぇと
分かんねー
ようだな
グッ
黄巾党
ナメてんじゃ
ねーぞ
ゴン
またおまえらか
黄色いの!
弱い者イジメは
許さん!
2年
張飛《ちょうひ》
2年
関羽《かんう》

なんだてめぇら
ウグッ
おい大丈夫か!?
は、はいっ
危ない!
!!
ドカ
バキ
すごい…
!!

劉備さんは前漢を築いた劉邦の末裔ですが、後漢末期には落ちぶれました。
そのため劉備さんはぞうりをつくって生計を立てていました。

福耳は劉邦から代々そうだった訳ではなく、劉備さんだけのチャームポイント。耳たぶが大きく長い耳は吉相なんだそうです。

劉備さん、関羽、張飛の三人は、世の乱れを嘆く熱血漢。
黄巾党討伐の義勇兵募集をきっかけに知り合い、意気投合したのです。

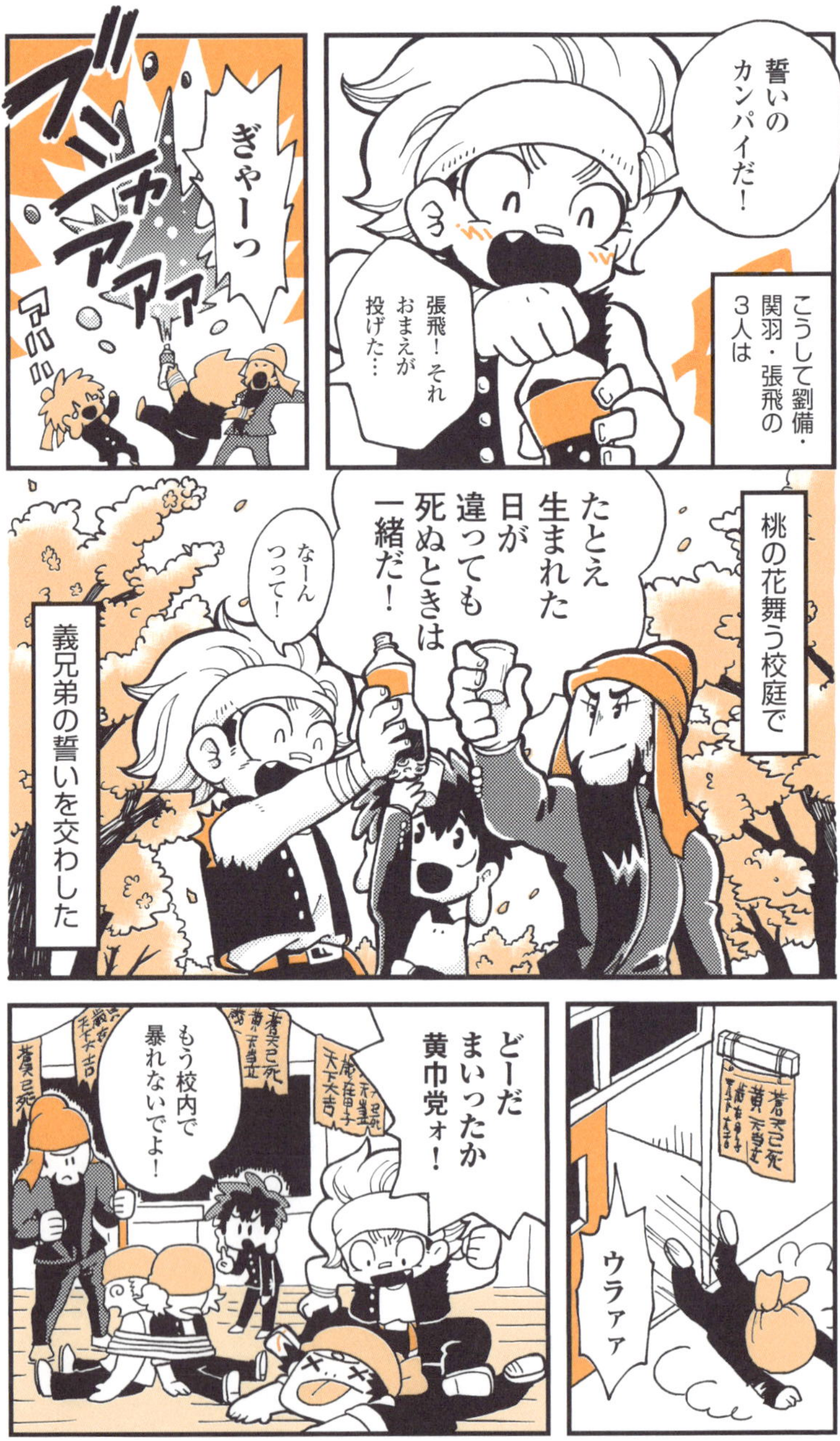

義兄弟とは「兄弟のように固い絆を結んだ間柄」のことで妻の兄弟のような姻戚関係を示す義兄弟とは異なります。今で言うところの「心の友（心の通じ合った友）」でしょうか。

黄巾党のリーダー・張角は、黄巾の乱を起こしてすぐに病死。
弟の張梁・張宝が兄の死を隠して戦いますが、劉備さんや曹操らに倒されました。

時代解説1

後《ご》漢《かん》の凋《ちょう》落《らく》

（144年〜）

主な登場人物

霊帝

宦官（十常侍）

外戚と宦官に食い物にされた後漢

三国志の舞台となったのは、古代中国の後漢。建国から120年近く経った頃から、この王朝は皇帝の外戚《がいせき》（皇帝の母親側の親戚）と宦官《かんがん》（皇帝の居住地に勤め身の回りの世話をする男性）の権力争いで内部から腐敗し始めていた。12代皇帝である霊帝《れいてい》は宦官の汚職や横行を見て見ぬふり。官位を販売する商売ごっこや宮殿づくりに夢中である。霊帝の権力を笠に着た宦官たちは、ライバルの官僚（士大夫《したいふ》）を弾圧する「党錮《とうこ》の禁《きん》」を2度にわたって行うなど、朝廷（後漢の政治中枢）は麻痺しつつあった。一方で重税を課せられた市民の生活は苦しくなるばかりで、人々の間に朝廷への恨みがじわじわと広がっていく。この恨みはやがて「黄巾《こうきん》の乱」という形で爆発することとなる。

孔明のワンポイント解説

後漢を滅ぼした宦官「十常侍《じゅうじょうじ》」

霊帝に仕えた10人の宦官が十常侍。彼らが結託して悪事を働いたため、皇帝の権威は地に落ちたのです。たびたび十常侍追放計画が立てられましたが、結局うまくいきませんでした。霊帝死後、彼らは霊帝の義理の兄である何進《かしん》将軍を暗殺し、皇位継承争いを錯乱させますが、何進の部下である袁紹《えんしょう》に皆殺しにされました。

マンガでは

▲黄巾党を倒しに行こうとした会長にゲームを勧める。

後漢の権威が失われるまで

背景
- 紀元前202年……劉邦《りゅうほう》によって漢が建国される（前漢）
- 8～23年…………一時的に政権が新に奪われる
- 25年……………光武帝が政権を取り戻し漢が復活（後漢）

↓ 144年頃から　皇帝の権威失墜

皇帝の外戚VS宦官の争い始まる

8代・順帝～10代・質帝の時代　外戚が優勢

144年　8代・順帝が死去。その妻・梁太后＆その兄・梁冀が政治を牛耳り始める

↓

9代・沖帝は幼くして病死

↓

10代・質帝《しつてい》は梁冀を批判したため、梁冀に暗殺される

↓ しかし

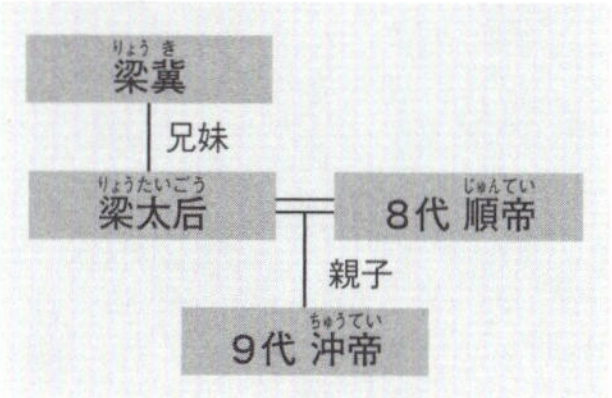

159年　梁太后死去！11代・桓帝は宦官と協力し、梁一族を排除！

11代・桓帝～12代・霊帝　宦官が優勢

166年　第1次党錮の禁

儒教を重んじる官僚たちを弾圧

167年　12代・霊帝即位（当時12歳）

宦官は、さらにやりたい放題に

169年　第2次党錮の禁

官僚を排除し、重要ポストを宦官が独占

↓ 宦官による悪政で朝廷の権威失墜！

民衆大激怒！

黄《こう》巾《きん》の乱《らん》の勃《ぼっ》発《ぱつ》（184年）

100年続く乱世はここから始まった

腐敗した後漢《ごかん》に声を上げたのは道教の一派である「太平道《たいへいどう》」の信者だった。教祖・張角《ちょうかく》と、その弟たち張宝《ちょうほう》・張梁《ちょうりょう》を中心とするこの宗派は、不思議なパワーで人々の病を癒したため瞬く間に全国で信者を増やし、その数は数十万人に。彼らは「蒼天《そうてん》（＝後漢）已《すで》に死す、黄《こう》天《てん》（＝太平道）当《まさ》に立つべし」をスローガンに、反乱を計画。この反乱に参加した人々は、頭にシンボルカラーでもある黄色の布（黄巾）を巻いていたため「黄巾党」と呼ばれた。さらに信者以外にも重税から逃れるために加わる者、混乱に生じて山賊と化す者などが現れ各地で混乱が勃発。都では優秀な官僚が党錮《とうこ》の禁《きん》で追放されていたため、対策が遅れたことも味方し、黄巾党は怒濤の勢いで都へ迫っていった。

孔明のワンポイント解説

黄巾党のスローガン「蒼天已死」

スローガンの「蒼天」は、後漢の比喩とされており、「黄天」は黄巾党を示します。道教の五行《ごぎょう》説では、黄色は青を討ち倒す色。つまり、このスローガンは、黄巾党が後漢を倒し、新たな世をつくるという意味なのです。ちなみに、黄巾党がシンボルカラーに黄色を選んだ理由は、漢民族の祖先である黄帝をリスペクトしたためとも言われています。

▲黄巾党が占拠する教室にも吊るされていますね。

主な登場人物

- 張角
- 張宝
- 張梁

宗教家・張角率いる黄巾党の反乱

背景 霊帝《れいてい》&宦官《かんがん》の悪政に民衆大激怒

そこで立ち上がったのが

張角

太平道の教祖の張角と、
その弟の張宝と張梁が率いる黄巾党の信者たち

太平道とは

- 張角が、山で南華老仙《なんかろうせん》から授かった『太平要術』を聖典に開いた教団
- 張角はこの術書をマスターしてから天候を操ったり、疫病を治す能力を手に入れ、信者を増やした

弟子が弟子を呼び、
信者は数10万人に！

張角は自らを天公将軍と名乗り
反乱を起こした＝黄巾の乱！

張角

蒼天已に死す、黄天当に立つべし
（後漢の時代は終わりだ！ これからは我ら黄巾党の時代じゃ！）

さらに太平道の信者ではないがアンチ朝廷で反乱に参加する者も出現

また、素行の悪い信者が各地で略奪行為を始め、
どさくさに紛れて山賊と化す者も現れる

結果、各地で争いが勃発！ 後漢は混迷を極める

時代解説3

潁《えい》川《せん》の戦《たたか》い

（184年）

官軍

指揮官：皇甫嵩・朱儁

VS

黄巾党

指揮官：張宝・張梁

官軍の勝利！

三国志を彩る英雄たちのデビュー戦

黄《こう》巾《きん》の乱の発生を知った朝廷は、追放した官僚が乱に加担することを恐れ党錮《とうこ》の禁《きん》を解き、皇后の兄である何進《かしん》を大将軍に、盧《ろ》植《しょく》・皇甫嵩《こうほすう》・朱儁《しゅしゅん》らを指揮官に任命した。盧植は黄巾党リーダー・張角《ちょうかく》を倒さんと冀州《きしゅう》へ行き、連戦連勝。皇甫嵩と朱儁は要所・潁川で黄巾党の陣地に火をかけ撃退。しかし黄巾党指揮官の張宝《ちょうほう》と張梁《ちょうりょう》を取り逃がしてしまった。ピンチに陥ったその時、颯爽と現れたのが三国時代の英雄のひとり、曹操《そうそう》である。曹操にとっては初めての戦だったが大活躍、これにより出世していく。この戦いは、呉の基盤をつくった孫堅《そんけん》や、盧植の教え子である劉備《りゅうび》、劉備と誓いを結んだ関羽《かんう》・張飛《ちょうひ》など、後年の英雄たちがこぞって官軍として参戦した戦でもあった。

孔明のワンポイント解説

伝説のはじまり「桃園《とうえん》の誓い」

劉備さんは、黄巾党討伐軍の募集看板を見ていた時に張飛に声をかけられたそうです。その後、劉備さんは、関羽を交えて、「死ぬまで一緒」と宣言し酒を飲む義兄弟の契りを、桃の花が満開の庭園で結びました。これを機に、劉邦の末裔である劉備さんを長男、関羽は次男、張飛を三男として平和を目指し旅に出ます。

マンガでは

▲このマンガでは高校生なのでコーラで乾杯していますね。

潁川の戦いでの曹操&劉備の動き

背景 各地で張角率いる黄巾党が大暴れ

鎮圧するため義理の兄、何進を大将軍に、
皇甫嵩・朱儁・盧植たちを指揮官にしよう!

曹操の動き

皇甫嵩・朱儁たちは
潁川にある黄巾党本陣に火をつける

↓

黄巾党はちりぢりに。しかし黄巾党リーダー
張角の弟・張宝と張梁を取り逃がす

↓

援軍を連れた曹操は
張梁を猛追!

↓ そこで

劉備の動き

元教え子 →

← 先生を手助け

ワシは大丈夫!
潁川でみんなを手伝うんじゃ

↓

劉備、潁川の戦いを手伝い
逃げた張宝を追っていると

↓

捕縛された盧植に会う

宦官への賄賂を
断ったらこのザマじゃ
すまぬ劉備……

こんなのゼッテェおかしいぜ!
オレが力づくで助けてやる!!

だめだ張飛! 今の敵は黄巾党。盧植先生のためにも、まずは黄巾党を倒しに行こう!

↓

その後、盧植の指示に従い
劉備軍は再び潁川へ戻る

劉備は曹操とエンカウント! ライバル同士の初対面だ!

時代解説4

黄《こう》巾《きん》の乱《らん》終《しゅう》結《けつ》

（184年）

官軍

指揮官：皇甫嵩・朱儁

VS

黄巾党

指揮官：張宝・張梁

官軍の勝利！

序章に過ぎなかった黄巾の乱

潁《えい》川《せん》の戦いで敗れた黄巾党は、どんどん勢いを失いつつあった。

そんな中、大ニュースが黄巾党を震撼させる。南華老仙《なんかろうせん》から授かった聖典『太平要術《たいへいようじゅつ》』を悪用した天罰か、黄巾党のリーダー・張角《ちょうかく》が病死したのだ。残された張梁《ちょうりょう》・張宝《ちょうほう》は、官軍相手に必死の攻防を続けるが、抵抗も虚しく二人とも相次いで倒された。トップを立て続けに失った黄巾党は官軍に追われ、事実上瓦解《がかい》。しかし、黄巾党の残党たちは官軍の手を逃れて全国に散らばり、山賊や略奪者になっていった。彼らが各地の村を荒らすことで、全国的に治安は悪化。そんな残党を追う官軍たちにも疲弊が広がり、官僚たちは都を捨て本拠地へ戻っていく。黄巾の乱をきっかけに、朝廷の権威は完全に失墜した。

孔明のワンポイント解説

『正史』では大活躍した「皇甫嵩《こうほすう》」

▲皇甫嵩の火攻めで黄巾党は大パニック！

潁川の戦いや張梁討伐で曹操《そうそう》とともに活躍した皇甫嵩は、『正史』ではもっと活躍しています。『演義』では盧植《ろしょく》や劉備《りゅうび》さん、曹操が黄巾党のトップに攻め込んでいますが、『正史』ではそれらは全部皇甫嵩の手柄となっています。なかなかのツワモノですね。しかしここまでの活躍をしながら、宦官へ賄賂を送らなかったため左遷されてしまいます。『正史』でも『演義』でも宦官の酷さは同じようですね。

黄巾の乱がついに終結

背景 潁川の戦いで黄巾党に大ダメージを与えた官軍
その時、のちにライバルとなる劉備と曹操が出会う

劉備&朱儁《しゅしゅん》は張宝を追う

曹操&皇甫嵩は張梁を追う

このタイミングで黄巾党のリーダー・張角がまさかの病死！

途中、黄巾党に襲われている董卓《とうたく》を発見した。劉備は助けるが、劉備が役職のない一般市民と知った董卓は劉備たちを邪険にする

なんなんだよあいつ！
人が助けてやったのに
お礼くらい言えよ！

張梁は、張角が病死したことを隠して戦い続ける

張梁、ついに曹操らに討ち取られる！

この知らせを聞いた劉備たちやる気UP！

張宝を陽城に追い込む！

劉備たち、全力で攻撃！
戦局が不利だと悟った張宝の部下は、
張宝を裏切り殺害！

黄巾の乱終結！
鎮圧完了！

乱世の英雄対決

戦国 VS 三国

FIRST BATTLE

ついに、夢の対決が実現！ 日本の戦国時代と中国の三国時代。
時代を超えてキャラクターを比べてみれば、もっと彼らの強さ・かしこさがわかっておもしろくなるはずだ！ 見逃せない戦いのゴングが鳴り響く！

ROUND 1 最強はどっち？ 猛将対決

戦国代表 TADAKATSU HONDA
本《ほん》多《だ》忠《ただ》勝《かつ》

徳川家康《とくがわいえやす》の忠臣で、生涯に57の戦場へ出て一度も負傷しなかった鉄壁の守護神。小牧《こまき》・長久手《ながくて》の戦いでは豊臣軍の勇将・森長可《もりながよし》と池田恒興《いけだつねおき》を討つ武功を挙げた。

VS

武芸に秀で「飛将」と呼ばれた。虎牢関《ころうかん》の戦いで劉備《りゅうび》・関羽《かんう》・張飛《ちょうひ》の三人と同時に戦った「三英戦呂布」は名シーンのひとつ。ほかにも、曹操軍の猛将　・典韋《てんい》と許褚《きょちょ》の相手を同時にしている。

三国代表
呂《りょ》布《ふ》 LU BU

勝者
呂布

忠勝は軍全体の連係を重視しており、小牧・長久手の武功も仲間と協力した結果だ。この戦闘スタイルが合戦を勝利に導くが、猛将としては、名だたる武芸自慢を同時に相手した呂布に軍配が上がるだろう。関羽や張飛をまとめてあしらった戦闘力はもはや計測不能。

ROUND 2 マルチタスクな知謀対決

戦国代表 MOTONARI MORI
毛《もう》利《り》元《もと》就《なり》

弱小勢力の毛利家を中国地方の覇者に導いた「謀神」。策略を用いて兵力差を覆すのが得意。吉川《きっかわ》家と小早川《こばやかわ》家に自分の子を送り込むなど、外交にも長ける。

VS

劉備を蜀の君主につけて天下三分の計を実現。合戦ではスタンダードな計略から、風向きを変えるなど超常的な力まで駆使した。法律の制定など行政も得意とし、『正史』では「政治能力のほうが軍事能力より勝っていた」とも。

ZHUGE LIANG 三国代表
諸《しょ》葛《かつ》亮《りょう》（孔《こう》明《めい》）

勝者
毛利元就

諸葛亮の知略は、並ぶ者のないクオリティとスケールを誇る。その知謀は蜀の存続のために巡らされたものだが、蜀は2代で終焉。これに対し元就が繁栄を築いた毛利家は、長州藩主として幕末まで14代続いた。知謀の目的が果たされた点では、元就の勝利といえる。

ROUND 3 カリスマ性あふれるリーダー対決

戦国代表 NOBUNAGA ODA
織《お》田《だ》信《のぶ》長《なが》

能力主義を徹底し、豊臣秀吉《とよとみひでよし》や明智光秀《あけちみつひで》などを重用。伝統や慣習から脱却したビジョンとそれを実現する強烈なリーダーシップに心惹かれる家臣が多かった。

VS

自分が正義だという自信に満ちた態度で多くの家臣を魅了し、人材を適材適所に配置して活躍の場を与えた。袁紹《えんしょう》から主君替えした郭嘉《かくか》や投降した張遼《ちょうりょう》など、曹操に見出されて才覚を発揮した家臣は枚挙に暇がない。

CAO CAO 三国代表
曹《そう》操《そう》

勝者
曹操

最高権力者を後ろ盾にしながら自身はその地位につかない、芸術活動に理解があるなど、共通点が多い両雄。しかし、曹操が66歳で病没したのに対し、信長は49歳で家臣の謀反に遭い自刃する。リーダーとして信頼されていたのは、天寿を全うした曹操だろう。

洛陽《らくよう》通販《つうはん》

これがあれば千人力！

最強武器コレクション

三国志の武将愛用の武器は、
どれも個性的！
ここではそんな武器の
一部をご紹介します。

殺傷力バツグン！

武器01　当店人気No.1

方天画戟

ほうてんがげき

先端の矛で突き刺し、サイドの刃で斬れるマルチな武器。一振で大ダメージを与えられます！

カスタマーレビュー

呂布《りょふ》さん ★★★★★

なぎ払えばみんな吹っ飛ぶ爽快感がヤベエ！

こんな人にオススメ！

- ☑ 腕力に自信がある人
- ☑ 一度にたくさん倒したい人

重さ約※50kgで一撃必殺！

武器02　斬れ味最高！

青龍偃月刀

せいりゅうえんげつとう

敵を一刀両断したいタイプの方にオススメの武器。刃は地元鍛冶屋の特注品です！

カスタマーレビュー

関羽《かんう》さん ★★★★★

敵軍の猛将を一発で蹴散らせた。購入して良かったぞ。

※演義成立時の元～明時代の単位で計算

腕力に自信のない方は投擲タイプがオススメ

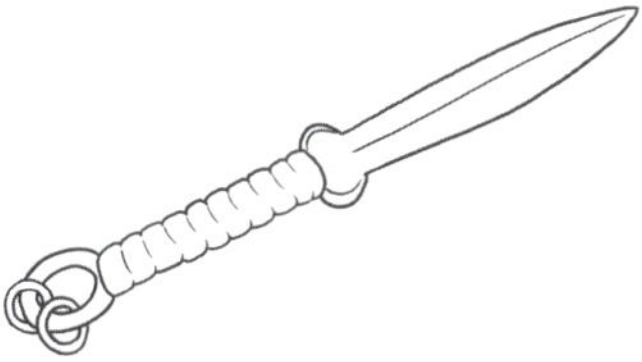

武器04

まとめ買いがお得！

飛刀

ひとう

投げて刺すタイプの短刀です。ジャグリングにも使えます！

カスタマーレビュー

祝融《しゅくゆう》さん ★★★★★

女でも簡単に使える！まぢ最強！

長いリーチで敵を寄せ付けません！

武器03 **迷ったらコレ**

槍

やり

当店一オーソドックスな武器です。戦に不慣れな歩兵の方はぜひ！

カスタマーレビュー

趙雲《ちょううん》さん ★★★★☆

上司の家族を守る時すごく役に立ちました！

これからは連射の時代です！

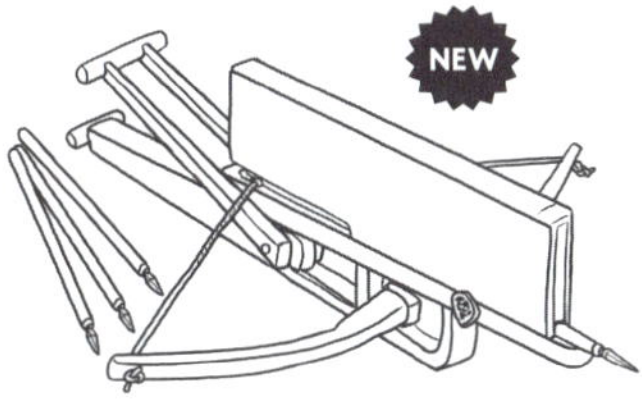

武器06

連弩

れんど

一度に10本の矢をセットできる、ガトリングタイプのボウガンが登場！レバーを引くと1本矢が飛びます。

開発者の声

今まで作成困難と言われていた連射タイプです。ぜひご利用ください。

これを持てばあなたも天才！？

カスタマーレビュー

武器（？）05

羽扇

うせん

儀式や軍配のほか、暑いときにはうちわとしても使えます！

諸葛亮《しょかつりょう》さん ★★★★☆

いつも携帯しております。これを持つと策が思いつくような気がするので。

もっとおもしろくなる！

三国アラカルト
SANGOKU-Alacarte 01

漢《かん》王朝をつくった劉邦ってどんな人？

三国志より約400年前の人物で、霊帝《れいてい》や劉備《りゅうび》らのご先祖様。「兵馬俑《へいばよう》」で有名な秦《しん》の始皇帝《しこうてい》が亡くなると、圧政に不満を持った民衆が各地で反乱を起こした。そのリーダーのひとりでやくざ者の劉邦は人を惹き付ける魅力があり、優秀な人材が集まったため大勢力の将に。秦を滅ぼすと、今度はライバル項《こう》羽《う》と天下を争うことになる。さんざん負け続けたが、最後の最後で勝利をおさめ「漢」をつくり、初代皇帝となったスゴいお方なのだ。人望があって周りに優秀な人材が集まったところは、ちょっと劉備に似ているかも……。

華麗なる劉一族の家系図

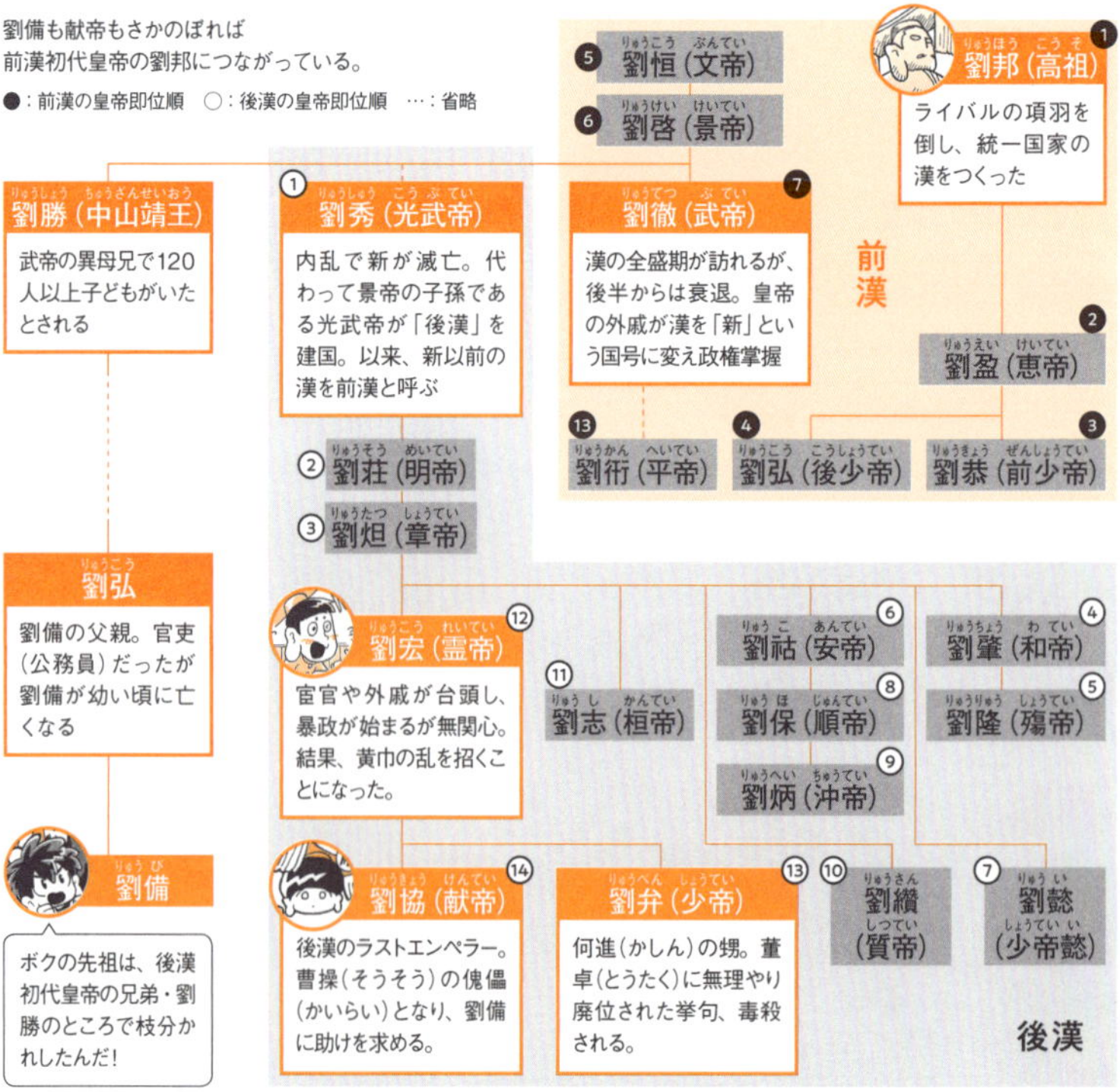

アートで見る三国志 ①

玄徳漢中山靖王劉勝
後胤劉備字玄徳身長
七尺五寸両耳
垂肩両手
過膝洸
慎
寛容
英雄
三雄
桃園結
義之図
關羽字雲長身長九尺五寸
髯長一尺八寸面如
重棗唇如抹
硃丹鳳眼
臥蠶眉相
貌堂々
威風
凛々
張飛字翼徳身長八
尺豹頭環眼燕頷虎
鬚其勢似奔馬

『三国志画伝』より「桃園の誓い」

作画：歌川国安　時代：江戸時代（1830年代）

この絵は「黄表紙（きびょうし）」と呼ばれる江戸時代の大衆小説の挿絵です。我々の活躍は、小説化され、大衆人気を獲得したのです。
左から、俺、劉備の兄貴、関羽だな！ なんか俺だけやたら濃い顔してるな……。
演義
正史

CHAPTER 2

最強最悪！董卓と呂布の台頭

黄巾の乱終結後、今度は董卓と呂布が朝廷を支配した。各地の英雄は打倒董卓を掲げ「反董卓連合軍」を結成するのであった。

後漢高校
相関図
【生徒会】
献
生徒会長
献帝《けんてい》
朝廷
倒したいけど強すぎる！
支配
董卓
【不良たち】
舎弟
呂布《りょふ》
首領
董卓《とうたく》

【ざっくりあらすじ】

張飛　黄巾《こうきん》の乱も終わって、平和になったな！　孔明！

諸葛亮(孔明)　いえ、事態はもっと悪い方向へ進みます。

張飛　え？　なんでだよ！

孔明　霊帝《れいてい》が亡くなり朝廷内で後継者争いが起きたのです。

魏
【反董卓プロジェクト】
【特進クラス】
トップ
袁紹《えんしょう》
【風紀委員会】
風紀委員長
曹操《そうそう》
公孫瓚《こうそんさん》
先輩
関羽《かんう》
義兄弟
張飛《ちょうひ》
主人公
劉備《りゅうび》
クラスメート
美少女
貂蝉《ちょうせん》
忍びこむ
蜀
【劉備と仲間たち】

張飛
はぁ？ 平和になったら今度は内輪もめかよ！

孔明
さらに、その混乱に乗じて董卓が朝廷を牛耳ってしまいました。

張飛
まーたヤベーやつが出てきたのか。よっしゃオレと関羽で追い出してやるよ！

孔明
それが、董卓の部下・呂布が強すぎて誰も歯が立たないんですよ。

張飛
嘘だろ？ オレでもかなわないのか……しょんぼり。

孔明
そこで立ち上がったのは、なんと美少女の貂蝉でした。

張飛
女の子が呂布に勝てる訳ねーじゃん。何考えてんだ？

孔明
みんなそう思ったでしょう。でも貂蝉は秘策を持っていたのですよ……。

史実では12代・霊帝と14代・献帝の間に13代・少帝が即位してますが、本当に一瞬だったのでマンガではカットしますね。

董卓は西涼出身で片田舎の将軍でした。
しかし十常侍と袁紹らがもめている間に帝を抱え込んだのです。

公孫瓚は強い騎馬隊を率いていたのでマンガでは馬術部になっています。
幼い頃は劉備さんと同じ学問所に通ってたそうです。

袁紹は霊帝の義理の兄である何進の部下で、家柄が良く超エリートです。そのエリートぶりから三国志序盤の最大勢力となります。

曹操は最初自ら董卓を暗殺しようとしますがバレて逃亡します。そのため反董卓派の袁紹をはじめとする群雄を呼び寄せ、反董卓連合軍を結成したのです。

呂布は三国志最強と呼ばれている武将。
劉備さん・関羽・張飛の3人がかりで襲いかかっても倒せないほど強いです。

足並みが揃わない反董卓連合軍は解散寸前。曹操はひとり董卓軍を追いますが、敗北。体制を立て直すために連合軍から離脱します。

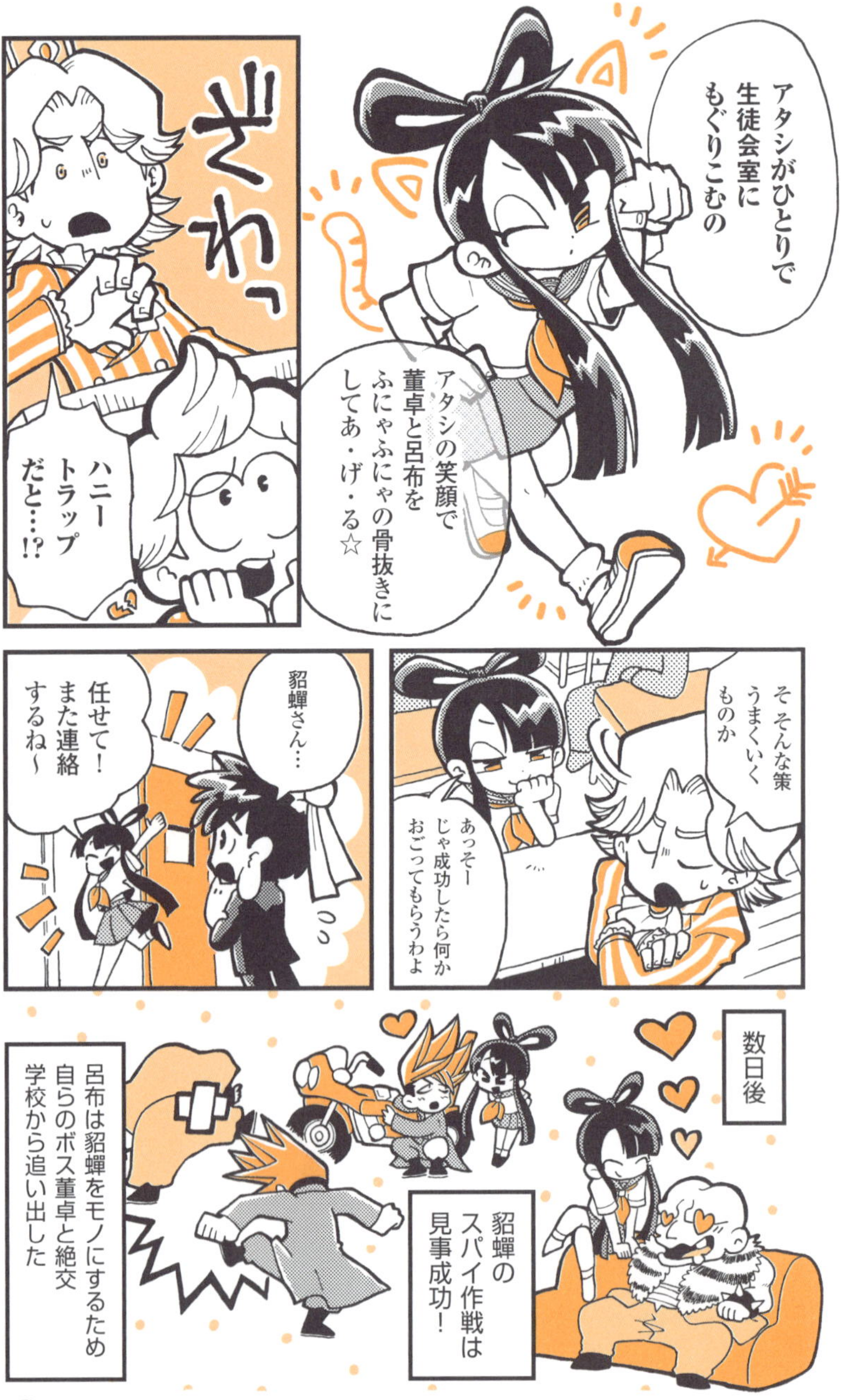

役人の王允が貂蝉を使ってしかけたハニートラップは大成功。
貂蝉はその後、呂布の愛妾になったともいわれています。

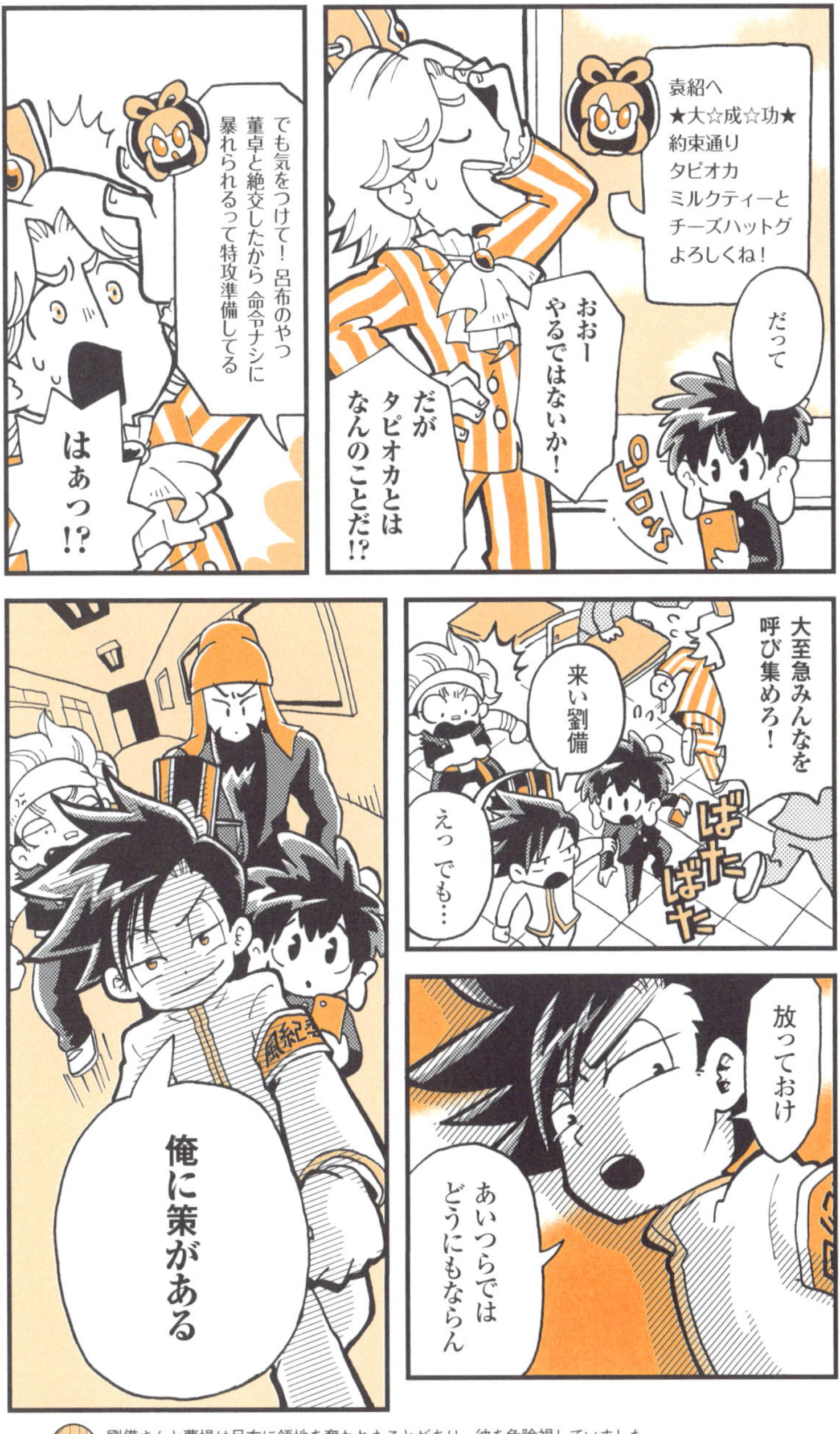

劉備さんと曹操は呂布に領地を奪われたことがあり、彼を危険視していました。そのため、手を組んで呂布に対抗することにしたのです。

PPPP♪
呂布！
董卓より強いってやつがサシで勝負したいそうよ
体育館ウラにて待つ！だって
アア!? イイ度胸じゃねぇか！
そいつを倒せば俺が最強か！
お前の情報はブチ上がるぜぇぇ貂蝉！
スチャ
光栄ね
ヴォオオ
来たぞ 今だ！
ドッ
ゴオ
げっ
オ

実際は呂布の城が水攻めされたあと、大ピンチの呂布は部下に暴行、結果裏切られて捕縛されます。流されて死んだ訳ではありません。

時代解説5

朝《ちょう》廷《てい》の混《こん》乱《らん》

（189年）

主な登場人物

- 霊帝
- 劉弁（少帝）
- 劉協（献帝）
- 十常侍
- 何進
- 袁紹
- 董卓

宦官の反乱と流浪する皇帝

黄《こう》巾《きん》の乱が収束した頃、12代・霊帝《れいてい》が崩御。霊帝の義理の兄・何《か》進《しん》は、甥の劉弁《りゅうべん》を皇帝（13代・少帝《しょうてい》）に擁立、権力を握り、霊帝が親愛していた宦官《かんがん》集団・十常侍《じゅうじょうじ》の排除を目論む。しかしその作戦は妹の何《か》皇后《こうごう》の大反対を受け失敗。さらに、十常侍の罠にかかり、何進は殺されてしまった。何進の死を知った彼の部下・袁紹《えんしょう》は朝廷に兵を送り込むと、宦官たちを片っ端から殺し始める。驚いた宦官の残党は少帝とその弟・劉協《りゅうきょう》を連れて都から脱出するが、追撃に遭い自殺。流浪する少帝&劉協兄弟を最終的に保護したのは豪族の董卓《とうたく》だった。しかし、董卓は少帝を暗殺し、劉協を皇帝（14代・献帝《けんてい》）に即位させ、献帝の名の下で政権を乱用し始めたのである。

孔明のワンポイント解説

皇帝の外戚にまで出世した肉屋さん「何進」

何進と何太后はもともと町のお肉屋さんでした。この肉屋の誰かが十常侍に賄賂を送ったことで何太后は霊帝に嫁ぎ、何進も宮中に出仕できるようになったと言います。黄巾の乱で将軍になり権力を持つようになってから十常侍に疎まれたため、霊帝は劉協を次期皇帝に即位させようとしましたが、その前に崩御されました。

▲何進暗殺シーンを描いた絵。左下が何進です。

後漢の後継者争いが始まる

背景 黄巾党の乱が終結

12代・霊帝が病没！ 後継者争いが始まる

甥っ子の劉弁を
即位させよう！

何進は劉弁を即位させる
=13代・少帝誕生

少帝が即位しちゃった！
これでは何進の権力が
強くなっちゃう！

何進の企てを
阻止しようとした宦官は
何進を暗殺！

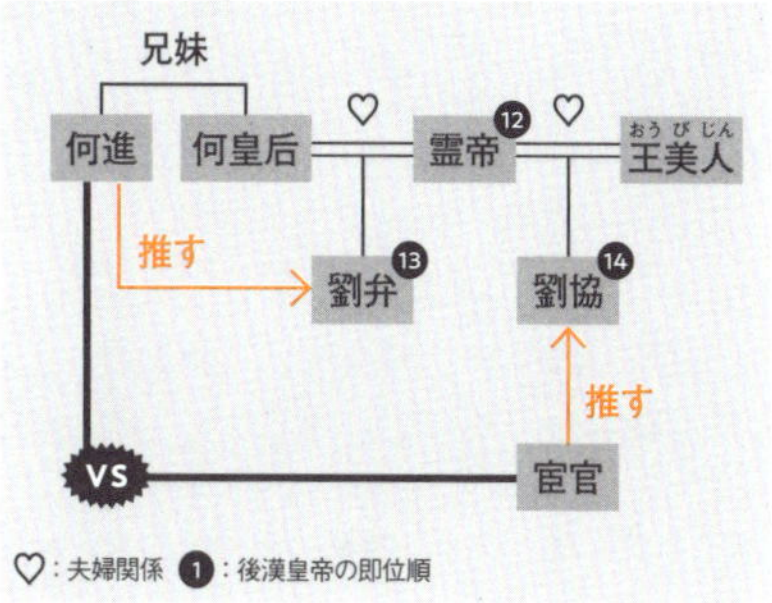

宦官たちめ！ 何を考えているんだ！
悪政を敷くために何進を殺すなんて、許さないぞ！

何進の部下で名家出身の袁紹が宦官を次々と殺していく。
一部の宦官は少帝と劉協兄弟を連れて逃亡。
しかし、途中で追いつかれたため殺害されたり、自殺した

残された皇太子兄弟を豪族・董卓が保護。
しかし、董卓は少帝を殺害し、劉協を即位させ政治を牛耳る！

督郵を暴行する張飛

その頃の劉備たち

- 劉備は孫堅や朱儁とともに黄巾党の残党を退治した結果、戦功が認められ地方の警察署長に出世
- しかし督郵（査察官）に賄賂を求められ断った上に、怒った張飛が督郵を暴行したため、劉備たちはお尋ね者になった

時代解説 6

反《はん》董《とう》卓《たく》連《れん》合《ごう》軍《ぐん》

（190年）

董卓軍

戦　力：20万人
指揮官：董卓・呂布

VS

反董卓連合軍

戦　力：20万人
指揮官：袁紹・曹操
公孫瓚

反董卓連合軍の勝利！

元は烏合《うごう》の衆《しゅう》だった反董卓連合軍

董《とう》卓《たく》は恐怖政治で都を支配。そんな董卓に曹操《そうそう》や袁紹《えんしょう》・袁術《えんじゅつ》兄弟らが「反董卓連合軍」を結成。しかし董卓軍の将・呂布《りょふ》の強さはケタ違いで、劉備《りゅうび》・関羽《かんう》・張飛《ちょうひ》が束になってかかっても倒せないほどだった。さらに、連合軍の先鋒・孫堅《そんけん》の活躍に嫉妬した補給係の袁術が孫堅に兵糧をわざと送らないなど、仲間内でも揉め事が起きていた。そんな中董卓は、連合軍から逃れるため、洛陽《らくよう》を焼き捨てて長安《ちょうあん》へ遷都を強行。誰も止めに行かない中、唯一止めにかかった曹操は返り討ちに遭い、敗走した。その後は、洛陽の消火活動を行っていた孫堅が、たまたま皇帝の玉璽《ぎょくじ》（ハンコ）を拾って自分のものにしたため袁紹と仲間割れ。連合軍は統率が取れなくなる。

孔明のワンポイント解説

孫堅が見つけた「玉璽」って何？

後に呉の皇帝となる孫権の父・孫堅は、反董卓連合軍で大活躍。董卓が都を焼いた後、孫堅は消火活動に入ります。その時、皇帝しか持つことができないハンコ「玉璽」を発見するのです。これを機に、孫堅は連合軍を抜けようとしますが、袁紹に玉璽の存在がバレて大げんか。連合軍のチームワークはガタガタになりました。

▲井戸の中に落ちていた侍女の死体から発見されました。

ヒーロー大集合！ 反董卓連合軍

背景 董卓が少帝を抱え込み、政権を握る

↓ これに対して群雄の丁原が挙兵するが失敗(P.60)

董卓、14代・献帝のもとで政権を掌握

董卓の暴政を許さなかった曹操は、
董卓を暗殺しようとするも失敗。一度故郷に帰り
打倒董卓の仲間を集めるためにニセの詔を出す。

↓ すると**全国から仲間が集結！**

反董卓連合軍の結成

ほか

↓ 両軍が激突

汜水関《しすいかん》の戦い

最初は有利に戦う孫堅だったが、
董卓軍の将・華雄《かゆう》の夜襲で敗走。
そこで関羽が華雄と一騎打ちし、勝利する

虎牢関《ころうかん》の戦い

汜水関での敗戦を聞いた呂布が参戦。劉備・関羽・
張飛がなんとかして呂布を追い込むも、逃してしまう

↓

反董卓連合軍の攻撃に押された**董卓は長安へ逃亡！**
これを追った**曹操は返り討ちにされ敗走する**

↓

さらに、**孫堅が補給を巡って袁術と、**
皇帝の玉璽（ハンコ）をめぐって袁紹と対立する

↓

反董卓連合軍のチームワークは乱れバラバラに

時代解説 7

董《とう》卓《たく》の死《し》

（192年）

主な登場人物

董卓

呂布

王允

貂蝉

美女のハニートラップで董卓死亡！

都を一気に支配した董卓だが、彼にも終わりの時がきた。彼に手を下したのは右腕・呂布《りょふ》だ。もともと呂布は役人・丁原《ていげん》の息子だったが、名馬・赤兎馬《せきとば》欲しさに養父を殺し、今度は董卓と親子の契りを結んだ過去を持つ。最初こそ親密な二人だったが、少しずつ溝が生まれる。

それにつけ込んだのが、董卓暗殺を計画していた大臣・王允《おういん》。美しい芸妓・貂蝉《ちょうせん》に呂布と董卓を誘惑させ、二人を対立させる策略「連環《れんかん》の計」を用いた。董卓に貂蝉を奪われると考えた呂布は、王允とともに董卓を殺害。董卓の遺体は市中に晒され、ヘソに火を灯され「人間ろうそく」にされたという。一方呂布は、同じ董卓配下の李傕《りかく》・郭汜《かくし》（↓P.88）に朝廷を追われ、路頭に迷い始めた。

孔明のワンポイント解説

三国志最速の名馬「赤兎馬」

呂布が養父・丁原を斬ってまで欲しかった名馬、赤兎馬。その体は真っ赤で、1日に千里を走破できるとか。そんなすごい馬、フィクションだって思うでしょ？ 確かに名馬エピソードの数々は『演義』のみに書かれたことですが、『正史』の方にも「人中の呂布、馬中に赤兎（＝人類最強は呂布、馬の最強は赤兎馬）」という記述が残っています。

▲「赤兎バイク」として登場！

絶世の美女・貂蝉の秘策

背景 反董卓連合軍のチームワークはバラバラになり、自然解体。
董卓と呂布の最強コンビに誰もかなわない

大臣の王允は貂蝉を董卓と呂布の元へ送り込む！
＝美女連環の計

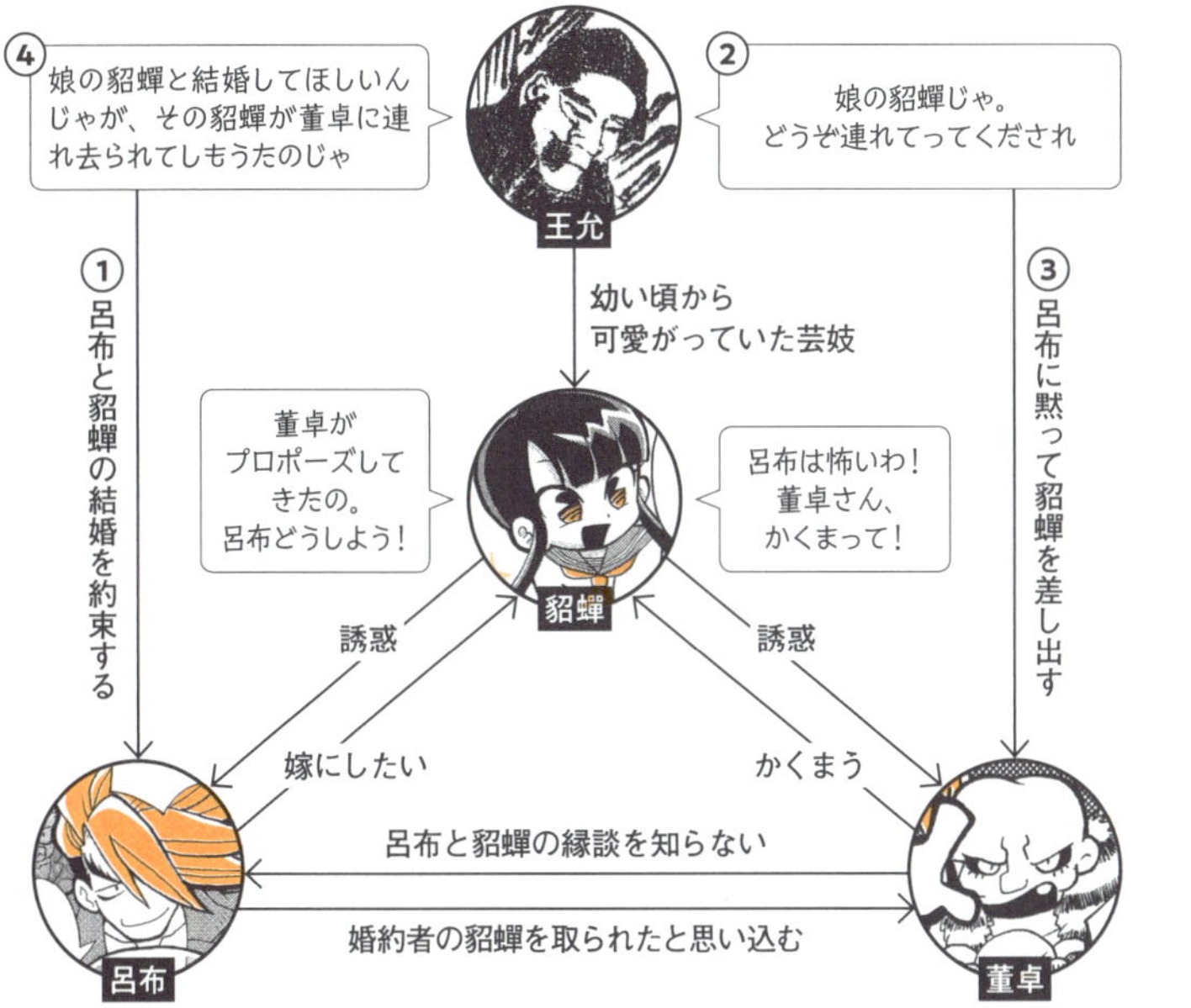

④
娘の貂蝉と結婚してほしいんじゃが、その貂蝉が董卓に連れ去られてしもうたのじゃ
②
娘の貂蝉じゃ。どうぞ連れてってくだされ
王允
①
呂布と貂蝉の結婚を約束する
幼い頃から可愛がっていた芸妓
③
呂布に黙って貂蝉を差し出す
董卓がプロポーズしてきたの。呂布どうしよう！
呂布は怖いわ！董卓さん、かくまって！
貂蝉
誘惑
嫁にしたい
誘惑
かくまう
呂布と貂蝉の縁談を知らない
婚約者の貂蝉を取られたと思い込む
呂布
董卓

※数字は時系列を表す

呂布、董卓を殺害！

董卓の部下、李傕・郭汜らが呂布を朝廷から追い出し、朝廷を支配する

徐《じょ》州《しゅう》虐《ぎゃく》殺《さつ》

（193年）

主な登場人物

- 曹操
- 曹嵩
- 陶謙
- 劉備

敵討ちのため、曹操大暴走！

呂《りょ》布《ふ》を追放した李《り》傕《かく》・郭《かく》汜《し》は政権を掌握。一方、曹《そう》操《そう》は勅命に従い、黄《こう》巾《きん》党《とう》の残党の反乱を鎮圧。残党たちを自らの兵力に加え兗《えん》州《しゅう》に拠点を置いた。そんな時、曹操の父・曹《そう》嵩《すう》が徐州の主・陶《とう》謙《けん》の部下に殺害される事件が起こる。これは陶謙の命令ではなく、部下の勝手な行動だった。そうとは知らず激怒した曹操は、敵を討ちに徐州へ侵攻し、民を虐殺。慌てる陶謙の加勢に来た劉《りゅう》備《び》は曹操に和睦を提案。すると曹操は和睦をすんなり受け入れた。実はその頃、各地を転々としていた呂布が、兗州の大半を奪取、曹操は退却を余儀なくされたのだ。その後、陶謙は劉備に徐州を譲ろうとする。劉備はその申し出を一時は断るが、陶謙がその直後に病死、結果劉備が徐州を継ぐことになった。

孔明のワンポイント解説

呂布を支えたブレーン「陳《ちん》宮《きゅう》」

戦は強いが頭の悪い呂布。その軍師・陳宮は、かつては曹操の仲間。しかし曹操の冷徹非道っぷりを見限り、呂布に兗州を襲わせ、以降最期まで呂布に従います。その後も劉備さんの守る徐州を奪うファインプレーを見せますが、最後は曹操＆劉備さんチームに敵わず。怒り心頭の呂布は、陳宮の言うことを聞かなくなってしまいます。

演義では

◀呂布に健気に従う陳宮の絵。同じ軍師として同情しちゃいます

父を殺され怒る曹操と兗州を奪う呂布

背景 呂布は董卓殺害後、都を追われる
曹操はその頃、勅命で黄巾党の残党の反乱を鎮圧
この時曹操は残党30万人を自らの兵力に加え、兗州に拠点を置いた

↓

曹操の父・曹嵩が徐州で陶謙の部下に暗殺される

徐州での動き

↓ 曹操は大激怒

徐州に侵略し人々を虐殺

陶謙

ヤバイ！ 曹操の虐殺行為を止めたいけど怖いよー！

劉備

住民を虐殺なんて許せない！ 僕が曹操を追い払います！

↓ 劉備は曹操に和睦を申し込む手紙を送る

兗州での動き

陳宮

曹操が出かけました！ 呂布様、今こそ兗州を奪うのです

呂布

よっしゃー！
これで領地「兗州」GETだぜ！

呂布、曹操の留守中に兗州の城の大半を制圧

曹操

呂布が兗州を制圧！？ 徐州で復讐している場合じゃない！

↓ 曹操は劉備からの和睦を受け入れる

曹操が和睦を受け入れたことで、劉備は不戦勝

陶謙

わしもそろそろ年だが跡継ぎがいない。劉備くんが徐州太守を継いでくれたらいいのにな

劉備

そんな！ 僕は陶謙さんの息子でもないし、ご遠慮させていただきます

↓ しかしその後、陶謙は病死

劉備は陶謙の跡を継ぎ、徐州の太守となる

↓ 曹操は兗州へ焦って帰還

曹操は兗州を取り戻そうとするも
火攻めで火傷を負ったりしてボロボロに

↓

そこで曹操は、
自ら「曹操死亡」のウワサを流す
これを信じ込んだ呂布は
曹操にトドメを刺そうと出兵

↓ しかし曹操死亡はもちろんウソ！

呂布は曹操軍の伏兵に負け、曹操は兗州を取り戻す！

時代解説 9

下《か》邳《ひ》の戦《たたか》い

（198年）

猛将呂布、劉備&曹操の協力プレーの前に敗れる

呂《りょ》布《ふ》は曹操《そうそう》から兗州《えんしゅう》を奪うのに失敗、劉備《りゅうび》が守る徐州《じょしゅう》に逃げ込み、客人として住み始めた。ある日劉備は（曹操が支配する）朝廷からの命令で、勝手に皇帝を名乗る袁術《えんじゅつ》（↓P.58）を倒しに行くことに。すると徐州城で留守番中の張飛《ちょうひ》が酔いつぶれ、部下に暴行。怒った部下は呂布に徐州城を奪うよう頼んだため、呂布は徐州城を奪取した。呂布と和解を選んだ劉備だったが、やがて対立。劉備は曹操を頼り二人で呂布討伐を決意した。まず劉備を呂布の本拠地の近くに配置、劉備を狙って出て来た呂布を下邳城に追い詰め、水攻めにした。身動きの取れない呂布は激高し、部下を暴行。部下は呂布を裏切り、呂布が寝ているうちに捕縛、曹操に投降した。こうして最強の豪傑・呂布はとうとう、徐州に散った。

呂布軍

指揮官：呂布

VS

曹操・劉備軍

指揮官：曹操・劉備

曹操・劉備軍の勝利！

孔明のワンポイント解説

地味にキーパーソン！ 袁紹の弟「袁術」

袁術は、のちのち玉璽を手に入れ、勝手に皇帝を名乗ります。曹操の指示で劉備さんは袁術を討伐しにいく訳ですね。しかし敵の敵は味方といった具合で呂布は袁術と同盟を結ぼうと、自分の娘を袁術の息子に嫁がせようとします。結局それは失敗に終わりましたが、二人が同盟を結んでいたら、呂布は生き延びたかもしれませんね。

▲ちなみにこれが袁術。勝手に皇帝を名乗る不届き者です。

猛将呂布、ついに敗れる！

背景 呂布は徐州の太守・劉備にかくまわれて、客人となった

あの２人が協力して兗州に攻めてきたらマズイ
なんとか仲たがいさせないと……

二虎《にこ》競食《きょうしょく》の計 ＝ 劉備と呂布を喧嘩させる作戦

曹操は劉備に呂布殺害を命じるが、**作戦を見抜いた劉備は従わず失敗**

駆虎《くこ》呑狼《どんろう》の計 ＝ 劉備が袁術と争っている背後を呂布に襲わせる作戦

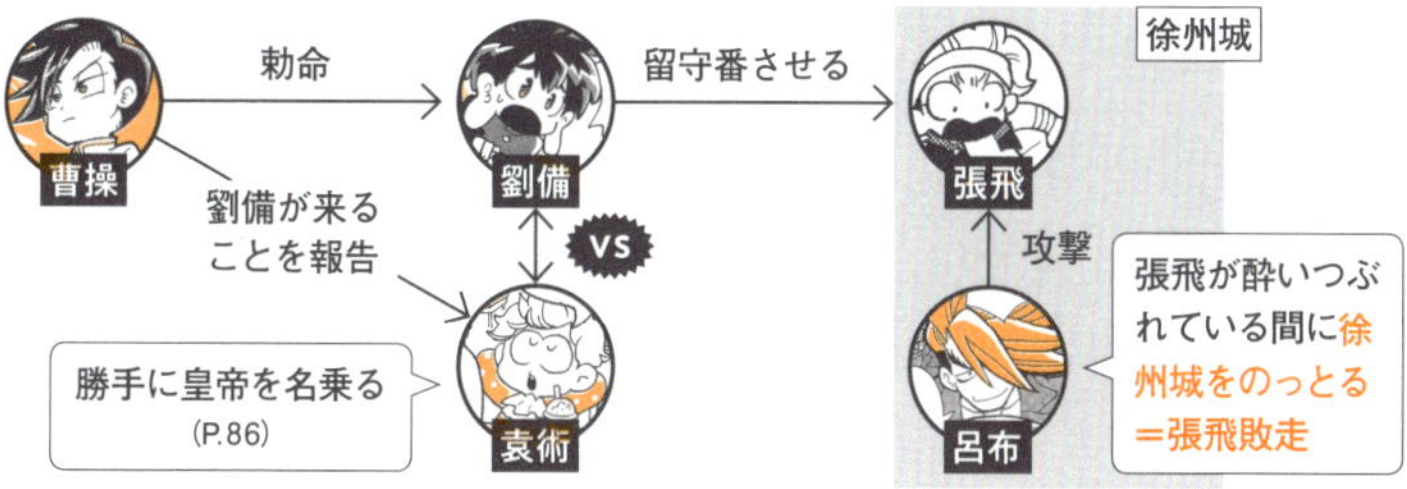

劉備は徐州をあきらめ、呂布と和解。**呂布が徐州太守に、劉備が客人になる**

そこで曹操は**劉備に再び呂布討伐を命令**

計画がバレ、劉備は曹操の元へ逃げる
＝曹操＆劉備VS呂布、全面対決へ

対決に臨む呂布だったがアンチ呂布の徐州の民と
役人が呂布を徐州から追い出そうとし、**呂布は敗走**

呂布が下邳城に逃げ込んだので曹操は城を水攻めに

- **水に囲まれ身動きの取れない呂布は酒と女に逃げたが、「これは良くない」と禁酒令を出す。**
- 呂布の部下・侯成《こうせい》は籠城中の兵を元気付けるため
酒を振舞ってしまい、呂布に50回棒打ちの刑に処される

これに失望した侯成らは呂布を裏切り、**寝ている呂布を捕縛し曹操に降伏**

曹操＆劉備勝利！ 呂布はさらし首になった

三国志の

三国時代の武将たちの最期は、ある時は美しく、またある時はむごい。そんな戦乱の世に散った彼らの姿をとくとご覧あれ。

全身に矢を受けながらも敵を攻撃し続ける典韋(『絵本通俗三国志』より)

「悪来」典韋《てんい》

主君を想い立ち往生す

曹操《そうそう》の親衛隊長を任された豪傑。その豪傑ぶりは『史記《しき》』に登場する剛力「悪来《あくらい》」の再来と評された。曹操が未亡人と逢瀬を楽しんでいる隙に、一時降伏したと思われていた張繡《ちょうしゅう》が謀反を起こす。この時

典韋は、主君を逃さんとひとり敵陣に突っ込み、敵を罵りながら戦い続けた。最期は全身に矢を受け、まるで針鼠のようになっていたが、決して倒れることはなく、立ったまま死したという。典韋の活躍のおかげで逃げ切った曹操は、彼の死をたいそう憐れみ、彼の死地を通るときは必ず弔い、永遠に忘れなかった。

壮絶な死に様

その一

「忠烈の士」龐徳《ほうとく》

棺を負い最期の戦に臨む

もとは群雄・馬騰《ばとう》の配下だったが曹操に降伏。それゆえ曹操は、新参者の龐徳に疑念を持っていたが、龐徳は己の忠信を示さんと、血だらけになるまで地面に頭を打ち付けた。宿敵・関羽《かんう》との決戦では、

生前葬を執り行い、自分か関羽いずれかが必ず納められるだろうと棺を担いで出陣。まさに決死の覚悟で挑んだ戦いで、龐徳は関羽の腕に矢傷を与えた。しかし、その後は水攻めに遭い、大将の于禁《うきん》とともに捕虜となる。于禁は額を地面に擦り付け許しを乞うが、龐徳は跪かず関羽を罵り続け、最期は斬首された。

関羽の水攻めに遭い、船から引き摺り下ろされそうな龐徳（『絵本通俗三国志』より）

ざんねんな三国志人物事典

もしあのひとが○○だったら

群雄割拠編

三国志の登場人物は総じて強かったり、頭が良かったり、そんなイメージがあります。しかし実際は弱点や性格に難アリの人も。ここではそんな“ざんねんな”三国志の人物を紹介！今回は三国時代初期に活躍したリーダーたちを紹介します。

霊帝【れいてい】

ある意味三国志の生みの親

やったー！
『大春秋★戦国ブラザーズ』
やろー！

後漢12代皇帝。12歳で即位し、摂政を務めた竇武《とうぶ》が宦官《かんがん》排除に失敗したことで彼らを増長させたのは不可抗力。ただし、宦官に操られ、有能儒学者の排除を許し、重要ポストを宦官に独占させて賄賂政治を横行させたのはダメだ。これが社会不安を呼び、黄巾《こうきん》の乱が勃発。まさに三国志のアウトブレイクを招いた張本人である……つまり、三国志ファンにとっては創造神といえるのが悩ましい。

もし霊帝が宦官を排除していたら

宦官排除に失敗した竇武を見て萎縮した霊帝だが、実は西園軍という皇帝直属部隊の編成を手掛けており、まったくの無気力ではなかった。西園軍は、統括役が宦官の蹇碩だったが、もし霊帝が統括役に反宦官派の大将軍・何進を採用していれば、政治の腐敗を食い止められたかもしれない。なにしろ司令官である西園八校尉には曹操や袁紹がおり、かなりの有能軍団だったのだ。霊帝が毅然と宦官政治を一掃すれば黄巾の乱も起きず、董卓も上洛せず、少帝も殺害されず、霊帝死後も少帝を弟の劉協（献帝）が支え、平和な後漢で曹操は治世の能臣となっただろう。そして我々は、三国志が存在しない世界線にたどり着く。

呂布【りょふ】

最強のノンストップ幼児

主君の丁原《ていげん》も董卓《とうたく》も殺すわ、助けてくれた劉備《りゅうび》の城を奪うわと、まったく信用ならない裏切りの達人。部下の制止や献策を却下し続けた挙げ句に処刑された公害レベルの俺様キャラだ。捕らえられた陳《ちん》宮《きゅう》は曹操《そうそう》に「なぜこうなった」と聞かれ、「呂布が言うことを聞かなかったからだ」と返す。呂布の本質は、感情のままに動く「見た目は豪傑、頭脳は幼児」。理論では止められない。

もし呂布が人の話しを聞いてたら

呂布は下邳の戦いに敗れて最期を迎えた。しかし、陳宮の献策を採用し、劉備の下邳城奪還を狙う陳珪・陳登父子を遠ざけていれば、袁術との同盟が成立する。さらに、呂布が出陣して下邳に迫る曹操軍を迎え撃てば、序盤から優勢になっただろう。しかし、この作戦は、呂布の妻が「陳宮は下邳城を乗っ取るつもりだ」と泣くので却下された。何のために軍師を雇っているのか。このようなグダグダがなければ曹操軍の水攻めにも遭わず、下邳城を守り通せたはずだ。そもそも呂布に他人の意見を聞く分別があったら、貂蝉の計略も見破れたのではないか。とはいえ董卓の暴政はやはり難ありなので、結局は董卓を殺しそうだが。

袁紹【えんしょう】

とにかく人望がないテンプレ名族

4代にわたって三公を輩出した名門の血筋。名族らしく下々の者に寛大だが、それはつまり上から目線。誰よりも自分が上なので、諫言など言語道断。何回も諫めてくる田豊《でんほう》は投獄してしまった。こんな調子なので荀彧《じゅんいく》と郭嘉《かくか》には見切りをつけられ、官渡《かんと》の戦いでは許攸が寝返り、張部《ちょうこう》も投降。行き先は全員曹操軍である。尊大なわりに、決断できない度胸のなさも実に名族らしい。

もし袁紹がフレンドリーで謙虚だったら

名声も財力もある袁家は、優秀な人材が採用してもらおうと集まってくる。人材集めに奔走した曹操や劉備より、スタートはかなり有利だった。曹操のように部下の意見を聞き、劉備のように敬意をもって接すれば強大な勢力になったことは間違いない。もし官渡の戦いで荀彧と郭嘉が陣営に残り、田豊の持久戦案を採用していたら勝利できただろう。さらに袁紹は少数民族の烏丸族と同盟関係にあり、曹操が手を焼いた烏丸征伐は必要ない。曹操を滅ぼした後はすぐに荊州を手に入れ、孫策死後の混乱期にある呉まで手を伸ばせたはずだ。もちろんその傍らには、信頼関係を築いた多くの参謀と猛将たちが控えているのである。

もっとおもしろくなる！

三国アラカルト SANGOKU-Alacarte 02

後漢王朝の官職制度を知りたい！

後漢時代の官職制度は、日本の戦前の姿が近いだろう。トップに天皇（＝皇帝）とそれに次ぐ皇族たち（＝王）その下に総理大臣（＝丞相や三公）、その下に、大臣にあたる文官と、軍人がいる感じだ。地方行政の単位は、大きい方から州、郡、県とあり、それぞれに長官がいた。劉備《りゅうび》の役職推移は、警察長官（県尉《けんい》）→県知事（県令《けんれい》）→郡知事（相《しょう》）→州巡察官（刺史《しし》）→州知事（牧《ぼく》）→左将軍→王→皇帝となる。また、皇帝や后たちの世話をする宦官《かんがん》という役職がある。後宮の女性に手を出さないように去勢された召使いだが、皇帝の補佐として政治を牛耳って問題となった。

後漢時代の官職制度

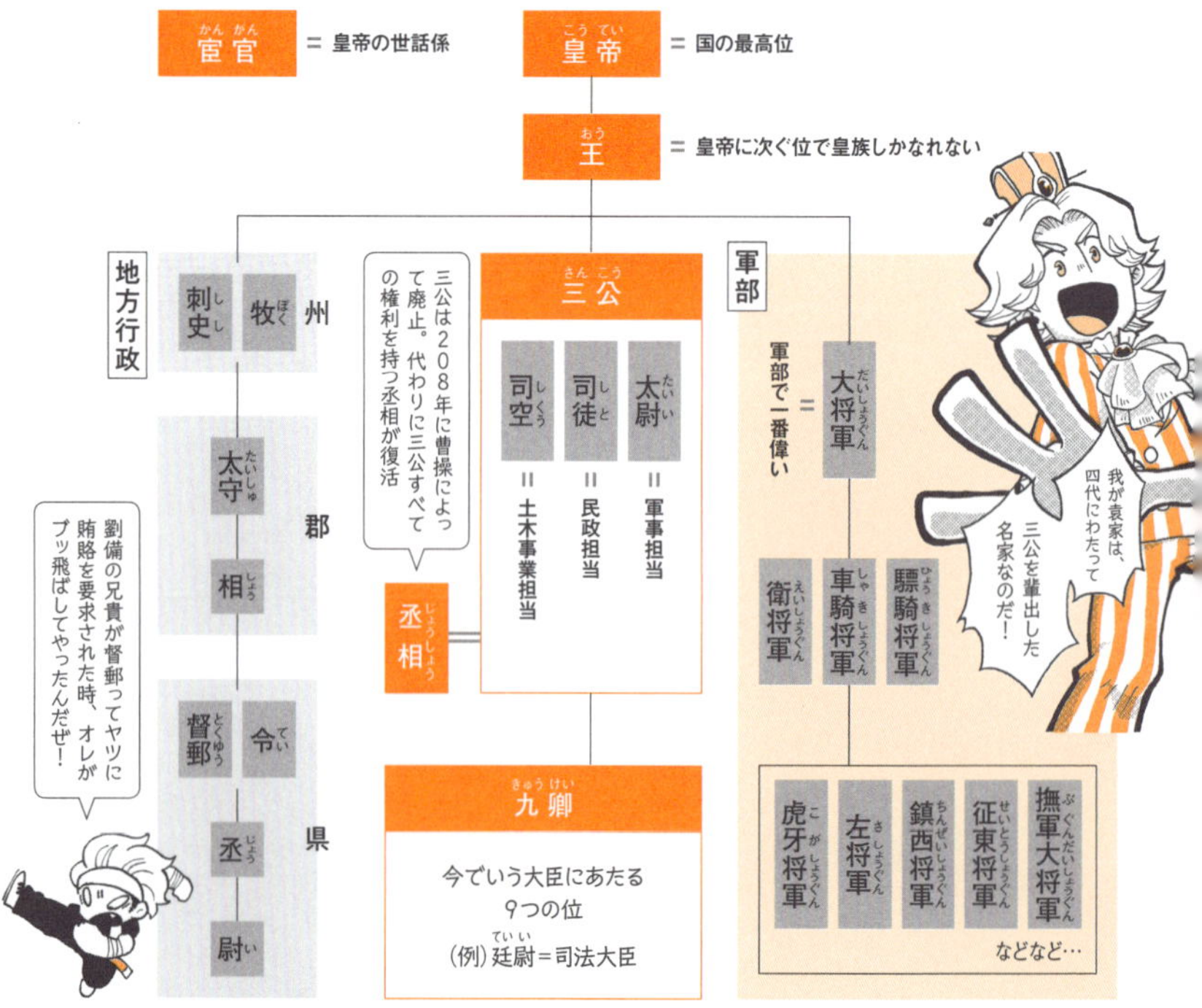

宦官《かんがん》 ＝ 皇帝の世話係
皇帝《こうてい》 ＝ 国の最高位
王《おう》 ＝ 皇帝に次ぐ位で皇族しかなれない
地方行政
州
刺史《しし》
牧《ぼく》
郡
太守《たいしゅ》
相《しょう》
県
督郵《とくゆう》
令《てい》
丞《じょう》
尉《い》
劉備の兄貴が督郵ってヤツに賄賂を要求された時、オレがブッ飛ばしてやったんだぜ！
三公は208年に曹操によって廃止。代わりに三公すべての権利を持つ丞相が復活
丞相《じょうしょう》
三公《さんこう》
太尉《たいい》 ＝ 軍事担当
司徒《しと》 ＝ 民政担当
司空《しくう》 ＝ 土木事業担当
九卿《きゅうけい》
今でいう大臣にあたる9つの位
（例）廷尉《ていい》＝司法大臣
軍部
大将軍《だいしょうぐん》 ＝ 軍部で一番偉い
驃騎将軍《ひょうきしょうぐん》
車騎将軍《しゃきしょうぐん》
衛将軍《えいしょうぐん》
撫軍大将軍《ぶぐんだいしょうぐん》
征東将軍《せいとうしょうぐん》
鎮西将軍《ちんぜいしょうぐん》
左将軍《さしょうぐん》
虎牙将軍《こがしょうぐん》
などなど…
我が袁家は、四代にわたって三公を輩出した名家なのだ！

アートで見る三国志②

『通俗三国志英雄之壱人』より呂布

作者：歌川国芳　時代：江戸時代（1830年代）

妖怪や猫の絵で有名な歌川国芳も三国志の絵をたくさん描いてます。呂布を描いたこの作品には「天下無双の英雄」とコメントしてますね
へー、呂布のやつ、日本でも「強い」って有名なのねー！
演義
正史

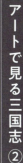

CHAPTER 3

官渡の戦いと曹操の大躍進

献帝を抱え込んだ曹操は、名族・袁紹と激突。天下分け目の戦いの始まりだ。劉備は袁紹につくが、曹操に敗北、義兄弟3人ははぐれてしまう。

後漢高校
相関図
魏
支配
風紀委員長
曹操《そうそう》
生徒会長
献帝《けんてい》
【生徒会兼風紀委員会】
VS
【特進クラス】
トップ
袁紹《えんしょう》
顔良《がんりょう》
文醜《ぶんしゅう》
袁紹

【ざっくりあらすじ】

張飛　呂布も倒されて、今度こそ一安心だな！

孔明　張飛、三国志に安心なんてないと思いなさい。

張飛　えー、そんなぁ……。

孔明　今度の問題は曹操。彼は生徒会長である献帝を保護し、帝の名を盾に好き放題始めます。

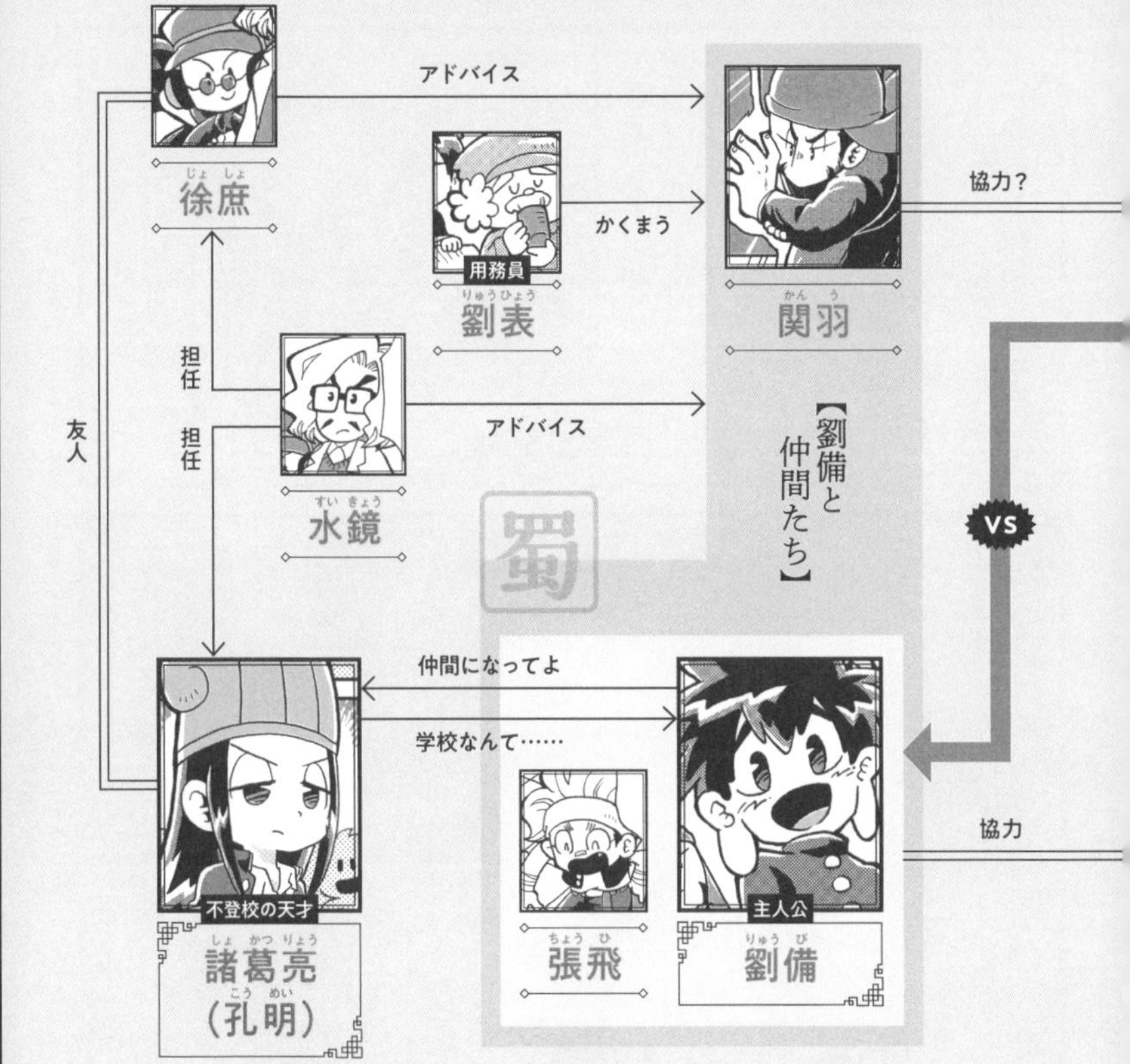

張飛　うえぇ、あいつ、なんか気に食わねーと思ってたら、そんなことになるのか！

孔明　唯一対抗できたのはエリートの袁紹のみ。二人は全面対決します。劉備さんも袁紹側で戦うのですが…。

張飛　おいおい、なんでそんな不安そうなんだよー。

孔明　劉備軍は曹操に追われ義兄弟3人組ははぐれてバラバラになってしまうのです。

張飛　え、俺たち離れ離れになるの!?　そんなの絶対嫌だ！

孔明　劉備さんとはぐれた関羽はやむを得ず曹操に降伏。客将として袁紹軍をバサバサ斬り倒し大活躍です。

張飛　うわーん、俺たち一体どうなっちまうんだー!?

董卓が殺されると、献帝は董卓の部下に囚われます。しかし、隙を見て脱出。曹操に保護されました。
マンガでは先に呂布が倒されていますが、史実では曹操の献帝保護が先のできごとです。

曹操は献帝の権力を盾に、政治をほしいままにします。呂布討伐以来、曹操とともに行動していた劉備さんでしたが、ここで敵対するようになります。

同じ劉《りゅう》家の人が困ってるんだもん放っておけないよ
それに
みんなが笑って学び育つのが本当のスクールライフじゃないの？
劉備《りゅうび》殿…
聞き捨てならーん！
この特進クラスのトップにしてエリートの袁紹《えんしょう》をさしおいて全生徒に号するなど許さん
会長補佐は私だ！
反抗する者は退学だぞ袁紹よ

劉備さんは曹操を倒すため、曹操の本拠地・許昌を離れ、徐州へ移動。このとき、劉備さんの裏切りを察知した曹操は、徐州へ攻め込んで来ました。

徐州に攻め込んできた曹操軍に敗れた劉備さんと張飛は袁紹の元へ逃亡。
関羽は曹操軍の捕虜となりますが、その武勇に惚れ込んだ曹操に厚遇されます。

官《かん》渡《と》グラウンド
曹
袁
見たか！我がクラスの軍勢を！
たかが風紀委員風情が出しゃばるな！
そんなに大勢弱虫を集めたって意味ねえぜ
結局は強者が勝つんだよ
ウオオ
無礼者め 思い知れ
カッ

袁紹のSPこと、顔良と文醜は袁紹軍きっての猛将で、曹操軍の誰も敵いません。しかし、捕虜になっていた関羽が参戦すると、みごと、二人を討ち取りました。

顔良・文醜の討死後も袁紹軍が有利でした。しかし、自分至上主義な袁紹は、部下の策を無視。キレた部下が曹操軍に兵糧庫の場所を密告したため、兵糧を焼き払われて負けてしまうのです。

曹操殿の厳しいやり方はきっと正しい
しかし
みんなが幸せだと言えるのか
それは…
劉備殿は
みんなが笑顔で過ごせるスクールライフをつくろうとしている
関羽…
ごめん
あっ
関羽ー！
信じてたよ!!
劉備…
袁紹よりも厄介な存在になりそうだ

官渡の戦い後、劉備さんたちは荊州の劉表を頼ります。この地でつかの間の平穏を得ますが、劉表の跡継ぎ争いに巻き込まれ、またも逃亡を余儀なくされるのです。

関羽の袁紹ＳＰへの一撃と曹操の弁当奪取作戦の効果はてきめん
風紀委員は勝利し
袁紹率いる特進クラスは全員退学となった
きょろ
げええ ガチガチじゃん
すっかり校則にしばられているな…
用務員室
用務員のおじさんどうしよう
さてなあ…
おじさんも隠れ劉一族なら何か考えてよ
ガクガクガク
どうしたものかな～
用務員 劉表《りゅうひょう》
策士を加えることじゃ

水鏡先生
実は私のクラスに入学早々不登校の生徒がいるんだがとんでもないキレ者なんだ
あいつを仲間にできればあるいは…！
1年担任
水鏡《すいきょう》先生
1年
徐庶《じょしょ》
そいつは〝KO-MEI〟って名で町はずれのゲーセンにいるはずだぜ！
こんなトコに頭いいやつがいるのか？
GAME
また勝ったぞ
さすがKO-MEI
1年（不登校）
諸葛亮《しょかつりょう》（孔明《こうめい》）

水鏡先生（本名：司馬徽）は劉備さんに、「臥龍（諸葛亮）と鳳雛（龐統）のどちらかを得れば、天下を取れる」という助言を与えた人物です。

徐庶は曹操軍に攻められていた劉備さんたちを助けた軍師。
その後、劉備さんの元を離れる際、友人である私のことを劉備さんに推薦します。

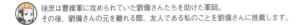

徐庶の言葉を聞いた劉備さんは、私を軍師に迎えようとします。しかし、私は2度目まで不在。3度目でお会いすることができました。これが世に言う「三顧の礼」です。

つ…強い
こんなにゲーム上手なら人気者だよ
なんで学校に来ないの？
張飛
フン…
学校なんて…
不良が好き勝手暴れてるだけのタイクツな空間じゃないですか
変えられるよ
そのためにキミの力も貸してくれ
画面の中じゃなくボクたちを操作《コントロール》して
ゲームの中よりも楽しい〝現実世界《スクールライフ》〟をつくってみない？

私の力で
学校を変える…？
クッ
クッ
クッ
おもしろい
いいでしょう 協力します
ただし
ちゃんと私の指示に従ってくださいね！
はい ジャンプ
パンチ 下キック
ガチャ
ガチャ
遅いですよ
コマンド "肩もみ"
ゼェ
ハァ
ハイ もんで
バキボキゴキィ
ギャアァー
仲良く！仲良く ねーっ

孫《そん》策《さく》の江《こう》東《とう》制《せい》覇《は》
(194～200年)

主な登場人物

- 孫堅
- 孫策
- 袁術
- 孫権

呉の若き小覇王、江東を制覇する

中国南部を統治する孫堅《そんけん》は、反董卓《とうたく》連合軍に参加するが、玉璽《ぎょくじ》（皇帝のハンコ）をめぐって袁紹《えんしょう》と対立。その後、袁紹と組んだ荊《けい》州《しゅう》の主・劉表《りゅうひょう》との戦いで孫堅は戦死してしまう。亡父の跡を継いだ20代前半の孫策《そんさく》は、袁紹の弟・袁術《えんじゅつ》の配下になっていたが、独立するために、玉璽を担保に袁術から兵を借りる。孫策率いる軍は強く、親友の周瑜《しゅうゆ》らとともに曲阿《きょくあ》の主・劉繇《りゅうよう》、呉郡《ごぐん》の主・厳白虎《げんはくこ》、会稽《かいけい》の主・王朗《おうろう》を破り、揚州《ようしゅう》の東端エリア「江東」を平定。その快進撃ぶりから「小覇王《しょうはおう》」の異名をつけられた。この勢いで天下統一を目指す孫策だったが急死。孫策の跡を継いだのは、弟の孫権《そんけん》。まだ19歳ながら、孫策が「自分より人事が得意」と太鼓判をおした人物であり、のちに呉《ご》の帝となる男だ。

孔明のワンポイント解説

武将と一騎打ちしちゃうリーダー「孫策」

孫策は、敵将の太史慈《たいしじ》と初めて会った時、一騎打ちを挑み、両者とも馬から転げ落ちても取っ組み合いを続けたらしい。結局二人のタイマンは決着がつきませんでしたが、後に太史慈は孫策に帰順し、戦績を残します。また、孫策は軍師の周瑜と義兄弟の契りを結ぶほど仲が良かったんですよ。

▲太史慈と激しい取っ組み合いをする孫策の様子。

孫権の兄、孫策の大躍進

背景 反董卓連合軍が結成され孫堅も参加するが、袁術の妨害に遭い総崩れに(→P.58)
そんな中、孫堅は玉璽を見つける

袁紹「玉璽は帝のものだぞ！ 返すのだ！」

孫堅「ぎょ、玉璽なんて 持ってねーし！ そういう疑い深いやつが リーダーとか 無理だわー。帰ろー。」

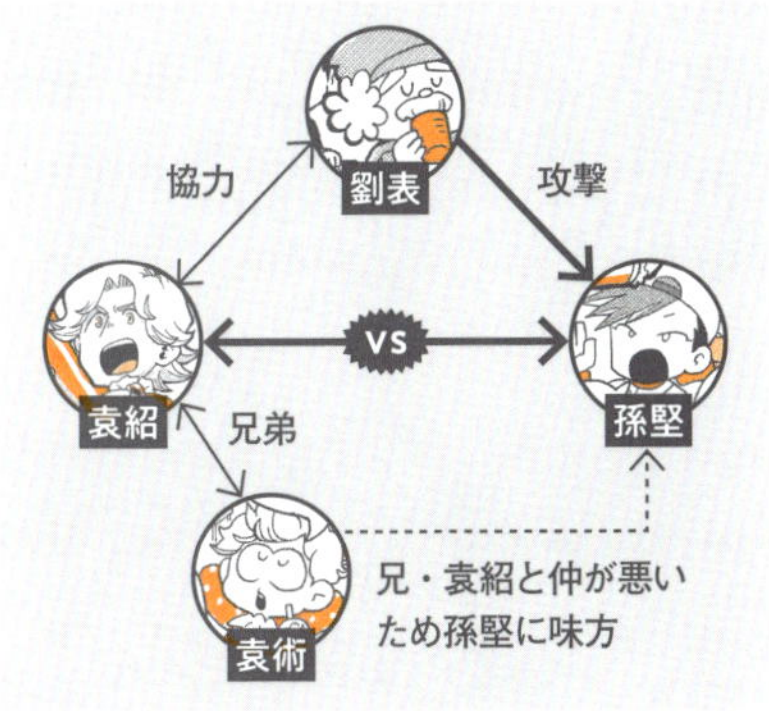

- 孫堅、シラを切って拠点の長沙《ちょうさ》に帰る。許せない袁紹は、長沙と冀州《きしゅう》(袁紹の領地) の間にいる**劉表に孫堅討伐を命じるが、**なんとか**孫堅は逃げ切る。**
- 同じ頃、袁紹・劉表に馬や食料の援助を求めるも断られた袁術は**激怒して孫堅と手を組む。**

こうして袁紹・劉表 VS 袁術・孫堅で戦が起こる

このとき**孫堅は劉表の罠にかかり戦死してしまう。**

第1子・孫策が跡を継ぐ

孫策「袁術にかくまってもらってるけど、父ちゃんの故郷 (江東) に帰って、あのへん一帯支配して独立してーな」

孫策は玉璽と引き換えに袁術から兵を借り進軍を始める

→ 玉璽を得た袁術は勝手に皇帝を名乗るように(→P.64)

孫策軍、江東を平定！

・劉繇を倒して「曲阿」
・厳白虎を倒して「呉郡」
・王朗を倒して「会稽」
をGETする

- 周瑜 や 太史慈 などのちの呉を支える英雄が仲間になった
- この時、孫策・周瑜は 大喬《だいきょう》・小喬《しょうきょう》 姉妹に出会い、それぞれ結婚する。

孫策、急死！ 弟の 孫権 が跡を継ぐことに

時代解説 11

曹《そう》操《そう》の台《たい》頭《とう》と暗《あん》殺《さつ》計《けい》画《かく》

(196～200年)

主な登場人物

- 曹操
- 献帝
- 董承
- 劉備
- 袁紹
- 袁術

献帝をないがしろにする曹操

董《とう》卓《たく》の死後、その部下・李《り》傕《かく》と郭《かく》汜《し》は、献《けん》帝《てい》を囲い込み、権力を握る。そこで献帝は二人を争わせ、その隙に曹操の元へ逃げ込んだ。曹操は献帝を保護し許《きょ》都《と》へ案内し、李傕と郭汜を討伐。しかし、今度は曹操が増長。献帝は親族・董《とう》承《しょう》に曹操暗殺の密命を出し、董承は仲間を招集、その中には呂布討伐以来、曹操に付き従っていた劉《りゅう》備《び》もいた。劉備は袁《えん》紹《しょう》・袁《えん》術《じゅつ》兄弟が結託するのを警戒する曹操に、「自分が袁術を討伐する」と提案。許しを得た劉備は袁術を討伐すると、そのまま曹操暗殺の機をうかがうため、徐《じょ》州《しゅう》で独立し、袁紹と同盟を結ぶ。この時、曹操は自らの暗殺計画に気づき、董承ら首謀者を処刑。また、徐州の劉備軍を破り、散り散りにさせた。

孔明のワンポイント解説

袁紹に負けた見かけ倒しの劉備の先輩「公孫瓚」

反董卓連合軍の名ばかりのリーダー袁紹は、中国の最北エリアをめぐって公孫瓚と敵対します。袁紹は公孫瓚が籠城する城にトンネルを掘って攻め込み勝利、袁紹は4州をゲットし、天下統一に近い男のひとりになります。この時、弟の袁術は曹操や呂布らに敗れ袁紹を頼り北上。そこを狙って劉備さんが討ち取ったわけです。

▲白馬に跨る姿から白馬将軍と呼ばれる公孫瓚。ここで退場です。

失敗に終わった曹操暗殺計画

背景 董卓死後、曹操と袁紹はそれぞれ地元へ帰る
董卓の部下、李傕と郭汜が朝廷を牛耳る
李傕と郭汜は仲間割れ! その隙に献帝は都(長安)を脱出

曹操に
助けてもらおう

曹操は献帝を保護! 李傕と郭汜を倒し、帝を抱え込む

さらに呂布討伐後、**曹操は帝の権力を盾にどんどん発言力を強めた。**
ちなみにこのとき劉備も曹操の元に身を寄せていた

曹操が傲慢すぎてガマンの限界! 誰か助けて!

献帝のために曹操を暗殺しよう!
協力してくれる人はいないか?

ボクも献帝をないがしろにする曹操は許せない!
でも、今は曹操に近づき過ぎて
身動きが取れない……。そうだ!

劉備は皇帝を勝手に自称する袁術(→P.86)を倒しに行くと言い、曹操のもとを離れる。

約束通り袁術を倒した劉備は、**あえて曹操のもとに帰らず、徐州に居座る。**
この時、**自分の暗殺計画に気づいた曹操は董承らを処刑。**
さらに、**計画に劉備も参加していたことを知る。**

劉備は曹操と敵対する袁紹と同盟を組む

VS

全面対決へ!

曹操怒って徐州に攻め込む

結果**劉備軍はボロ負け!**

劉備は袁紹のもとへ逃亡、
張飛は行方不明、そして関羽は曹操に降伏した

時代解説12

官《かん》渡《と》の戦《たたか》い

（200年）

曹操軍

戦　力：7万

指揮官：曹操・郭嘉《かくか》

VS

袁紹軍

戦　力：70万

指揮官：袁紹・顔良・文醜

曹操軍の勝利！

天下分け目の決戦を制した曹操

この時代の二大巨頭は、献帝を保護した曹操《そうそう》と名族・袁紹《えんしょう》。この二人がぶつかり合ったのが官渡《かんと》の戦いだ。袁紹軍の戦力は曹操軍の約10倍、誰もが曹操軍が敗れると考えていた。その空気を変えたのは、劉《りゅう》備《び》とはぐれた曹操の客将・関羽《かんう》が袁紹軍の猛将顔良《がんりょう》と文醜《ぶんしゅう》を倒したこと。その後も優柔不断な袁紹を見限った参謀・許攸《きょゆう》が曹操に寝返ったことで、曹操軍は袁紹軍の補給線を抑えることに成功。結果、袁紹軍は総崩れとなり、曹操が勝利した。袁紹はその後病死、名族袁家はその7年後、曹操によって滅ぼされた。一方、曹操軍に追われ袁紹の元に身を寄せていた劉備は関羽と合流するため「援軍を呼ぶ」と言って袁紹軍を離脱、冀《き》州の汝南《じょなん》で再会した。袁紹敗北後、劉備はそのまま独立を果たす。

孔明のワンポイント解説

劉備をたずねて関羽が大暴走「関羽千里行」

劉備様の居場所を聞いた関羽は猛スピードで劉備さんに会いに行きます。その間には5つの関所がありましたが、通行手形を持っていない関羽は守衛を斬り強行突破。曹操の右腕・夏《か》侯惇《こうとん》はこれに大激怒、関羽に戦いを挑みますが曹操の使いとして通行手形を持ってきた張遼《ちょうりょう》が仲裁。関羽は自分を見逃してくれた曹操に感謝します。

▲関羽を語るには欠かせない五関突破は演義のオリジナルです。

決戦！ 天下分け目の官渡の戦い

背景 袁紹VS曹操の全面対決が始まる
劉備とはぐれた関羽は仕方なく曹操に降伏

劉備殿に会うまでは曹操に従おう……

劉備が見つかったら帰るという条件付きで降伏

猛将・関羽を仲間にしたい曹操は条件を飲み、関羽を一時的に従える

そこで関羽は自分を殺さずそばに置いてくれている曹操に恩返ししようと考える

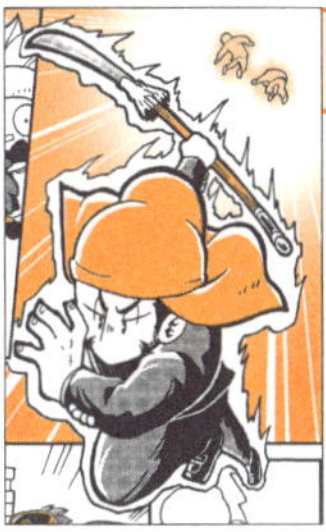

関羽は袁紹軍の猛将・顔良と文醜を倒す

関羽の活躍を聞いた劉備は関羽に使者を送る。

劉備の居場所がわかった**関羽は約束どおり曹操軍を去る**
このとき曹操は関羽を後腐れなく見送った

その後曹操軍と袁紹軍は官渡で激突！ 袁紹の大軍に手こずる曹操だったが

袁紹の参謀・許攸が曹操軍に投降する。
曹操は許攸から袁紹軍の食料庫の場所を聞き襲撃！

さらに袁紹軍の武将・張郃《ちょうこう》や高覧《こうらん》も投降する。
曹操は焦る袁紹軍の本陣を夜襲

袁紹は冀州に逃げ帰るが曹操軍は追撃

曹操、大勝利！ 袁紹は病に倒れそのまま死去する
その7年後、曹操は袁紹の跡を継いだ袁尚《えんしょう》をはじめ、袁家全員を処刑

一方その頃劉備は

- 劉備は関羽と合流するために、袁紹に「劉表に援軍を頼んでくる」と言い、汝南へ向かう。
- 関羽もまた汝南へ向かうが、その途中で張飛も合流し、**ようやく3人は再会する。**
- その後、**劉備は汝南で独立する。**

時代解説13

蔡《さい》瑁《ぼう》の劉《りゅう》備《び》暗《あん》殺《さつ》計《けい》画《かく》

(206～207年)

主な登場人物

- 劉備
- 劉表
- 蔡瑁
- 司馬徽(水鏡)

逃げの劉備、荊州でもピンチ脱出！

官《かん》渡《と》の戦いで袁紹《えんしょう》が敗れた後、劉備は汝南《じょなん》で独立を果たすが、曹操《そうそう》軍に攻められ、荊州《けいしゅう》の主で親戚の劉表《りゅうひょう》の元へと逃亡した。劉表は劉備を賓客として扱い、新《しん》野《や》城《じょう》を与えるなど高待遇で迎えた。そんな劉備を危険視したのは劉表の部下・蔡瑁《さいぼう》だ。蔡瑁は劉備が劉表の跡継ぎ問題に口出ししていること、また天下統一の野心があることを知り、荊州を乗っ取るのではと危惧、暗殺計画を立てた。結局計画は劉表の部下・伊籍《いせき》の密告により失敗に終わる。新野に帰る途中、劉備は名士・司馬徽《しばき》(水鏡《すいきょう》)に出会う。司馬徽は劉備にブレーンとなる軍師を仲間に加えよと助言、さらに「臥龍《がりょう》」か「鳳雛《ほうすう》」、どちらかを手に入れた者は天下を手にできるだろうと説いた。劉備は「臥龍」「鳳雛」と呼ばれる人物を探し始めた。

孔明のワンポイント解説

劉備、メタボになる!?「髀《ひ》肉《にく》の嘆《たん》」

荊州に逃れた劉備さんは「太もも(髀)に肉がついた」と嘆き悲しむほど、戦と縁遠い生活を送ります。メタボぶりを慰める劉表に劉備さんは天下統一の夢を語ります。これを聞いた蔡瑁は「劉備は野心家で、荊州を乗っ取る気だ」と暗殺を決意。結局暗殺計画は失敗しますが、劉備さん的には戦生活に戻れて満足だったりして……。

マンガでは
用務員のおじさんどうしよう
さてなあ…

◀太もも肉を気にする劉備さんはまるで年頃の女性のようですね。

ピンチを切り抜けた劉備へのアドバイス

背景 劉備一行、汝南で独立を果たす

汝南で曹操軍と戦って敗北したため、劉備たちは荊州の主・劉表の元へ逃げる

劉表

新野城が空いてるから、そこでまったり暮らすと良い

劉備２つの失言

劉備

①(劉表が自分の後継ぎを長男だが体の弱い劉琦《りゅうき》にするか、
次男の劉琮《りゅうそう》にするか悩んでいると聞き)
跡継ぎは長男の劉琦くんの方が良いと思う。
次男の劉琮くんは確かに元気だけど、長男いての次男だよ。

②太ももにぜい肉がついちゃった……。ボクには天下統一の
夢があるのに、こんなダラダラしちゃダメだよな……。

↓ これにより蔡瑁が劉備暗殺を決意

蔡瑁

劉琮は俺の甥っ子、絶対劉琮に跡を継がせたいのに
ジャマしやがって。本当は劉備自身が荊州を狙っているんだ！

↓ 暗殺決行日、蔡瑁は宴会で劉備を殺そうとする

**劉表の部下・伊籍が劉備に計画を密告し、
危機一髪のところ宴席を抜け出した劉備は新野に逃げ帰る**

↓ その途中**司馬徽（水鏡）に出会う**

劉備よ、現状を打破したいなら
①軍師（ブレーン）を見つけるのじゃ
②ワシの教え子に「臥龍」「鳳雛」という天才がおる。
どちらかを味方につければ天下を取れるだろう

↓

これを聞いた劉備は「臥龍」「鳳雛」を軍師に迎えようと探し始める

三《さん》顧《こ》の礼《れい》

（207年）

「臥龍」が説く、天下三分の奇策

軍師を探す劉備《りゅうび》のもとへ、恐ろしい知らせが届く。曹操《そうそう》が新野《しんや》に攻めてくるというのだ。すると通りすがりの軍師・徐庶《じょしょ》が劉備軍に参加。徐庶は曹操軍の作戦を見抜き劉備は大勝利する。軍師の重要性を知った劉備であったが、徐庶は母を人質に取られ、曹操に引き抜かれてしまう。このとき徐庶は「臥龍《がりょう》」の正体は諸葛亮《しょかつりょう》（孔明《こうめい》）だと伝える。劉備は、さっそく彼に会いに行くことに。しかし二度も留守で、張飛《ちょうひ》・関羽《かんう》は激怒。それでも劉備は我慢強く再訪し、三度目にしてようやく二人は出会った。孔明は礼を尽くしてくれた劉備を認め「天下三分《てんかさんぶん》の計《けい》」を説く。これは荊州《けいしゅう》と益州《えきしゅう》を劉備が支配して国土の3分の1を得てから呉《ご》と同盟し、二国で曹操と戦うという大胆な作戦だった。

孔明のワンポイント解説

お願いをする時に使おう「三顧の礼」

劉備さんが私を3回も訪ねてくれたエピソードは「三顧の礼」として有名ですね。そもそも一城の主が私のような片田舎で晴耕雨読している引きこもりを訪ね、自ら家まで出向いてくるなんて、とても珍しいこと。ましてやそれを3回もしてくれるなんて前代未聞なんです。さすがの私も劉備さんの礼儀正しさに感動してしまいました。

▲都道府県知事があなたの家に3回来るようなものですよ！

主な登場人物

- 劉備
- 徐庶
- 諸葛亮（孔明）

徐庶の活躍と孔明登場

背景 「臥龍」らを探す劉備

官渡の戦いに勝利した 曹操 は領土拡大をはかる
そこで荊州支配を企み、まず新野を攻めることに

その頃劉備は

通りすがりの軍師 徐庶 を仲間に加える

徐庶は曹操軍の作戦を見破り、劉備にアドバイス

①VS呂曠《りょこう》・呂翔《りょしょう》

徐庶「敵を挟み撃ちにしようぜ」

勝利！

②VS曹仁・李典

徐庶「キレイな陣形は
内部から崩すんだ。
あ、勝っても油断は禁物だぜ」

勝利！ さらに敵の奇襲も阻止！

曹操、次々と作戦を看破する徐庶が欲しくなり、
徐庶の母を人質に取り、徐庶を引き抜く

徐庶は劉備に「臥龍」の正体が 孔明 であることを伝える

劉備はさっそく孔明の家をたずねる

1回目 孔明は留守 **2回目** またもや孔明は留守

張飛「なんで劉備のアニキがこんなに通わなきゃいけねーんだ！」

3回目 やっと孔明に会う。孔明は礼儀正しい劉備に感動

劉備は孔明に天下を統一する方法を聞き、
仲間になるよう説得

孔明は天下三分の計（＝劉備・曹操・孫権で均衡を保ってから天下統一をめざす作戦）**を提案し、劉備の仲間になる**

曹《そう》操《そう》が斬る！

英《えい》雄《ゆう》たちの詩《うた》①

英雄は武勇だけでなく文才もなくてはならん。
ここでは三国時代きっての詩人であるオレが、英雄たちが詠んだ詩を格付けしてやろう！

孔《こう》融《ゆう》（文挙《ぶんきょ》）

孔子の子孫で、歯に衣着せない直言居士。曹操を散々批判したため、処刑された。

臨《りん》終《じゅう》詩《し》

孔融

言多令事敗　器漏苦不密
河潰蟻孔端　山壊由猿穴
涓涓江漢流　天窓通冥室
讒邪害公正　浮雲翳白日
靡辭無忠誠　華繁竟不實
人有両三心　安能合爲一
三人成市虎　浸漬解膠漆
生存多所慮　長寝萬事畢

（訳）軽々しく言葉を発すれば、大事を成すことはできない。大事はいつもささいなことがきっかけだ。小川もいつかは大河につながり、天窓の光は冥室まで続く。なのに、讒言《ざんげん》によって公平は阻害され、佞臣《ねいしん》は君主の目を曇らせる。私の忠告は心からのものなのに、実にならなかった。人は異心を持つものだから、信念を貫くことは難しい。多人数が言い立てればいない虎も本物になり、讒言は親しい仲すら裂く。生きている限り悩みが尽きないのなら、永遠の眠りにつきすべてを終わらせよう。

才能ナシ!?

……孔融が処刑直前に作った辞世の句だ。詩自体は悪くない出来だが、コイツはオレのやることなすことにケチつけてきて腹が立つから、才能ナシだ。私怨を挟むなだと？　うるさいな。

訳文は『三国志と乱世の詩人』（林田愼之助 講談社）をもとに、編集部で作成

悲憤詩《ひふんし》（一部）　蔡琰

還顧邈冥冥　肝脾爲爛腐
所略有萬計　不得令屯聚
或有骨肉倶　欲言不敢語
失意機微間　輒言斃降虜
要當以亭刃　我曹不活汝
豈復惜性命　不堪其詈罵
或便加棰杖　毒痛參並下
旦則號泣行　夜則悲吟坐
欲死不能得　欲生無一可
彼蒼者何辜　乃遭此厄禍

（訳）故郷は遠く、すでに心はボロボロです。異民族は、私たちを昼夜なく行軍させ、少しでも彼らの機嫌を損ねるとひどく罵るのです。一日中泣きながら歩き、夜には耐えきれず座り込んでしまいます。もう、生きていても何もいいことはありません。蒼天よ、私たちは何の罪があってこんな目にあうのでのでしょうか。

蔡琰《さいえん》（文姫《ぶんき》）

戦乱のさなかにさらわれ、異民族の妻となる。詩才に優れ、その才能を惜しんだ曹操が漢に連れ戻した。

才能アリ!?

異民族にさらわれた時の苦難をうたった詩だ。描写が非常にリアルで、彼女の慟哭《どうこく》が聞こえてくるようだな。

吁嗟篇《くさへん》　曹植

吁嗟此轉蓬　居世何獨然
長去本根逝　夙夜無休閒
東西經七陌　南北越九阡
卒遇回風起　吹我入雲間
自謂終天路　忽然下沈淵
驚飆接我出　故歸彼中田
當南而更北　謂東而反西
宕宕當何依　忽亡而復存
飄颻周八澤　連翩歴五山
流轉無恆處　誰知吾苦艱
願爲中林草　秋隨野火燔
糜滅豈不痛　願與株荄連

（訳）根からもがれてさまようヨモギよ。風に吹かれるまま、天に飛ばされ地に落とされる。一所に止まることは許されないのに、自分の行きたい場所へは行けない。この悲しみは誰にもわからないだろう。あてどなくさまようくらいなら、いっそ死んでしまいたい。そして、生まれ変わるならば、またもとの根とつながらせてほしい。

曹植《そうしょく》（子建《しけん》）

曹操の三男だが、後継者争いに敗れ冷遇される。七歩進む間に詩を作るなど、高い詩文の才能を持っていた。

才能アリ!?

兄に疎まれた自分の境遇を嘆く詩だ。壮大な情景の中に、頼る者のない絶望がにじむ傑作だ。さすが、オレの息子。天才だな！

曹操の辛口チェックはP.184に続く！

洛陽《らくよう》通販《つうはん》

これであなたも攻城一番乗り！
大型兵器コレクション

今回は集団戦で使いたい大型兵器をご紹介。巨大な城を攻めるときに便利なアイテムを多数取り揃えております。

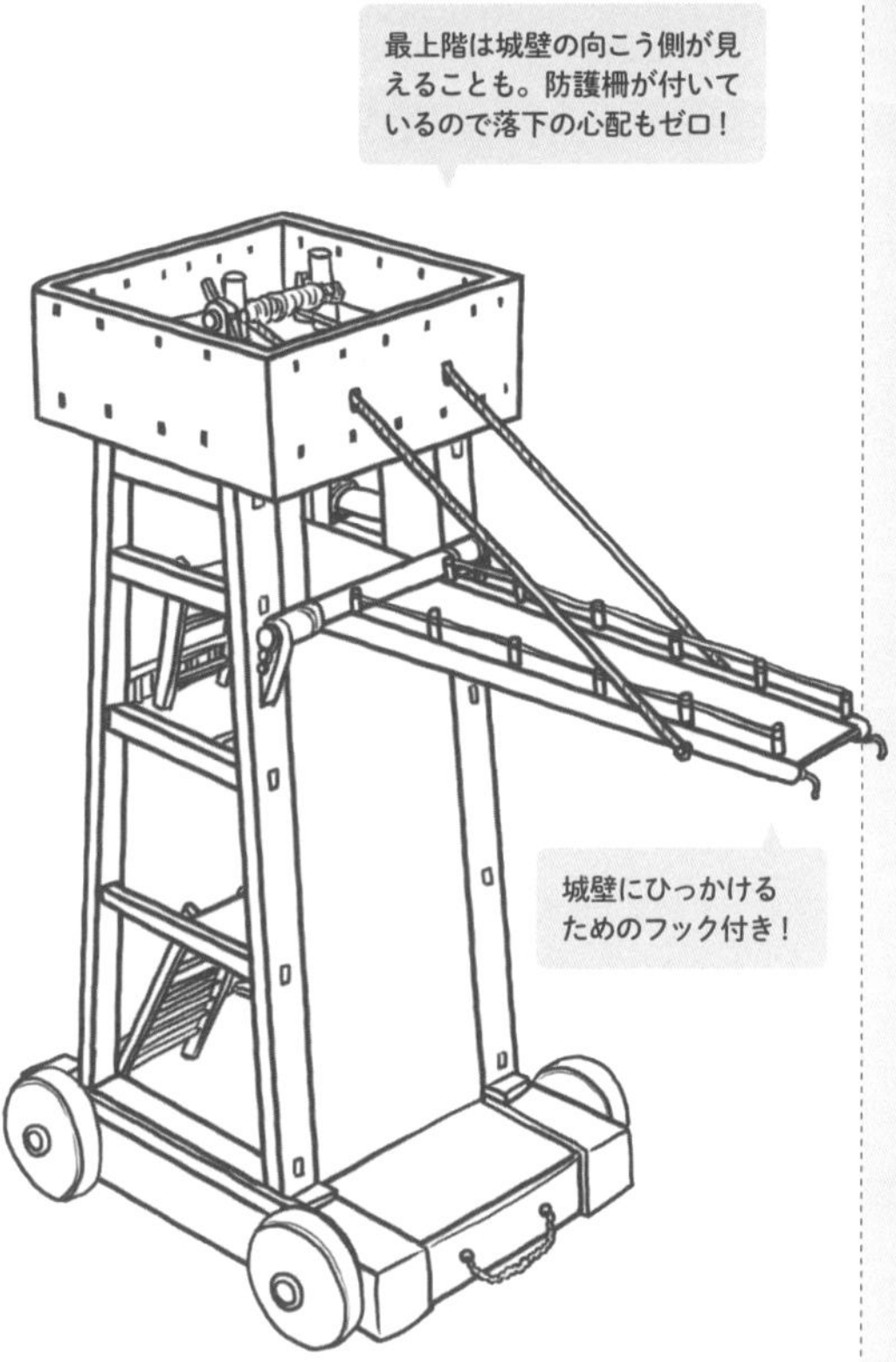
最上階は城壁の向こう側が見えることも。防護柵が付いているので落下の心配もゼロ！
城壁にひっかけるためのフック付き！

高所での作業も安定感をキープ！

武器01　**攻城戦必須アイテム！**

井闌

せいらん

登って戦う攻城兵器の一種です。最上階は城壁よりも高く、城の中が丸見えになることもあるので、敵の攻撃や人数を上から把握することも可能です。また、2階建てになっていることもあり、中層からも攻撃できちゃいます。

カスタマーレビュー

荀攸《じゅんゆう》さん

★★★☆☆

敵将が城に立て籠もったため購入しました。城壁の向こうが見渡せて便利でしたが、結局戦況が膠着してしまったので星マイナス2です。

高い城壁もなんのその！遠距離攻撃はおまかせ

武器03

投石機

とうせきき

最大50kgの石を投げられる投石機。片方に石を提げ、もう片方の紐を引っ張ると、てこの原理で石を遠くに飛ばすことが可能です！

移動もラクラク 使わないときはたためてコンパクト

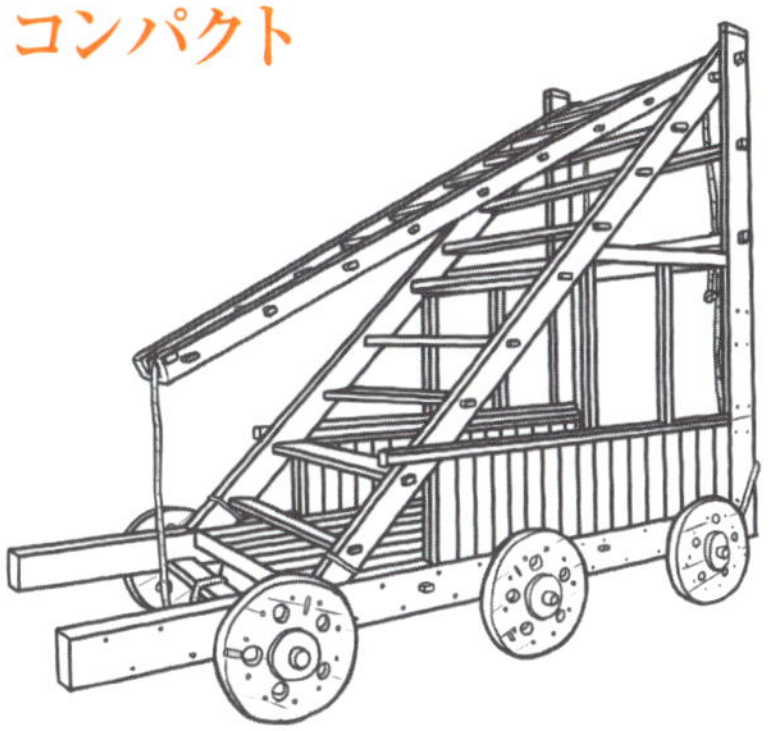

武器02

雲梯

うんてい

移動式のハシゴです。キャスター付きで小回りもきき、高さのある城壁でもよじ登れます。普段はハシゴパーツをたたんで収納できるのもポイント。

武器05

闘艦

とうかん

水上での戦いに備えたいという洛陽通販ご愛用者様のご意見にお応え！防護壁完備で矢を通しません。壁には小窓が空いており、スキマから矢を射ることもできます。

水上戦が得意というあなたにオススメ

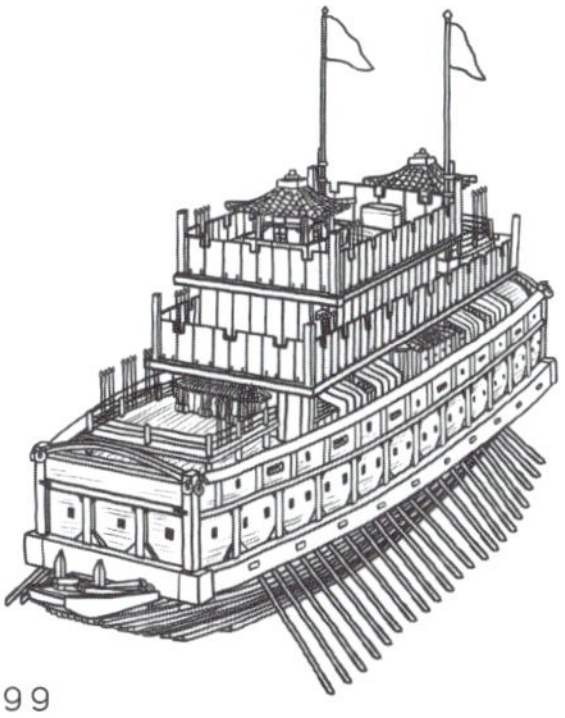

堅い城門も破れるスグレモノ

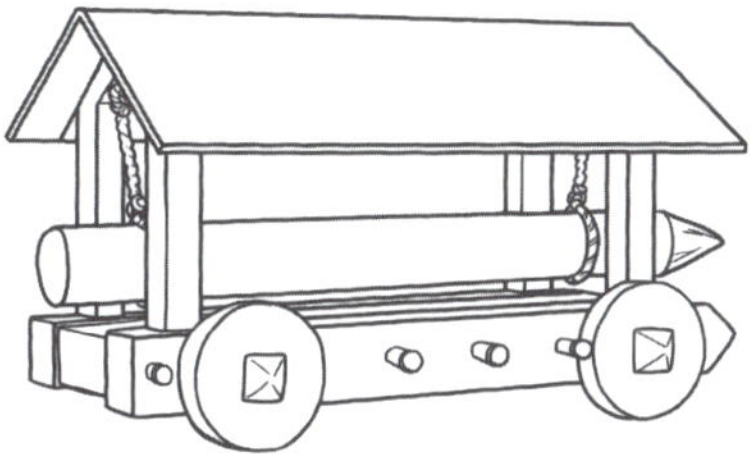

武器04

衝車

しょうしゃ

文字通り、「衝」撃を与える「車」で、攻城兵器です。本体を城壁に何度も打ち付けることで、堅い城門や、どうしても開かないドアを破ることができます。キャスター付きなので運搬もラクラク。

もっとおもしろくなる！

三国アラカルト

SANGOKU-Alacarte 03

三国時代の人々はどんな生活をしていたの？

男性は、丈が短い上着とズボンを身に着けていた。また必ず髪を結うのがルール。当時、髪には生命エネルギーが宿るとされていて、これを守る目的があるのだとか。女性は髪を束ね、丈が短い上着とスカートを着用した。履物は男女ともに下駄が人気。食べ物は米、麦、野菜、薬草などが栽培されており、主食は地域によって異なったという。保存食品や乳酸飲料、酒なども存在し、果物や菓子も食べられていた。食事には箸や食器を使い、極論すれば日本の江戸時代とさほど変わらないといえる。

これが三国時代の暮らし！

ボクの実家はわらじをつくっていたんだ。
貧乏だったから、お母さんにボクが劉邦の子孫だって
教わったときは、すごくびっくりしたよ

服装	衣服の素材は麻が主流で、富裕層は絹なども着ていた。履物は、絹や革製の靴や麻製のわらじもあった。
食べ物	南部は米、北部は麦が主食。酒はにごり酒が多く、アルコール度数も低かった。しかし、三国志には張飛や孫権のような酒乱が何人も登場する。
住居	居間と台所を壁で区切る間取りが多い。また、防犯のために土塀をめぐらせていた。裕福な農民は母屋を２階建てにしていたようだ。
教育	10～14歳で小学という初等教育機関に通い、15～20歳になると大学へ進んだ。劉備や諸葛亮（孔明）のように私塾に通う者も。
行事	現在と同じく、元旦や立春など季節の節目を祝った。前漢の頃から七夕行事も行なわれていた。
遊び	囲碁、おはじき、蹴鞠などの遊びがあった。樊城の戦いで怪我をした関羽は、囲碁をしながら縫合手術を行ったとか……。

アートで見る三国志③

『三国志図会内』より「玄徳風雪ニ孔明ヲ訪フ」

作者：月岡芳年　時代：明治時代（1883年）

カンバスを３枚くっつけた大判絵という錦絵で、「三顧の礼」を描いています。こんな大雪の中、私を訪ねていただき申し訳ないです、劉備さん。
そんなに謝らないでよ！お願い事をする時は、自分からお迎えにいかないとね！（関羽と張飛はすっごい怒ってたけど……）
演義
正史

CHAPTER 4

大逆転！赤壁の戦い

天才軍師・孔明を仲間に入れた劉備たちだったが、曹操の力は圧倒的だった。そこで孔明は、呉の孫権と協力して曹操と戦う作戦を提案する。

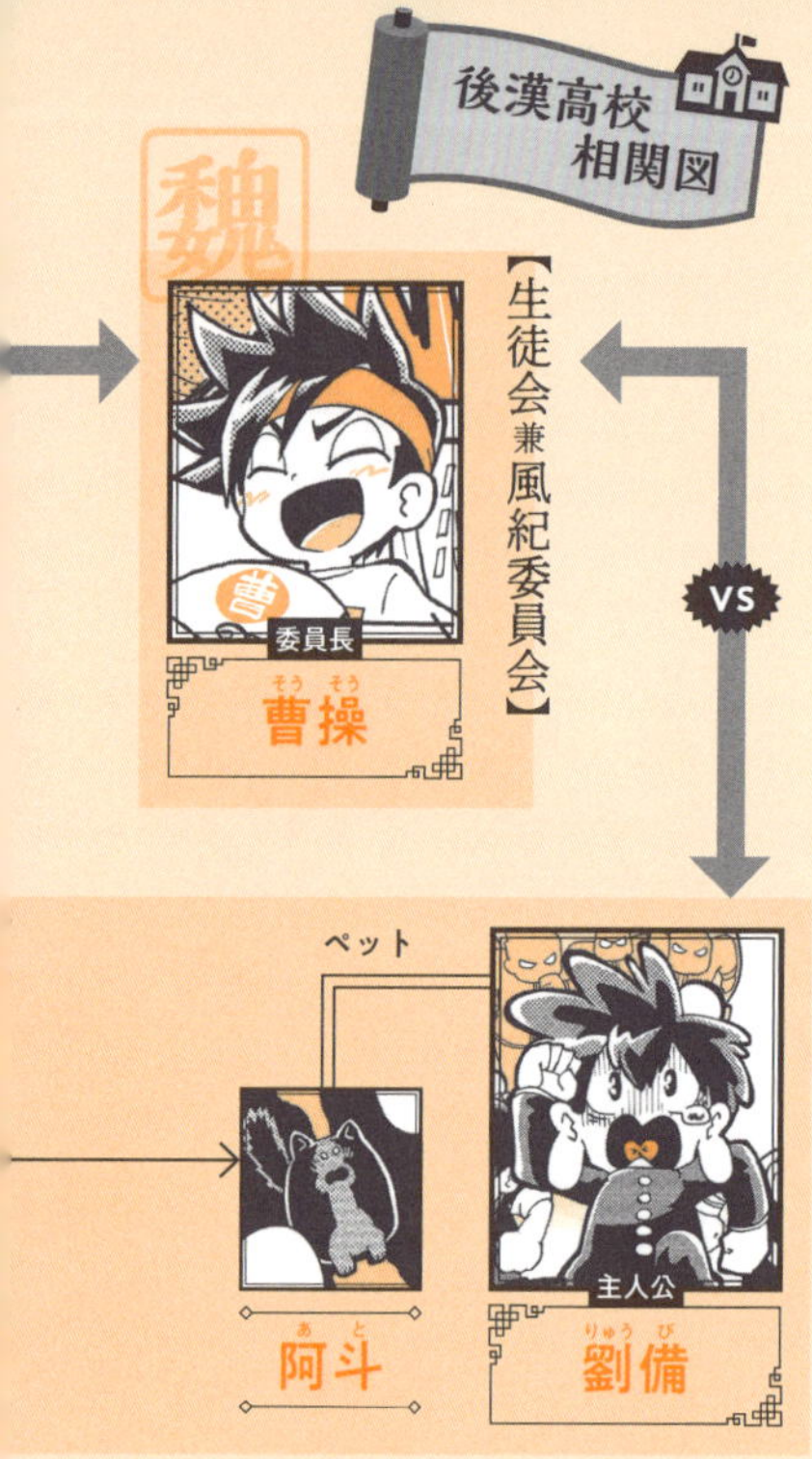

【ざっくりあらすじ】

孔明
私たちは完全に風紀委員にマークされてしまいましたね。張飛。

張飛
孔明、お前天才なんだからなんとかしてくれよー。

孔明
ええ、逃げてばかりではどうしようもありませんからね。なのでスポーツ科に協力を要請しました。

呉
【スポーツ科】
ラグビー部
黄蓋《こうがい》
陸上部
甘寧《かんねい》
No.1
孫権《そんけん》
ブレーン
周瑜《しゅうゆ》
VS
協力
蜀
救助
諸葛亮《しょかつりょう》
（孔明《こうめい》）
関羽《かんう》
張飛《ちょうひ》
趙雲《ちょううん》
【劉備と仲間たち】

張飛　スポーツ科って、初めて出てくるやつらだな。

孔明　三国志では「呉《ご》」と呼ばれる、第三勢力です。パワーも知力もある大国ですよ。

張飛　ほう、なかなか頼もしいやつらじゃねーか。

孔明　そして、いよいよ三国志前半のクライマックス「赤壁《せきへき》の戦い」が始まります。

張飛　あー！　赤壁ってあの有名な！　聞いたことあるわ！

孔明　スポーツ科の司令官は周瑜。彼も私ほどではありませんが切れ者です。そしてとうとう私たちは曹操に勝利するのです！

張飛　まじか！　一体どうやって勝つんだろ？

曹操軍は劉備さんが領有していた新野を奪うため、一気に攻めてきます。私たちは全力で曹操軍から逃げました。

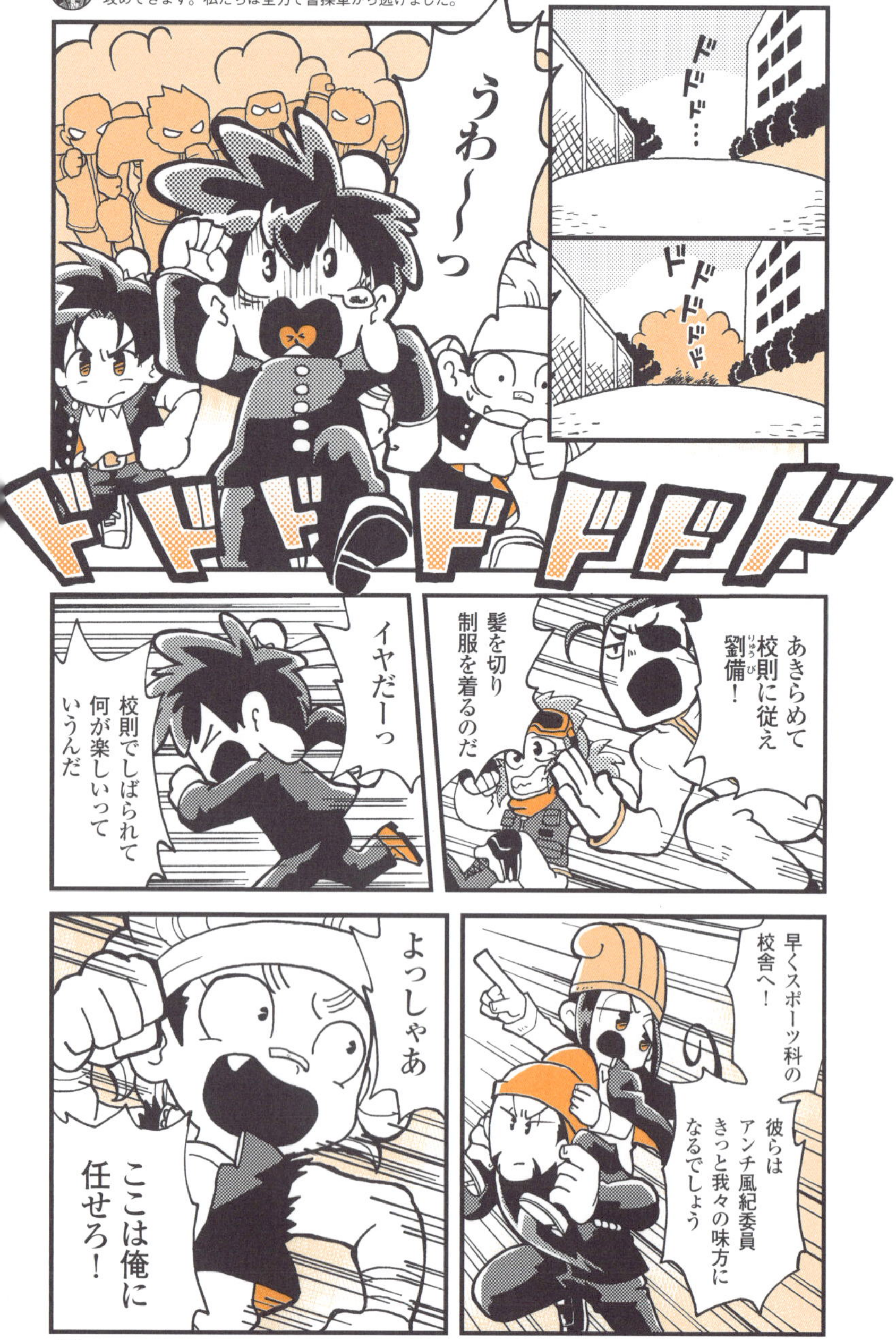

スポーツ科とは孫権率いる呉のこと。
当時の呉は魏に対抗できそうな勢力のひとつでした。

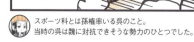

途中で曹操軍に追いつかれそうになった私たちですが、張飛が時間を稼ぐと言い最後尾に。そして小さな橋の上でひとり仁王立し威嚇。その姿を見た曹操軍はひるみ、一時撤退することにしました。

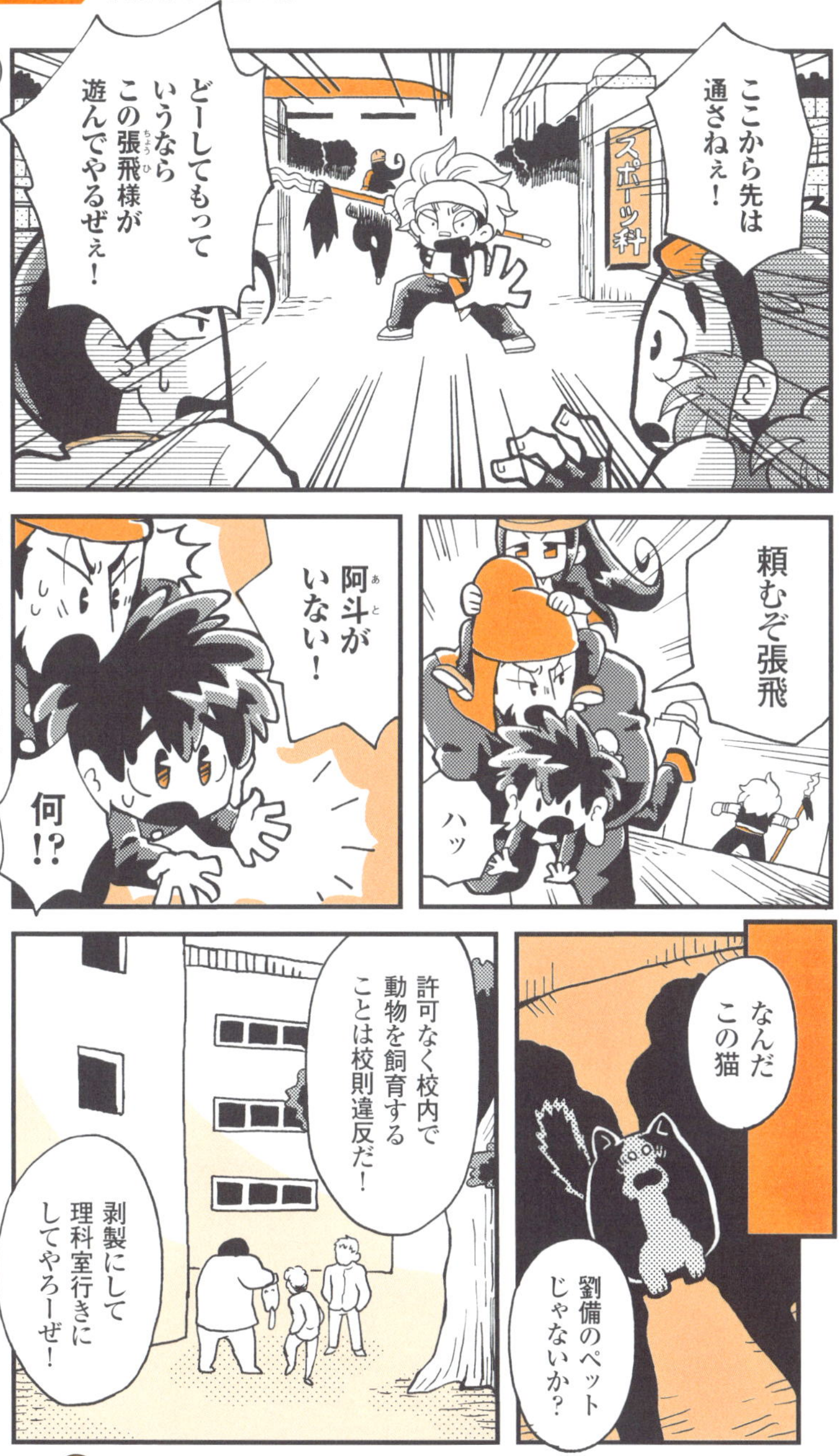

このマンガでは猫の阿斗ですが、実際の歴史では劉備さんの息子です。
息子を置いてけぼりにするくらい焦って逃げてたんですよ。

趙雲は曹操が袁紹を倒した後に仲間入りした人物。
関羽・張飛に並ぶパワーを持ってます。

呉（スポーツ科）No.1の孫権は3代目。
1代目の父・孫堅と2代目の兄・孫策は早死にだったので、若くしてリーダーになりました。

周瑜は孫策の義兄弟で、呉の軍事リーダーでした。孫権は困ったときは周瑜の意見を頼りにしていました。

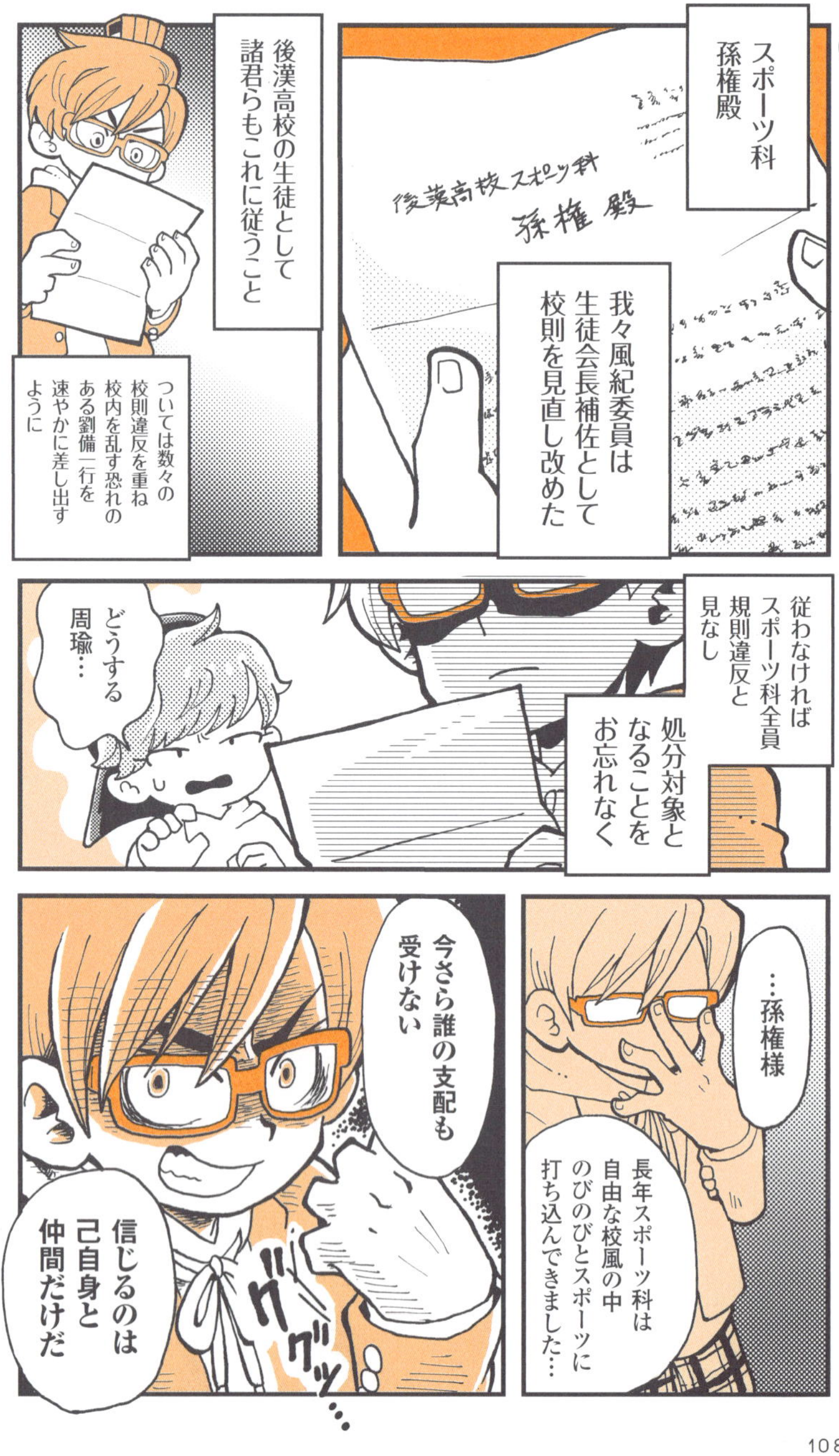

スポーツ科 孫権殿
後漢高校スポーツ科 孫権殿
我々風紀委員は生徒会長補佐として校則を見直し改めた
後漢高校の生徒として諸君らもこれに従うこと
ついては数々の校則違反を重ね校内を乱す恐れのある劉備一行を速やかに差し出すように
従わなければスポーツ科全員規則違反と見なし
処分対象となることをお忘れなく
どうする周瑜…
…孫権様
長年スポーツ科は自由な校風の中のびのびとスポーツに打ち込んできました…
今さら誰の支配も受けない
信じるのは己自身と仲間だけだ
ググッ…

呉に流れる大河・長江。赤壁はその途中の川沿いにあるエリアです。
呉は水上戦が得意なので、川を挟んで対抗しようとしたのです。

甘寧は呉の武将。
もともとは荒くれ者でしたが、呉に帰順し活躍します。

黄蓋は1代目孫堅の頃から孫家に仕える老将軍。赤壁の戦いの際、呉の文官は曹操軍にビビって及び腰でしたが、気骨のある黄蓋はずっと開戦を勧めていました。

いきなり黄蓋を痛めつける周瑜ですが、これは実は2人の演技。この暴行を見たら、誰もが「黄蓋、周瑜をうらんで裏切りそう〜」って思うでしょう？

次の種目は水上玉入れ
赤壁川に浮かべたカゴにより多くの玉を入れたチームの勝利です
臥龍
余裕だぜ
曹
いちについて
よーい…
スポーツ科 孫権
スポーツ科 甘寧
ぱっ
ブワァァ
!?
なんだこの霧
カゴが見えねえ!
とにかく投げるんだ

私の策、完璧だったでしょう?
『演義』の私は天候を操る特殊能力を持ってるんですよ。

あ〜あ、やっぱり黄蓋が裏切った……と思ったでしょ？ さっきの作戦の続きですよ。散々暴行を受けた黄蓋はすんなり曹操軍に受け入れられます。

風紀委員テント
失礼しまっス
オレを風紀委員に入れてほしいっス
スポーツ科
黄蓋
スポーツ科の周瑜にはガマンなんねぇっス
ラグビー部の黄蓋!?
曹操様も大歓迎だ
ヨロシクッス
自分チャーハンが得意料理なんで
昼飯にごちそうするっス
それはいい！このテントを使ってくれ
ご親切にどうもっス
それじゃあ遠慮なく…
GAS
緊急事態発生！風紀委員のテントから出火です
速やかに避難してください！

見ての通り、黄蓋は曹操軍の内側から本陣を燃やすために、わざと裏切る演技をしたんです。

このタイミングで関羽が曹操を倒してしまえば良かったのでしょうが、
関羽は曹操軍にいたとき（→P.90）の恩を返すため、曹操を見逃してあげます。

時代解説15

長《ちょう》坂《はん》の戦《たたか》い

（208年）

劉備軍

戦　力：6500人

指揮官：劉備・諸葛亮（孔明）

VS

曹操軍

戦　力：50万人

指揮官：曹操・曹仁ほか

勝敗つかず

劉備危機一髪！曹操軍からの大逃亡

劉《りゅう》備《び》の軍師となった孔明《こうめい》は、荊州《けいしゅう》を制圧しようと向かってくる曹《そう》操《そう》軍を一時は追い返すことに成功（博望坡《はくぼうは》の戦い）。怒った曹操は自ら大軍を率いて新野《しんや》へ迫って来た。同じ頃、荊州の主・劉表《りゅうひょう》が病死。跡を継いだ劉琮《りゅうそう》と蔡瑁《さいぼう》は、曹操の軍に恐れをなして降伏してしまう。そこで劉備は、自分を慕う荊州の民10万人を引き連れ逃亡、江陵《こうりょう》の地を目指すが、大勢の民衆を連れての逃亡は思うように進まず、長坂《ちょうはん》で曹操軍に追いつかれてしまう。大混乱の中、趙雲《ちょううん》は敵陣を突破して劉備の子・阿斗《あと》を守り、張飛《ちょうひ》は時間を稼ごうと長坂橋で曹操軍を一手に引き受ける。そこへ関羽《かんう》が劉表の長男で江夏《こうか》の主・劉琦《りゅうき》の援軍を連れて到着。劉備軍は江陵へ向かうのをあきらめ、江夏に逃げ切った。

孔明のワンポイント解説

劉備軍期待のニューカマー「趙雲」

趙雲はもともと劉備さんの先輩・公孫瓚《こうそんさん》のもとにいました。公孫瓚が袁紹《えんしょう》と戦い始めた時、劉備さんも公孫瓚を手伝い共闘。以来趙雲は劉備さんの忠義に惚れたそうです。故郷に帰っているうちに公孫瓚が滅亡し、行き場を失った趙雲は、劉備様と再会し仲間入り。関羽や張飛ら多くの武将よりも長生きし、最後まで蜀に尽くします。

▲私が加入するちょっと前にメンバー入りしました。

逃げる劉備VS追う曹操

背景 荊州を支配しようと新野をめざす曹操に対し、劉備の仲間になった孔明が初参戦

博望坡の戦い

WIN

孔明 VS

夏《か》侯惇《こうとん》

孔明は曹操の部下・夏侯惇の軍を
すごくせまい道に誘い込み火をかける

↓

劉備軍の勝利！
夏侯惇は敗走する
怒った曹操は50万の兵を連れて荊州へ

↓

このタイミングで  劉表 病死！
跡を継いだ次男の劉琮と  蔡瑁 は曹操に降伏

劉備は自分を慕う民10万人を連れ新野からの逃亡を決意。
曹操軍の先鋒・曹仁《そうじん》をあえて新野城に誘い込み、火をかける

↓

曹仁が大ダメージを受けている間に劉備たちは逃亡
しかし民を連れての逃亡はうまくいかない

↓

長坂の戦い

曹操軍に追いつかれてしまうが
劉備を逃すために武将たちが大活躍！

- 趙雲は混戦の中はぐれた劉備の子・阿斗を探し出し
  曹操軍の中を単騎で駆け抜け無事に救助する！
- 張飛は最後尾につき、長坂橋にひとり仁王立ちで待機し、

「俺が張飛だ！ 死にてえ奴はかかってこい！」

ビビった曹操軍は退却

↓

ここで関羽と孔明が
江夏の主・劉琦の援軍を
連れて来た

劉備は無事江夏に到着

時代解説16

赤《せき》壁《へき》の戦《たたか》い

（208年）

劉備・孫権軍

戦力：周瑜軍3万人
劉備軍1万人
劉琦軍1万人
指揮官：周瑜・程普・
黄蓋

VS

曹操軍

戦力：
自称80〜100万人
指揮官：曹操

劉備・孫権軍の勝利！

長江が真っ赤に燃えた曹操の負け戦

荊《けい》州《しゅう》を手に入れた曹操《そうそう》は、揚州《ようしゅう》の孫権《そんけん》に降伏を促す手紙を送る。孫権は開戦か降伏かを相談しようと劉琦《りゅうき》（と居候中の劉備《りゅうび》）のもとへ使者・魯粛《ろしゅく》を派遣。孫権と協力し曹操を倒したい諸葛亮《しょかつりょう》（孔明《こうめい》）は孫権や指揮官の周瑜《しゅうゆ》を説得し開戦を決意させた（赤壁《せきへき》の戦い）。周瑜は曹操の大軍船に火をつける作戦を立て、着火役の黄蓋《こうがい》が曹操に偽装降伏。客将・龐統《ほうとう》は船酔いする曹操軍を逃げにくくするため、船を鎖で結び固定させた（連環《れんかん》の計）。さらに孔明は強風を吹かすため儀式を行う。こうして周瑜は曹操の船団を焼き尽くし、大勝利。曹操は逃げ出すが、退路には関《かん》羽《う》が待ち構えていた。しかし関羽は、曹操の「かつてお前を見逃したことを思い出してくれ」という命乞いを聞き入れ、見逃してやった。

孔明のワンポイント解説

周瑜の無茶ぶりにスマート対応「10万本の矢」

周瑜は私を殺そうと、10万本の矢を10日で用意しろと無理難題を言ってきました。なので私は得意の天気予報で、霧がすごい日を予想し、無人の船を浮かべたんです。すると夜襲と勘違いした曹操軍が船に矢を大量放射してくれたんで、これを再利用してくださいと周瑜に渡しました。結局3日もかかりませんでしたね……ふふっ。

マンガでは

▲漕ぎ手以外は無人、代わりにかかしを乗せた船を浮かべました。

史上最大の逆転劇! 赤壁の戦い

背景 劉備の元に揚州の使者、魯粛がやってくる

魯粛「曹操が揚州に攻めてくるというのですが、リーダーの孫権さんが戦うか降伏するか悩んでるんです」

孔明 は揚州に出向き、曹操と戦うよう説得

周瑜、開戦を決意!
孫権を説得し、赤壁で迎え撃つことに

周瑜は曹操軍の大船団を燃やそうと考え、準備を始める

準備① 苦肉《くにく》の計 by周瑜

着火係の黄蓋を曹操に偽装降伏させることにした周瑜は、
降伏にリアリティを持たせるため
黄蓋に許しを得て、彼を痛めつける。
これを見た曹操軍は、「黄蓋は本気で降伏したんだ」と思い込む

準備② 連環の計 by龐統

孫権軍の客将・龐統は、火をかけた時に延焼させるため、
また逃げにくくさせるために、曹操の船団を鎖で結ぶ
「連環の計」を提案。龐統は隠者のふりをして曹操に会見し
「兵士たちの船酔いがひどいなら船同士を繋いで
揺れにくくすればよい」と進言する。

孔明 が天気を操り、曹操の船がより燃えやすくなる「東南向きの風」を吹かせる

周瑜すかさず点火指示! 曹操の大船団全焼!

全力で逃げる曹操だったが
帰り道には趙雲《ちょううん》・張飛《ちょうひ》・関羽ら劉備軍の伏兵がスタンバイ!

しかし曹操に恩義を感じる関羽(→P.90)は
かつての恩返しに曹操の命乞いを聞き入れ見逃した

時代解説17

合肥《がっぴ》・濡須口《じゅしゅこう》の戦《たたか》い

(208～216年)

曹操軍

指揮官：曹操・張遼

VS

孫権軍

指揮官：孫権

一進一退の攻防が続く

長江を挟んでぶつかり合った曹操と孫権

赤《せき》壁《へき》の戦い後、勢いに乗った孫権《そんけん》は合肥を守る曹操《そうそう》軍の武将・張遼《ちょうりょう》と戦うが敗北。212年には濡須口《じゅしゅこう》に曹操の大軍が攻め込んできたが、孫権はなんとか追い返すことに成功。215年、諸葛亮《しょかつりょう》(孔明《こうめい》)から「劉備《りゅうび》が借りている荊州《けいしゅう》の三郡を返還するので、後ろから曹操軍を攻めてほしい」と提案され、今度は孫権が10万の兵を率いて合肥に攻め込む。対する張遼・李典《りてん》・楽進《がくしん》は少数精鋭で孫権の本陣を急撃。孫権は、危うく命を落としかけた。翌年、曹操軍40万が濡須口へ襲来。大ピンチの孫権軍だったが、甘寧《かんねい》・凌統《りょうとう》ら武将たちの猛撃や陸遜《りくそん》の援軍により1カ月間の膠着状態に持ち込み、消耗した曹操と孫権は和平を結んだ。その後も長江《ちょうこう》の各所は曹操対孫権の最前線となった。

孔明のワンポイント解説

「泣く子も黙る」！張遼の活躍

わずか7000の兵で10万人の孫権軍を翻弄した張遼。彼はもともと呂布《りょふ》に仕えており、呂布処刑後、曹操に能力を認められ従軍します。そもそも、張遼が孫権を挑発し攻め込ませたのが合肥の戦いの発端なんですよ。しかも孫権軍の勇将・太史慈を破ります。そんな猛将ぶりから「泣く子も黙る」という言葉の由来となりました。

▲「張遼が来るぞ～」とあやすと、子どもが泣きやむらしい。

曹操VS孫権！ 長江沿いで激戦

背景 赤壁の戦いで曹操軍に勝利した孫権は、そのまま曹操の領地・合肥に攻め込む

208年　合肥の戦い①

WIN 張遼 VS 孫権 太史慈

- 合肥を守る魏将・張遼の挑発に乗った孫権は、自ら先頭で戦うが敗北。
- そこで、呉将・太史慈《たいしじ》は張遼の城にスパイを送りこみ内部から城を奪おうとするが、張遼にバレてそのまま戦死する

212年　濡須口の戦い①

曹操 VS WIN 孫権

- 曹操は赤壁での雪辱を晴らすため、自ら出陣する。
しかし孫権はバッチリ対策していたので戦は長期化、曹操はあきらめて撤退する

215年　合肥の戦い②

WIN 張遼 VS 孫権

孔明

孫権さん、以前お借りした荊州のうち
3郡をお返しするので、合肥を攻めてください

気合いも兵力も十分の孫権軍だったが
曹操軍の張遼・李典・楽進、少数精鋭で孫権を追い込む

孫権は川を飛び越え命からがら濡須口に敗走

張遼の要請で曹操側の援軍40万人が到着

215年　濡須口の戦い②

曹操 VS 孫権

- 呉の 甘寧 たった100騎で曹操軍に夜襲をかけて勝利、全員存命のまま帰還
- 怒った曹操軍が一気に押し寄せ孫権大ピンチ
- 呉の 陸遜 が援軍10万を連れて参戦。1カ月間の膠着状態に持ちこむ

疲れた曹操&孫権、一時和平を結ぶ

武将も軍師も信じた

三国時代の占い

中国は古代から占いが盛んで、三国志の中にも占いによって命運を分けた人物がいる。ここでは代表的な三国時代の占い4つと、実際に占われた人物たちのエピソードを紹介する。

1 夢《ゆめ》占《うらな》い

『演義』には、登場人物が不思議な夢を見たあと、その吉凶を心配するシーンが18回登場。これらの占いでは『周公解夢』という書が参考にされた。

三国志演義に登場する夢と、それを見た人物に起こったできごと

人物名	夢の内容	結果
孫策《そんさく》	後漢の光武帝《こうぶてい》に会う夢	孫策は江東の地を手に入れ、呉の基盤をつくる(→P.66)
孫休《そんきゅう》	龍に乗って天に昇る夢	孫休は呉の3代皇帝になる(→P.214)
屋敷の主人	2つの太陽が屋根裏に落ちる夢	少帝と劉協(のちの献帝)の2人が彼の家に来る
曹操《そうそう》	太陽が川に落ちる夢	曹操と孫権が出会う
	3頭の馬が一つの餌を食べる夢	曹操が築いた魏の政権が、司馬懿・司馬師・司馬昭の司馬3代に奪われる(→P.212)
呉夫人《ごふじん》	月と太陽がそれぞれお腹に入る夢	孫堅との間に子を授かる。月の時は孫策太陽の時は孫権が生まれた
甘夫人《かんふじん》	北斗星を飲む夢	劉備との間に子が生まれ「阿斗」と命名。
鄧艾《とうがい》	足元から水が湧き出る夢	蜀を滅ぼしたが、殺害される(→P.212)
董卓《とうたく》	龍雲を体にまとう夢	夢を見たあとほどなくして死去
魏延《ぎえん》	ツノが生える夢	
鍾会《しょうかい》	数千の蛇にかまれる夢	
関羽《かんう》	黒豚に左足をかまれる夢	
何晏《かあん》	ハエが鼻に集まる夢	
龐統《ほうとう》	神に右手を鉄棒で殴られる夢	
孫綝《そんちん》	龍で天に上るが尾がない夢	
劉備《りゅうび》	神に右手を鉄棒で殴られる夢	劉備の軍師・龐統が戦死する(→P.146)
馬超《ばちょう》	雪の中で虎に襲われる夢	馬超の父・馬騰が殺害される(→P.144)
劉禅《りゅうぜん》	山が崩れる夢	諸葛亮が死去

2 占星術《せんせいじゅつ》

天文を観測することで、人の生き死にや戦の結果、新たな人材の登場を予言する占い。三国志では20回ほど登場する。

占われた人物

人物名	内容	結果
諸葛亮《しょかつりょう》（孔明《こうめい》）	魏の譙周《しょうしゅう》が「赤い星が落ち諸葛亮の身に凶事あり」と予言。	孔明は病死。しかし、孔明自身も占星術で死期を悟っており、きちんと遺言を残す。

3 人相見《にんそうみ》

人物の顔を見て相手を分析するのが人相占い。
顔立ちのほか、馬の相を分析する「馬相」もあった。

占われた人物

人物名	内容	結果
曹操《そうそう》	許劭《きょしょう》は曹操を見て「治世の能臣、乱世の奸雄」と分析	魏王になる
魏延	孔明は魏延を見て「反骨の相あり、のちに必ず裏切る」と分析	魏延は反乱を起こす

4 未来予測《みらいよそく》

「戦の前に軍旗が折れると不吉なことが起こる」など自然現象や怪現象から未来を予測する方法。三国志には、知識人たちが未来を予測し、不幸を回避するという場面がある。

占われた人物

人物名	内容
曹丕《そうひ》	曹丕が魏王になると、国中で鳳凰や麒麟、黄龍などの伝説の生き物が発見される。これを「王朝交代のベストタイミング」と判断した文官たちは、帝の位を曹丕に譲るよう献帝に進言した。(→P.174)

COLUMN

三国一の占い師 管輅《かんろ》

管輅先生は三国一の占い師と言われており、その占いは百発百中。人相、人の体つき、風向きなどで事象や人の寿命を判断したほか、筮竹《ぜいちく》・算木《さんぎ》などを使った易経《えききょう》も得意としていた。そんな管輅のエピソードで最も有名なものが「北斗《ほくと》・南斗《なんと》」の話。ある日、管輅は趙顔《ちょうがん》の寿命を「19歳」と判断。すると趙顔の両親は嘆き、彼を長生きさせる方法を聞いてきた。そこで管輅は「向こうの木の下で碁を打つ2人の仙人に、静かに酒と肉を勧めなさい」とアドバイス。実はこの仙人たちは寿命を司る北斗七星・南斗六星の神様で、酒と肉のお礼に、趙顔の寿命を「90歳」にしたという。この神秘的な物語も三国志の中に収録されている。

ざんねんな 三国志人物事典

もしあのひとが○○だったら

生き急ぎ編

弱点や性格に難アリと言った“ざんねんな”三国志の人物を紹介する
残念な三国志人物辞典のコーナー！
今回は優秀だったけど若いうちに亡くなってしまった人物を紹介します。

孫堅&孫策

【そんけん&そんさく】

サクサク退場しすぎる短命父子

呉の初代リーダー・孫堅は勇猛果敢な男。しかし、その勇猛さが災いし、襄陽《じょうよう》の戦いでは快進撃にいい気になって特攻し、劉表《りゅうひょう》配下の呂公《ろこう》が仕掛けた落石の罠に引っかかって討ち死にしてしまう。享年37。長男の孫策は、領地内で話題の道士・于吉《うきつ》に無理難題を押しつけて殺害し、彼の霊に呪い殺される。享年26。正史の孫策の死因は刺客に負わされた傷だが、二人そろって早世なのは変わらない。

もし孫堅と孫策が天寿を全うしていたら

孫堅が襄陽の戦いで討死せず勝利しても、守勢に優れた劉表を破り、荊州を奪うのは難しいだろう。それよりも同盟していた袁術《えんじゅつ》を見限り、劉表と同盟するほうが勢力拡大に希望を持てる。ただし、次男・孫権は享年71だが、基本的に孫一族は外的要因を除いても30から40で没することが多く、長命の家系とは言いがたい。これを考慮すると、孫堅は劉表と同盟後すぐに亡くなりそうだ。しかし引き継ぎがきちんとできる分、討ち死によりずっといい。孫策もアラフォーまで生きたなら、官渡の戦いで袁《えん》紹《しょう》と争う曹操《そうそう》の隙をつき、曹操が献帝を抱え込んでいる都・許昌《きょしょう》を奪取。そのまま孫策が献帝を抱きかかえ、天下を奪っていたかもしれない。

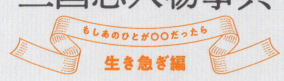

荀彧【じゅんいく】

王朝推しがウザがられ戦力外通告

荀彧が士官した時、曹操は彼を前漢初代皇帝・劉邦の軍師・張良《ちょうりょう》になぞらえて大喜び。以降、荀彧は曹操から絶大な信頼を寄せられる……が、蜜月が甘いほど仲たがいした時の溝は深まるもの。曹操が魏公になると主張すると、荀彧は「漢王朝をないがしろにするな」と大反対。これにムッとした曹操は、空箱をプレゼント。「お前は用済み」の意味を悟った荀彧は、絶望して自殺した。

もし荀彧が曹操の魏公就任に「いいね!」と言ったら

荀彧にとっては曹操も帝と同じくらい大切な推しのはず。これはこれで推しが躍進するいい機会と荀彧が考えて曹操の魏公就任を認めれば、空箱事件はなかった。そして彼は仙人・左慈《さじ》が曹操をおちょくる現場に居合わせる。

左慈から「劉備に天下を任せて引退しろ」と言われて激怒した曹操に、「あなたは同じことを皇帝にやったのだ」と説教すれば、曹操も反省するだろう。こうして曹一族が漢王朝の臣として分をわきまえれば、魏王朝は成立せず、これに対抗した蜀漢も成立しない。すると、漢王朝後継の正統性を争う北伐も起きないことになる。三国志後半がずいぶん穏やかになるが、国力を蓄えた劉一族は大きな脅威になりそうだ。

周瑜【しゅうゆ】

一方的なライバル視で吐血憤死

諸葛亮《しょかつりょう》（孔明《こうめい》）をライバル視し、執拗に排除を狙う。しかし、孔明に「10万本の矢」の無茶ぶり（↓P.118）も失敗、曹操軍炎上に乗じて孔明を殺そうとするも逃げられ失敗、結婚式で劉備を人質にする作戦（↓P.142）も孔明に見破られ失敗。とどめに孔明から「あなたの考えはお見通し」という煽りレターを送られ、「天はなぜ自分と孔明を同時代に生んだのか」と叫んで吐血し、息絶えた。

もし周瑜のスルースキルが高かったら

弱小勢力である劉備の部下にすぎない孔明ごときに、江東一帯の支配者たる呉の大都督《だいととく》・周瑜が心乱される必要があるだろうか。いや、ない。孔明は敵ではないのだから便利に使えばいい、と大きく構えていれば、憤死などしなかったはず。むしろ孔明は、周瑜が有能だからこそ煽ったきらいがある。後年、司馬懿も孔明に散々煽られたが、受け流す力〝スルースキル〟に優れた司馬懿は最終的に勝っている。周瑜もスルースキルを駆使して赤壁の戦い後の荊州戦線を維持すれば、劉備は入蜀の足掛かりを得られず、呉と魏の天下二分が実現しただろう。ただし周瑜の名誉のためにいっておくと、憤死は『演義』の脚色で、『正史』ではただの病死。

三国志 SANGOKUSHI
Girl's Talk 前編

やっほ〜貂蝉だよ☆ 今日は後漢高校で活躍する男子の彼女ちゃんたちに集まってもらったんだ。彼氏のグチとかノロケ話とかいろいろ聞いちゃうよ〜♪

張春華《ちょうしゅんか》

司馬懿《しばい》の正室。賢く徳の高い女性だった。夫より10歳年下だが「年寄り」と罵られ、子どもたちと絶食。司馬懿に謝罪させた鬼嫁。

大喬《だいきょう》&小喬《しょうきょう》

美人姉妹で通称"二喬《にきょう》"。大喬は孫策《そんさく》、小喬は周瑜《しゅうゆ》の妻となった。赤壁《せきへき》の戦いで、開戦をためらう周瑜を孔明《こうめい》は「曹操が二喬を狙っている」と焚きつけた。

孫夫人《そんふじん》

孫策、孫権の妹で劉備《りゅうび》に嫁ぐ。政略結婚だが、夫婦仲は良く、孫権の策で離縁した後、劉備が戦死したという誤報を聞き、長江に身を投げた。

祝融《しゅくゆう》

南中王・孟獲《もうかく》の妻。男勝りな性格で、自ら戦場に立つ。馬忠《ばちゅう》らを捕らえるなど蜀《しょく》軍を苦戦させるが、孔明の策によって捕虜となる。

甄夫人《しんふじん》

袁紹《えんしょう》の子・袁煕《えんき》の妻だったが、官《かん》渡《と》の戦い後、魏《ぎ》の初代皇帝・曹丕《そうひ》に見初められる。義父・曹操《そうそう》と義弟・曹植《そうしょく》をも虜にした傾国の美女。

MC **貂蝉《ちょうせん》**

役人・王允《おういん》の歌妓。その美貌で董卓《とうたく》と呂布《りょふ》を惑わし、呂布に董卓を討たせた。その後は呂布とともに行動し、下邳《かひ》落城を見届ける。

貂蟬：**今日はみんな集まってくれてありがとう♪ さっそく、みんなの彼氏の話を聞かせてね！ じゃあ、三国一の成長株・劉備くんとつきあってる孫夫人ちゃんからお願い～♪**

孫夫人：つきあうきっかけは、孫権兄の策略なんだけどね（笑）。でも劉備くんは優しくて礼儀正しくてすぐ大好きになったよ♪

大喬：孫夫人ちゃんは武道が得意だから、劉備くん、ちょっとビビってるよね（笑）。

貂蟬：**孫さんちは武闘派だもんね（笑）。じゃあ続いて、呉つながりで大喬ちゃんと小喬ちゃんの彼氏の話をきかせて！**

大喬：孫策と周瑜くんは義兄弟だけど、性格が真逆だから見てて面白いよ♪

小喬：突っ走る孫策くんを周瑜がいつも止めてるんだよ～☆

甄夫人：義理の兄弟でも仲がいいのはうらやましいわ。

孫夫人：甄夫人ちゃんの彼氏の曹丕くんは、弟の曹植くんと仲悪いんだっけ？

甄夫人：そうなの……曹植様の方がクリエイティブな分野の評価が高いから、ライバル視してるみたい。曹丕様も才能あるのに。

張春華：曹植くんも甄夫人ちゃんが好きだから、仲が悪いって噂もありますわよ？

甄夫人：うふふ……どうかしらね♪

貂蟬：**まさに傾国の美女～☆ 曹丕くんの友達の司馬懿くんとつきあってる張春華ちゃんはどう？**

張春華：司馬懿ちゃんはあたしの言うことをよく聞くいいコですわよ。んふっ♪

貂蟬：**わぁお☆ そこら辺は後で詳しく聞くね♪ 最後は祝融ちゃん！ 彼氏の孟獲くんてどんな子？**

祝融：ウチのカレシはヘタレ！ ウチがいないとなにもできないんだよね～。マジ頼りな～い！

貂蟬：**張春華ちゃんと祝融ちゃんは将来、ダンナを尻に敷くタイプになるよね（笑）。**

関羽くんをかばって殴られちゃった劉備くん。友達の危機に立ち向かえる男の子ってカッコいいよね（by孫夫人）

P.220に続く

もっとおもしろくなる！

三国アラカルト

SANGOKU-Alacarte 04

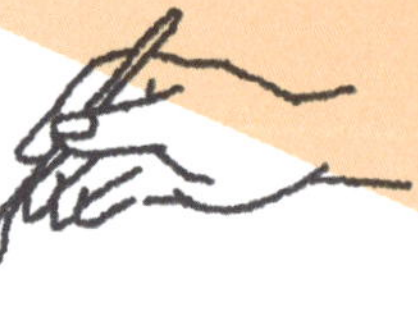

儒教って宗教なの？

春秋戦国時代の思想家・孔子《こうし》が説いた教えが儒教。後漢では国がこれを推奨しており、宗教というより学問である。いわゆる「仁・義・礼・智・信」などで表現される道徳的な考えや行動のことで、優秀な人はみな儒教を学んでおり、儒学的な思想を正義とする風潮があった。そのため、三国志の登場人物は、儒教の教えに従い、親や親戚を大切にする姿が描かれている。しかし、次第に拡大解釈され、親の死後に長期間喪に服す、血統を重視するなど弊害が生じるようになる。思想的な枠組みを超えて合理性・能力主義を追求した曹操は儒教を嫌っていた。

儒教で重んじられたキホンの徳

五《ご》常《じょう》

仁	他者を慈しみ思いやること
義	人として正しい道を歩むこと
礼	正しい作法・礼儀を身につけること
智	善悪は正しく判断すること
信	嘘をつかず、誠実であること

五常の徳を身につけることで五倫の関係を維持することができた

五《ご》倫《りん》

親	父と子の間の愛情
義	主と家臣の間の慈しみの心
別	夫と妻の間の分別
序	年上と年下の序列
信	友人との信頼の情

ボクは五常ってとても大事な考えだと思うんだ。だって、孔明はボクの「三顧の礼」で仲間になってくれたからね。
劉備

アートで見る三国志 ④

山水唐人物図屏風（左隻）

作者：長沢芦雪　時代：江戸時代（1795～99年）

三国志の代表的な舞台である赤壁は、のちに日本でも山水画の重要な主題になったんですよ。
あれだけ大炎上した戦場が、理想郷として描かれるようになったのか。素晴らしいことじゃないか！
演義
正史

CHAPTER 5

劉曹激突！漢中大決戦

赤壁で大勝利を収めた孫権と劉備。その後劉備は自らの拠点として益州（蜀）を目指すが、そこは難関だらけの土地だった。

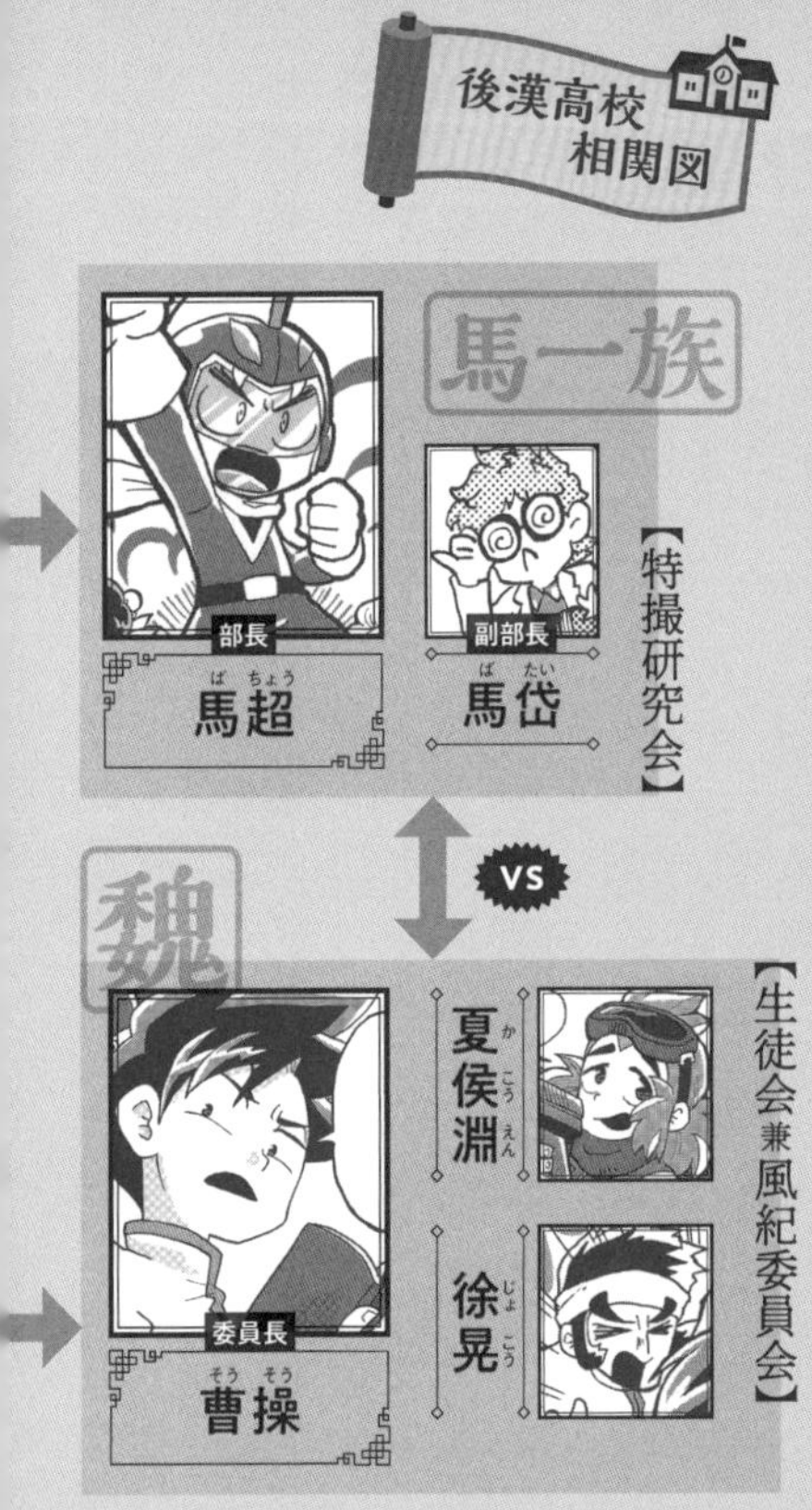
後漢高校
相関図
馬一族
【特撮研究会】
部長
馬超《ばちょう》
副部長
馬岱《ばたい》
VS
魏
【生徒会兼風紀委員会】
委員長
曹操《そうそう》
夏侯淵《かこうえん》
徐晃《じょこう》

【ざっくりあらすじ】

張飛　やーったやった！！　大勝利だぜー！　曹操ざまあみやがれ！

孔明　いよいよ曹操・孫権・劉備さんで三つ巴の戦いが始まりますね。

張飛　え？　曹操は倒したんじゃ……。

孔明　確かに多少ダメージは与えられましたが、そんなんじゃ曹操は倒せませんよ。

【劉備と仲間たち】
主人公
劉備《りゅうび》
諸葛亮《しょかつりょう》
（孔明《こうめい》）
関羽《かんう》
張飛《ちょうひ》
趙雲《ちょううん》
【新しい仲間たち】
黄忠《こうちゅう》
馬良《ばりょう》
魏延《ぎえん》
龐統《ほうとう》
蜀
VS
協力
【スポーツ科】
周瑜《しゅうゆ》
ブレーン
孫権《そんけん》
No.1
呉
VS

張飛　なーんだ。それで、俺たちはこのあとどうするんだ？

孔明　我々はまず拠点を求めて旧校舎（三国志では益州《えきしゅう》〈蜀《しょく》〉）を目指します。ですが問題がありまして……。

張飛　お？　なんだなんだ？

孔明　旧校舎には馬超率いる特撮研究会がいるんです。

張飛　と、とくさつ？

孔明　はい。しかも部長の馬超は張飛レベルの強さ、あなどれません。

張飛　えっ、俺レベルなの？　ていうか俺そんな変な研究会のやつらと戦わなきゃいけないの!?

孔明　そこで私は馬超を説得することにしたんです。彼もまた曹操を敵視する人間、きっと通じ合えると信じて……。

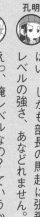

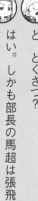

周瑜は赤壁の戦いのあと、勢いに乗って魏に攻め込みました。ところが、その際に負った矢傷が原因で病気にかかってしまいます。

劉備《りゅうび》一行とスポーツ科は同盟を組み
赤壁《せきへき》大運動会で風紀委員をしりぞけた
新しい居場所を探すため 劉備たちはスポーツ科をあとにした
周瑜《しゅうゆ》!!
激戦の疲れからか周瑜は突然倒れ休学することになった
1年 魏延《ぎえん》
1年 龐統《ほうとう》
1年 馬良《ばりょう》
赤壁での奇跡的な勝利は学校中の噂となり
ひそかに風紀委員への不満を募らせていた生徒が劉備のもとへ集結した
3年(?) 黄忠《こうちゅう》
そんな彼らが新天地として選んだのは——

新しい仲間は、歴史だと荊州にいた人々。
黄忠は「老将軍」と呼ばれるおじいちゃん……ベテラン武将です。

この旧校舎こそ、劉備さんの拠点となる「蜀(益州)」で、「四川」「西川」とも呼ばれています。蜀は最初、劉璋の領土でした。

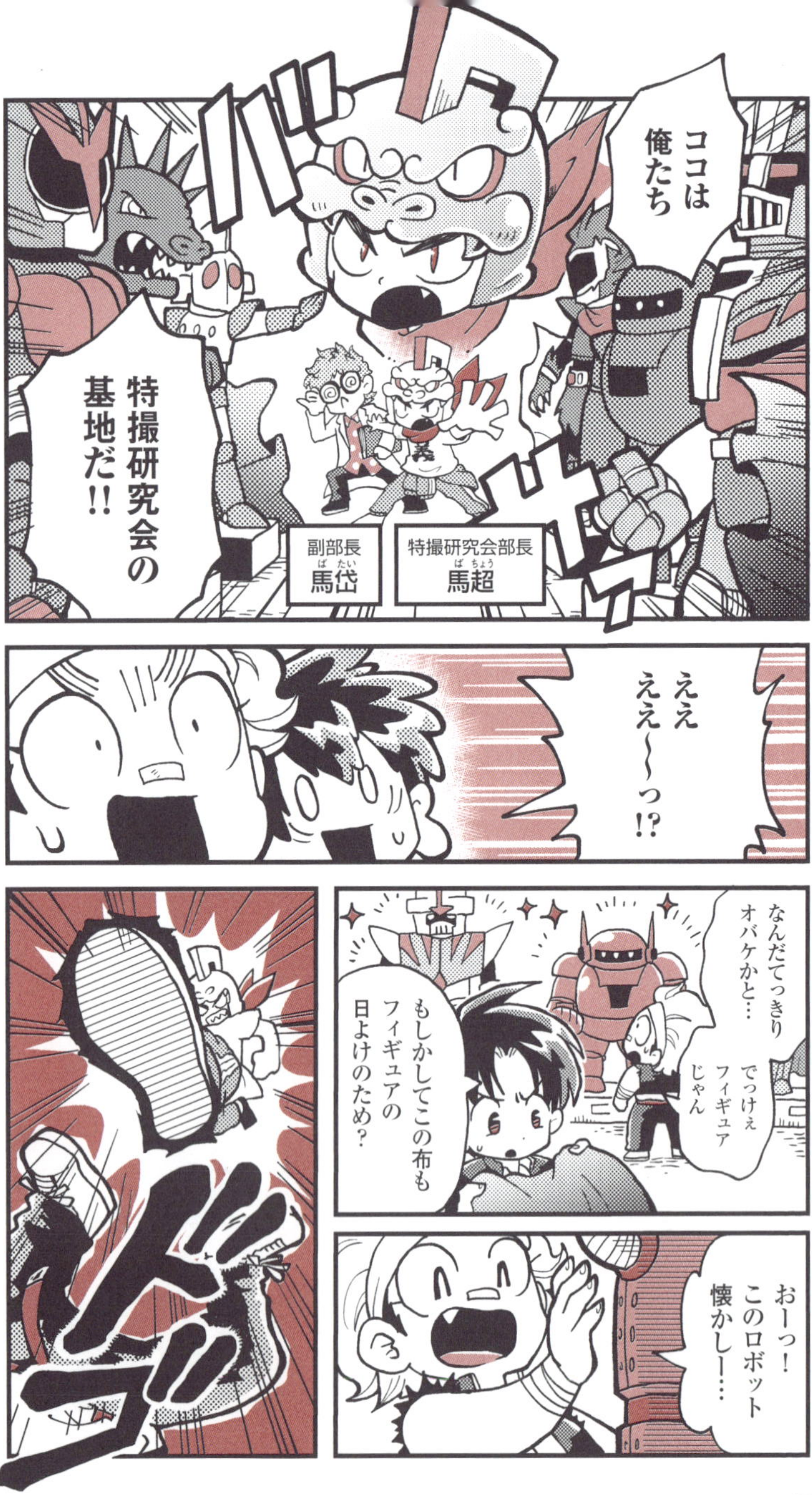
バ
ココは俺たち
特撮研究会の基地だ!!
副部長
馬岱《ばたい》
特撮研究会部長
馬超《ばちょう》
ええええ〜〜っ!?
なんだてっきりオバケかと…
でっけぇフィギュアじゃん
もしかしてこの布もフィギュアの日よけのため?
おーっ!このロボット懐かしー…

馬超と馬岱はいとこ同士で、西涼の馬一族の生き残り。馬超は父の敵を討つため曹操に挑みますが大敗し、最終的に蜀に流れ着きました。

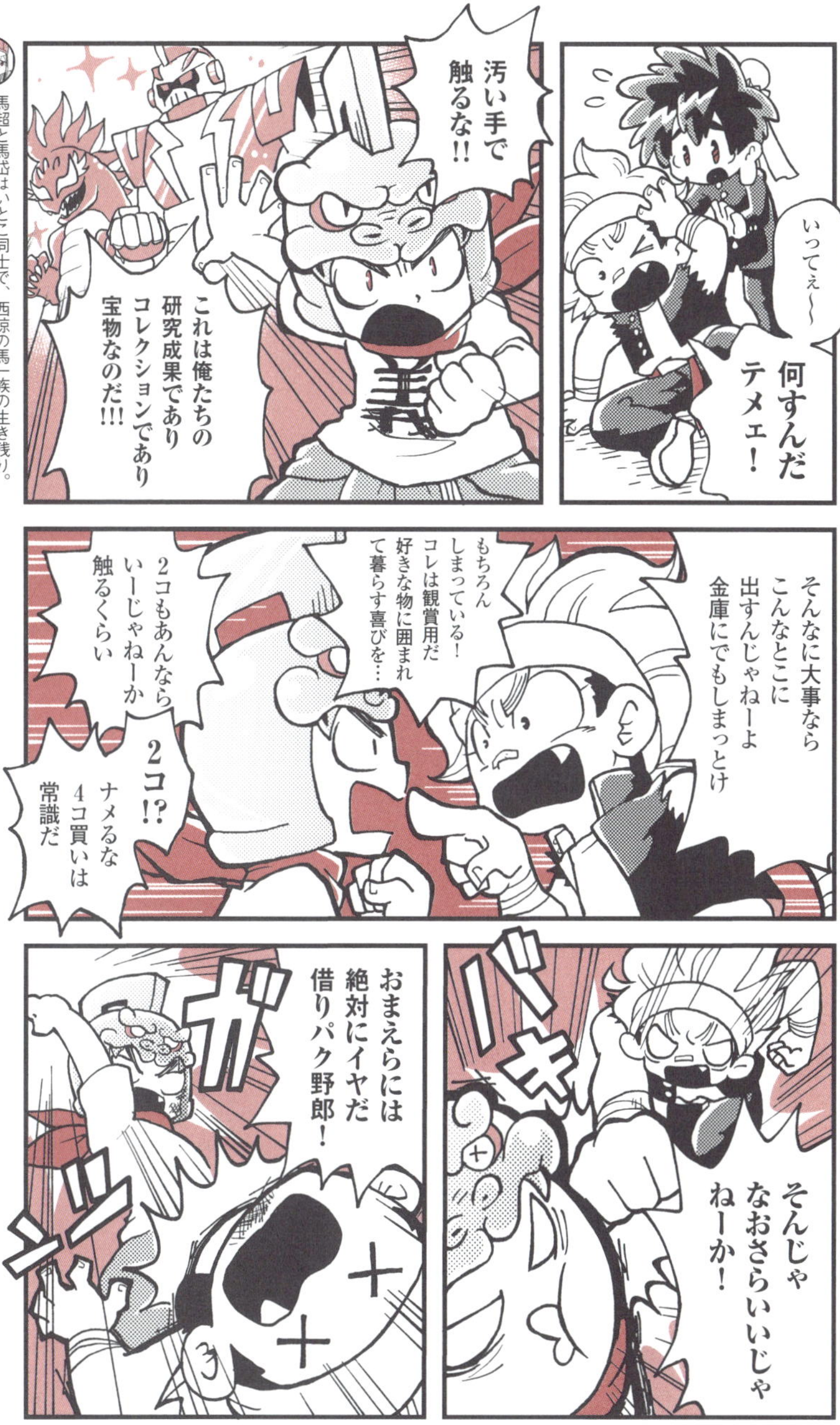

長いケンカだなって思いませんか？『演義』でも張飛と馬超の一騎打ちはめちゃくちゃ長く、結局劉備さんの仲裁で終了しました。張飛と渡り合える馬超もかなり強かったんです。

本来の「五虎大将」とは劉備さんが漢中王になってから優秀な部下にあたえた位です。

蜀の領主だった劉璋は馬超が劉備さんの仲間になったと聞いて戦意喪失。
蜀は劉備さんのものになりました。三国のうちのひとつ、蜀の基本ができました。

〝真・生徒会〟だと？
生徒会長《献帝》はここ風紀委員の保護下にあるというのに
勝手に「生徒会」と名乗るとは…
どうしますか
大・大・大違反だ
望み通り潰してやろう
夏候淵
漢中グラウンドにやつらを呼び出し始末しろ！
りょーかーい
ガチャン
サバゲー部 部長
夏候淵《かこうえん》

漢中は曹操が領有していた土地で、蜀との国境にありました。劉備さんの祖先である前漢の建国者、劉邦とも縁深い土地だったので、絶対にゲットしたかったのです。

弓が得意な黄忠おじいちゃん、なかなかあなどれません。あ、このマンガでは「老け顔の高校生」ということにしておいてください。

勢いに乗った劉備軍はまさに最強！ 魏延が曹操の前歯に矢を当てるファインプレーを見せ、恐れをなした曹操軍は撤退します。

みごと漢中をゲットした劉備さんは、曹操が「魏王」となったのに対抗し、「漢中王」を名乗り始めます。

時代解説18

劉《りゅう》備《び》の結《けっ》婚《こん》

（209年）

主な登場人物

- 劉備
- 諸葛亮（孔明）
- 孫権
- 周瑜
- 孫夫人

周瑜の策で劉備と孫夫人が結婚

曹《そう》操《そう》は荊州《けいしゅう》の主・劉琮《りゅうそう》と後見人の蔡瑁《さいぼう》を処刑し荊州を獲得する（→P.116）が、赤壁《せきへき》の戦いで孫権《そんけん》に大敗（→P.118）。孫権軍の司令官・周瑜《しゅうゆ》は荊州の曹操軍に挑み勝利。しかし、その隙に劉備《りゅうび》が荊州のほぼすべてを横取りする。孫権は抗議するが、諸葛亮《しょかつりょう》（孔明《こうめい》）は劉琮の兄・劉琦《りゅうき》の後見人を名乗り、「劉琦の死後荊州を返す」と約束。その劉琦が病死すると、今度は「劉備が自分の拠点として益州《えきしゅう》を攻略したら返す」と約束する。これにも納得いかない周瑜は、劉備に孫権の妹と結婚し、呉《ご》で式を挙げるよう提案。祝宴で劉備を人質に取り、荊州と交換させる作戦を考えたのだ。しかし、この作戦は孔明に見破られ、劉備捕縛は失敗。劉備と孫夫人《そんふじん》夫婦は趙雲に守られ、無事に帰還した。

孔明のワンポイント解説

劉備が仲間を得た「長沙《ちょうさ》」での戦い

荊州の要所のひとつ、長沙を攻略しようとした時、老将・黄忠《こうちゅう》が現れ、関羽《かんう》と一騎打ちします。決着はつきませんでしたが、二人は互いを認め合います。それを見た長沙の太守・韓玄《かんげん》は激怒。黄忠を処刑しようとします。すると韓玄に嫌われていた魏延《ぎえん》がこれはチャンスと反乱を起こし黄忠を救い、韓玄の首を持って我々に降伏します。

▲魏延の後頭部の突出した骨は、反逆者の特徴とされています。

周瑜と孔明が荊州をめぐって対決

背景 荊州はもともと **劉表** の跡を継いだ劉琮のものだったが **曹操** が奪う

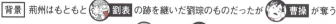

しかし曹操は赤壁の戦いで **孫権** と **劉備** に大敗

そこで孫権は荊州を奪おうと曹操に挑む

各勢力の拠点
劉璋《りゅうしょう》
益州（蜀）
劉備
荊州
孫権
揚州（呉）

孫権軍の 周瑜 は矢傷を負うも
死んだふりをして敵を油断させ勝利！

↓ しかし周瑜たちが曹操軍と戦っているうちに

劉備軍が荊州の要所「江陵《こうりょう》」をGET！

納得いかない孫権はさっそく抗議の使者・魯粛《ろしゅく》を派遣

孔明：私たちは劉琦の代わりに領地を回収してるんです

魯粛：じゃあ劉琦が死んだら荊州を返してくださいね

- **劉備たちはさらに荊州の要地を攻略し、荊州のほとんど全土を獲得する**
- このとき黄忠・魏延・馬良《ばりょう》・馬謖《ばしょく》が仲間に入る

1年 魏延《ぎえん》
赤壁での奇跡的な勝利は学校中の噂となり
ひそかに風紀委員への不満を募らせていた生徒が劉備のもとへ集結した
1年 馬良《ばりょう》
1年 龐統《ほうとう》
3年(？) 黄忠《こうちゅう》

劉琦死す。魯粛は約束通り荊州を返すよう要求

孔明：そうすると我々の拠点がなくなっちゃうんで、益州を奪ったら返しますね

- そこで周瑜は **劉備** に **孫権の妹** と結婚し、結婚式を呉で行うよう提案。呉に来た劉備を人質にし、荊州を返還させようと考える
- しかし孔明は周瑜の作戦を見破っていた

ボディガードの趙雲が劉備夫婦を守り無事帰還

孔明はすべて看破していたことを煽る手紙を周瑜に送りつける
これを読んだ周瑜は悔しさから憤死（＝怒りすぎて死ぬ）

周瑜《しゅうゆ》!!
激戦の疲れからか周瑜は突然倒れ休学することになった

時代解説19

馬《ば》超《ちょう》の復《ふく》讐《しゅう》

（211年）

曹操軍

指揮官：曹操

VS

馬超・韓遂軍

指揮官：馬超・韓遂

曹操軍の勝利

復讐に燃える馬超だったが果たせず敗走

曹《そう》操《そう》は周瑜《しゅうゆ》亡きあとの呉《ご》を攻めようと考えるが、遠征で都を離れるにあたり懸念したのが西涼《せいりょう》の主・馬騰《ばとう》の存在だった。曹操は馬騰に孫権《そんけん》討伐の勅令を出し、馬騰を都に呼び寄せた。この時、馬騰は曹操の暗殺を企てるが失敗し殺されてしまう。これを聞いた馬騰の長男・馬超《ばちょう》は大激怒。馬騰の義兄弟・韓遂《かんすい》とともに出陣、長安《ちょうあん》・潼関《どうかん》と曹操の領地をどんどん攻略する。これに対し曹操は「離間《りかん》の計」を用い、馬超と韓遂を仲たがいさせることに成功。敗れた馬超は逃亡、各地を転々とするようになった。馬騰・馬超を破った曹操の次の目標は漢中《かんちゅう》。漢中の張魯《ちょうろ》は曹操を恐れ、力を蓄えるために益州《えきしゅう》（蜀《しょく》）征伐を目指す。一方益州の主・劉璋《りゅうしょう》は、張魯を倒せる人材を探すため、まず曹操のもとに使者・張松《ちょうしょう》を派遣した。

孔明のワンポイント解説

人を疑心暗鬼にさせる作戦「離間の計」

馬超＆韓遂のタッグに手を焼く曹操に、軍師・賈詡《かく》は二人の仲を引き裂く作戦を提案。曹操は韓遂とサシで世間話をしたり、あえて間違いの修正だらけの手紙を送りつけます。すべて無意味に見える行動ですが深読みした馬超は韓遂と曹操が裏切りを密約しているんだと疑心暗鬼に。怒った馬超はついに韓遂を殺そうとします。

▲馬超が冷静な判断ができれば、騙されなかったかも？

父の敵を討つため馬超出陣

背景 曹操は周瑜を失った呉を攻めようと考える

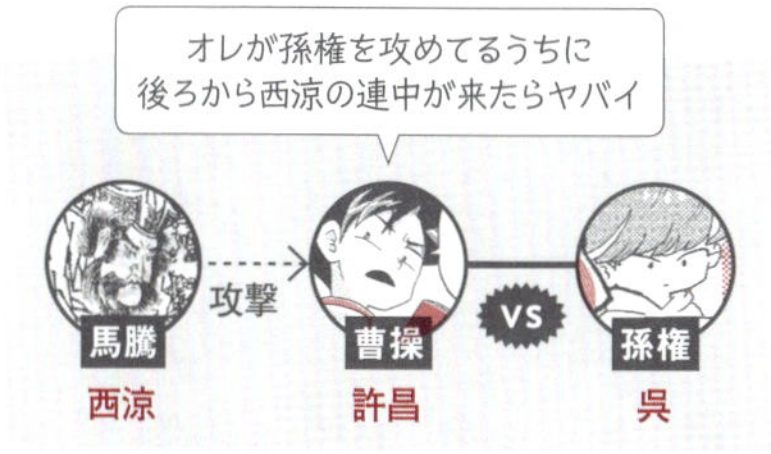

曹操は西涼の馬騰に
孫権討伐を命じ許昌に来させる

帝の権力を盾に暴れる曹操は許せん。命令に従うふりをして曹操を殺してやる！

しかし馬騰の曹操暗殺計画は失敗！ 馬騰は曹操に殺される

馬騰の長男・馬超は韓遂と協力し敵討ちへ

馬超・韓遂軍は曹操軍を長安・潼関で撃破！
しかし曹操は「離間の計」を用いて
馬超と韓遂を仲たがいさせることに成功

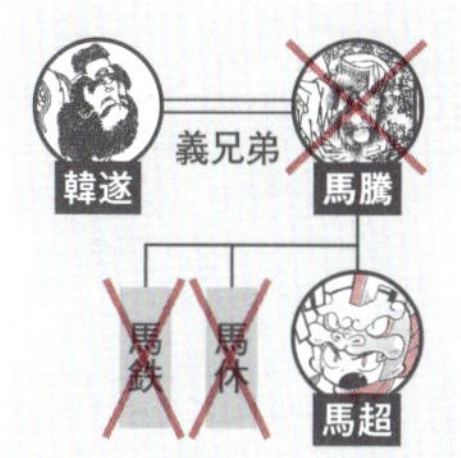

×…曹操に処刑された人物

曹操に攻め込まれた馬超は

馬岱らとともに敗走

次に曹操は漢中（曹操の領地・長安と、
劉璋の領地・益州の間にある肥沃な土地）に狙いを定める

漢中を支配する宗教集団「五《ご》斗《と》米《べい》道《どう》」の教祖・張魯は
曹操に対抗するため益州を狙う

益州の劉璋は張魯に対抗できる人物を探し始める

劉璋は曹操のもとへ使者・張松を送り、救援要請する

劉備《りゅうび》の入蜀《にゅうしょく》

（211～214年）

主な登場人物

- 劉備
- 劉璋
- 龐統
- 張松

劉備、ようやく安住の地を得る

孫《そん》権《けん》から借りた荊州《けいしゅう》に居座る劉備《りゅうび》の元に、漢中《かんちゅう》の張魯《ちょうろ》と敵対中の益州《えきしゅう》（蜀《しょく》）の主・劉璋《りゅうしょう》から救援要請が来た。劉璋の使者・張松《ちょうしょう》は、曹操のところでぞんざいに扱われたのに対し、自分を丁重にもてなす劉備に感動。劉備に「劉璋に代わって、益州を支配してほしい」と囁いた。躊躇する劉備だが、軍師・龐統《ほうとう》の進言によって益州を奪うことを決意。最初は劉璋の指示に従っていた劉備だが、やがて益州の要地を攻略していく。劉備の反乱に気づいた劉璋は、敵対していた張魯と和睦、張魯はこの頃配下に加わった馬超に劉備征伐を任せた。すると諸葛亮《しょかつりょう》（孔明《こうめい》）は裏工作で馬超を孤立させ、説得し仲間に加えてしまう。その姿を見た劉璋は抵抗を諦め、降伏。こうして劉備は念願の地盤・益州を得たのである。

孔明のワンポイント解説

蜀の賢者・張松と『孟徳新書《もうとくしんしょ》』

張松はまず曹操のもとへ向かいます。しかし曹操は蜀は貢物が少ないと軽視。怒った張松は曹操の書いた兵法書『孟徳新書』を戦国時代の書のマネ呼ばわり、さらに曹操のこれまでの負け戦を徹底的にけなします。これに怒った曹操は張松を百叩きの刑に。張松は人望が厚い人物に蜀を支配してほしかったんですよ。

▲一国の重鎮から国譲りを望まれる劉備さんの優しさよ……

劉備、ついに領地を獲得

背景 益州の劉璋と漢中の張魯が敵対
劉璋は戦意喪失し曹操のもとへ使者の張松を送る

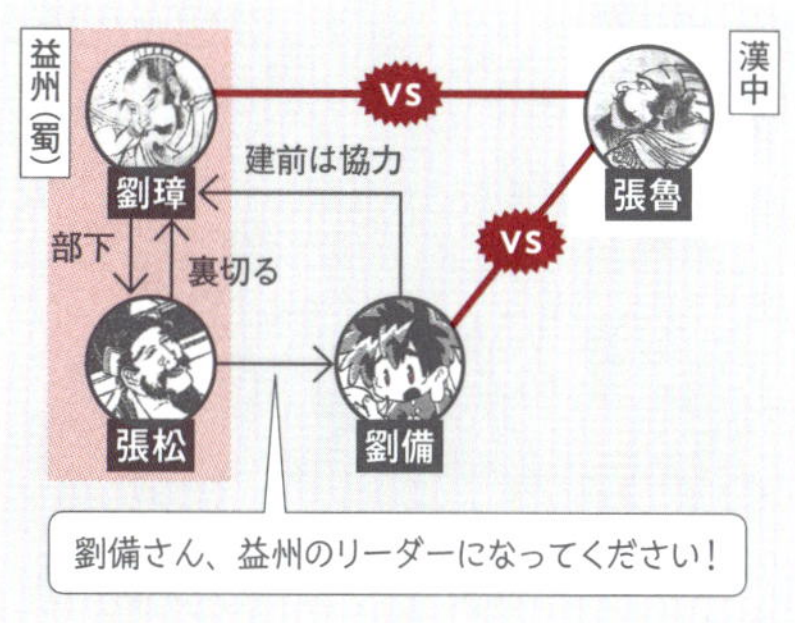

曹操は張松を軽視。
張松は劉備のいる荊州へ向かう

↓ 劉備は張松を丁重にもてなす

張松、劉備の人柄に感激！
君主の劉璋に代わって
益州を支配して！と相談

劉備はそれに応じ、表向きは
対張鲁の援軍として劉璋のもとへ

劉備「張魯を倒しに来たよ！（本当は益州を奪いに来たよ）」

劉備は劉璋の頼みで益州と漢中の国境線・葭萌関《かぼうかん》にスタンバイすることになる

劉備の益州GETまでの流れ

1. 劉備と軍師・龐統は益州の要所・涪水関《ふすいかん》をGET
2. 龐統が益州の首都に近い雒城《らくじょう》で蜀軍の矢に当たり死す
3. 龐統の訃報を聞き、
   孔明 & 張飛《ちょうひ》 & 趙雲《ちょううん》が援軍へ向かう
4. 孔明の計略で雒城をGET

↓ 劉備の裏切りに気づいた劉璋は張魯と和睦！

この頃張魯の配下となった馬超が葭萌関を襲う
張飛と壮絶な一騎打ちに

↓ 孔明は裏工作で馬超を孤立させ説得

馬超は劉備に降伏

↓ 馬超の降伏に戦意喪失した劉璋は
劉備に降伏！

劉備は益州（蜀）のトップになる

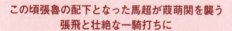

時代解説21

漢《かん》中《ちゅう》争《そう》奪《だつ》戦《せん》

（218～219年）

劉備軍

指揮官：劉備・張飛・趙雲・黄忠

VS

曹操軍

指揮官：曹操・曹洪・夏侯淵・張部

劉備軍の勝利

熱戦の末、漢中は劉備の手に

劉《りゅう》備《び》が益《えき》州《しゅう》を獲得した後、曹《そう》操《そう》は張《ちょう》魯《ろ》を征伐し漢《かん》中《ちゅう》を手に入れた。その後、曹操は漢中から立ち去り、濡《じゅ》須《しゅ》口《こう》で呉《ご》との戦（→P.120）を終わらせ、「魏《ぎ》王《おう》」に昇進した。一方劉備は、曹操軍の将・張《ちょう》部《こう》を張《ちょう》飛《ひ》が撃退したことと曹操不在のチャンスに、漢中全土の平定を決意。219年、劉備軍の老将・黄《こう》忠《ちゅう》の働きにより曹操軍の夏《か》侯《こう》淵《えん》が斬り伏せられ、劉備軍が勝ち星をあげる（定《てい》軍《ぐん》山《ざん》の戦い）。夏侯淵の戦死を聞いた曹操は、自ら漢中に出兵するも、劉備軍の総攻撃を受け敗走。こうして曹操は仕方なく漢中を手放し、劉備は諸《しょ》葛《かつ》亮《りょう》（孔《こう》明《めい》）らの説得で「漢中王」を名乗り始めた。こうして天下は魏の曹操、蜀の劉備、呉の孫権の三分となったのだ。

孔明のワンポイント解説

悔しさに曹操がぼやいた「鶏《けい》肋《ろく》」

漢中で苦戦中の曹操が、鶏のあばら骨が入ったスープを飲んでいる時、夏《か》侯《こう》惇《とん》が指令を求めました。すると曹操は「鶏肋」と回答。楊《よう》修《しゅう》はこれを「漢中を食べられる部分が少ない食材に例え、退却を命じたのだ」と夏侯惇に解説。曹操は、勝手に撤退を命じた楊修に腹を立て、彼を死刑にします。

▲曹操はそこまで頑張る必要ないし！と強がったわけです。

劉備VS曹操　漢中大決戦！

背景 劉備が蜀（益州）をGET

曹操 VS 張魯　曹操は漢中を手に入れるため張魯と戦う

曹操は張魯の部下・楊松《ようしょう》を買収し、
張魯軍の猛将 龐徳《ほうとく》が裏切ると張魯に讒言させ、それを信じた張魯は龐徳に苦戦を強いる。
龐徳は曹操に降伏し、勢いづいた曹操軍は張魯軍を破る

漢中をGETした曹操は都へ帰り呉と戦う。その後、魏王に昇進する

張郃 VS 張飛 黄忠　曹操軍の武将・張郃が蜀の西側を攻撃してくる

1. in閬中《ろうちゅう》……張飛が張郃を挟み撃ちにして勝利！
2. in宕渠山《とうきょざん》……張飛の挑発に乗った張郃を倒して勝利！
3. in葭萌関《かぼうかん》……張郃は黄忠&厳顔をおじいちゃんと侮り油断する

張郃を返り討ちにすることに成功
砦に逃げ込む

蜀で負け続けた張郃は 夏侯淵 のいる定軍山へ敗走！
劉備はこの勢いに乗って漢中平定を決意。
劉備軍は定軍山の隣の山を奪い、夏侯淵軍を監視し続ける

夏侯淵軍が隙を見せた瞬間、合図を受けた伏兵・黄忠が一気に攻め込み、夏侯淵戦死

- **救援に駆けつけた曹操だったが奇襲部隊の 趙雲 に食糧を奪われる**
- **曹操は漢中を鶏肋に例え、撤退を開始**
- **逃げる曹操軍に張飛・ 魏延 ・趙雲・馬超が総攻撃**

この時、魏延の矢が曹操の前歯に当たる。
前歯のおかげで一命をとりとめた曹操は長安まで敗走

劉備、単独で曹操に初勝利し漢中をGET！
曹操に対抗し、※漢中王を名乗り始める

※ちなみに「蜀王」ではなく「漢中王」にしたのは、劉備の先祖・劉邦が漢中王だったから

さんごくちゃんねる 1

名無し兵士が集まるインターネット掲示板
今日も三国志のナンバーワンを決める
レスバトルが始まっています

三国一強い武将を決めるスレ

1：**以下、名無し兵士がお送りします**　ID:CaoCao
１位 関羽　２位 張遼　３位 呂布
異論は認めない

2：**以下、名無し兵士がお送りします**　ID:ChenGong
>>1
いや１位は呂布様に決まってんだろ

3：**以下、名無し兵士がお送りします**　ID:XunYu
>>2
お前陳宮だろ ※1

4：**以下、名無し兵士がお送りします**　ID:CaoCao
関羽は強いだけじゃなくて忠義がヤバイ
劉備うらやましい

5：**以下、名無し兵士がお送りします**　ID:RyoMao
>>4
いや関羽とか後ろから叩けばオッケーだからね

6：**以下、名無し兵士がお送りします**　ID:GuoJia
呂布は水攻めで死んだのがあっけなくてなぁ

7：**以下、名無し兵士がお送りします**　ID:ChenGong
>>1
その関羽と関羽より強いらしい張飛を同時に止めた
呂布様が最強だから

8：**以下、名無し兵士がお送りします**　ID:XunYu
>>7
陳宮は黙れ

9：**以下、名無し兵士がお送りします**　ID:YanYan
呂布最強はいいとして
関羽より張飛の方が強いと思われ
曹操軍100万人を単騎で倒したんだろ

10：**以下、名無し兵士がお送りします**　ID: XiahouDun
>>9
倒されてねーし
吠えててうざかったから別の安全な道使っただけだし
関羽は曹操様のお気に入りなのがうぜえ

11：**以下、名無し兵士がお送りします**　ID:XunYu
お前夏侯惇だろ ※2

12：**以下、名無し兵士がお送りします**　ID:SunQuan
その曹操軍を突破して阿斗を助けた趙雲はどうよ

13：**以下、名無し兵士がお送りします**　ID:CaoCao
趙雲が結構活躍してるのに地味すぎる件

14：**以下、名無し兵士がお送りします**　ID:MaDai
馬超だろ
・関羽より強い張飛と一騎打ちして引き分け
・魏の猛将許褚と一騎打ちして引き分け
・劉璋も馬超の参陣を聞いて即降伏

15：**以下、名無し兵士がお送りします**　ID: XiahouDun
でもあいつ曹操様にはめられて殺されかけてんじゃん

16：**以下、名無し兵士がお送りします**　ID:XiahouYuan
ここまで張郃なし

17：**以下、名無し兵士がお送りします**　ID: XiahouDun
張郃は強いんだけど最初袁紹のところにいたのと
張飛に頭の良さで負けてんのがちょっと……

18：**以下、名無し兵士がお送りします**　ID:MaDai
張飛と知恵比べして負ける張郃ってやべーな

19：**以下、名無し兵士がお送りします**　ID:LiDian
とりあえずお前ら張遼にはなんも言わねーんだな

20：**以下、名無し兵士がお送りします**　ID:SunQuan
まああいつは遼来遼来だからな…… ※3

21：**天才軍師◆FuKUrYu**　ID: ZhugeLiang
まあどんだけ強くても軍師がいなきゃ
ただの脳筋の集まりにすぎませんけどね
どうしても知りたい人はこのサイトで強さ測れますよ
http://tsuyosa.koumedia.sk

22：**以下、名無し兵士がお送りします**　ID: SimaYi
>>21
これ強さ入力したら
孔明のデータベースに登録される孔明の罠だろ

※１陳宮：呂布の軍師。最後まで呂布と運命をともにした
※２夏侯惇：関羽をライバル視している曹操軍の古参メンバー
※３遼来遼来：張遼がくるぞ！ という意味。子どもをこの言葉であやすと黙るらしい

乱世の英雄対決

戦国 VS 三国

SECOND BATTLE

戦国時代と三国時代の英雄が激突する「乱世の英雄対決」。
武勇や知恵、信念がぶつかり合う戦いの後半戦だ。
男たちのプライドをかけた勝負の行方を見逃すな！

ROUND 4 薄命な天才軍師対決

戦国代表 HANBE TAKENAKA

竹《たけ》中《なか》半《はん》兵《べ》衛《え》

豊臣秀吉《とよとみひでよし》を知謀で補佐し、「今孔《いまこう》明《めい》」と呼ばれた。秀吉から三《さん》顧《こ》の礼で迎えられたという。長篠《ながしの》の戦いで陽動を見抜いて的確に守備を固めたほか、三《み》木《き》城《じょう》の戦いで兵糧攻めを進言して秀吉軍をほぼ無傷で勝利させた。三木城の戦いの最中に36歳で病死。

VS

曹操《そうそう》軍随一の戦略家。水攻めで呂布《りょふ》軍を破ったほか、袁紹《えんしょう》死後の袁家が後継者争いを始めることを見抜いた。烏丸《うがん》征伐を速攻策で勝利に導くが、帰還後に38歳で病死。赤壁《せきへき》の戦いで曹操は、「郭嘉がいれば敗れなかった」と嘆息したとか。

GUO JIA 三国代表

郭《かく》嘉《か》

勝者

郭嘉

どちらも頭脳明晰だが、これからという時に世を去った悲劇の軍師だ。人柄を比較すると、素行の悪い郭嘉に対し、半兵衛は清廉潔白。しかし、半兵衛の功績や逸話の多くは後世の創作と考えられているため、正史で明確な功績が記されている郭嘉の勝利とした。

ROUND 5

男の中の男！ 仁義対決

戦国代表 KENSHIN UESUGI

上《うえ》杉《すぎ》謙《けん》信《しん》

自らを毘沙門天《びしゃもんてん》の化身と信じ、乱世を鎮めるために戦った正義の味方。家訓に「第一義」を掲げ、弱肉強食の戦国時代でも領土獲得のための合戦はしなかった。

VS

劉備《りゅうび》に忠義を尽くし、曹操に捕えられた際にはどんな厚遇を受けてもなびかなかった。しかし赤壁の戦いで敗走する曹操に遭遇すると、恩返しのため見逃すのだ。公明正大で上司にも臆せず意見するため、部下の信頼も厚い。

GUAN YU

三国代表

関《かん》羽《う》

勝者

上杉謙信

関羽に名馬・赤兎《せきと》や錦《にしき》の直垂《ひたたれ》を贈ったが、振り向いてもらえない曹操には気の毒さすら感じる。関羽が商売の神とされるのも、この義理堅さゆえ。しかし彼は劉備のために領土拡大の戦いをしており、国盗りも超越した謙信の義のほうが、スケールが大きいといえる。

ROUND 6

短期間 領土拡大対決

戦国代表 MASAMUNE DATE

伊《だ》達《て》政《まさ》宗《むね》

19歳の時に父が没したのち、南奥州《おうしゅう》への勢力拡大を狙う。常陸《ひたち》の佐竹義重《さたけよししげ》を盟主とする反政宗連合軍が攻め寄せると、人取橋の戦いで退けた。23歳で摺上原《すりあげはら》の戦いにて蘆《あし》名《な》家に勝利して会津《あいづ》を攻略。5年で南奥州を統一した。

VS

父・孫堅《そんけん》の死後、21歳の時に袁術《えんじゅつ》からの独立を目指して挙兵した。揚州《ようしゅう》の劉繇《りゅうけい》を攻め、のちに呉の首都となる建業《けんぎょう》（当時は秣陵《まつりょう》）を攻略。さらに呉郡《ごぐん》の厳白虎《げんはくこ》らを破り、25歳で独立宣言する。5年で江東《こうとう》一帯を制覇した。

SUN CE

三国代表

孫《そん》策《さく》

勝者

孫策

政宗の勢いは年齢も期間も孫策を凌ぐ。しかし領地は、領有してこそ意味がある。政宗は苦労して手に入れた会津を豊臣秀吉に没収され、二度と取り戻せなかった。しかし孫策が得た江東は、孫権が受け継ぎ呉の礎となる。領土拡大に実益が伴った孫策の勝利としたい。

洛陽《らくよう》通販《つうはん》

これで手柄は独り占め！

最強名馬コレクション

後漢の流行商品を
ご紹介する洛陽通販。
今回は戦では大事な相棒、
馬を特集！

千里を駆ける騎馬の最高峰！

馬01　人気No.1！

赤兎馬

せきとば　正史　演義

赤いたてがみがクールな汗血馬です。1日に約500km走れるので、遠距離の恋人や友人に会いに行くのにとっても便利！

こんな人にオススメ！

- ☑ 大人数相手に暴れ回りたい人
- ☑ 長距離旅行を考えている人

祟りを乗り越え天下をつかめ！

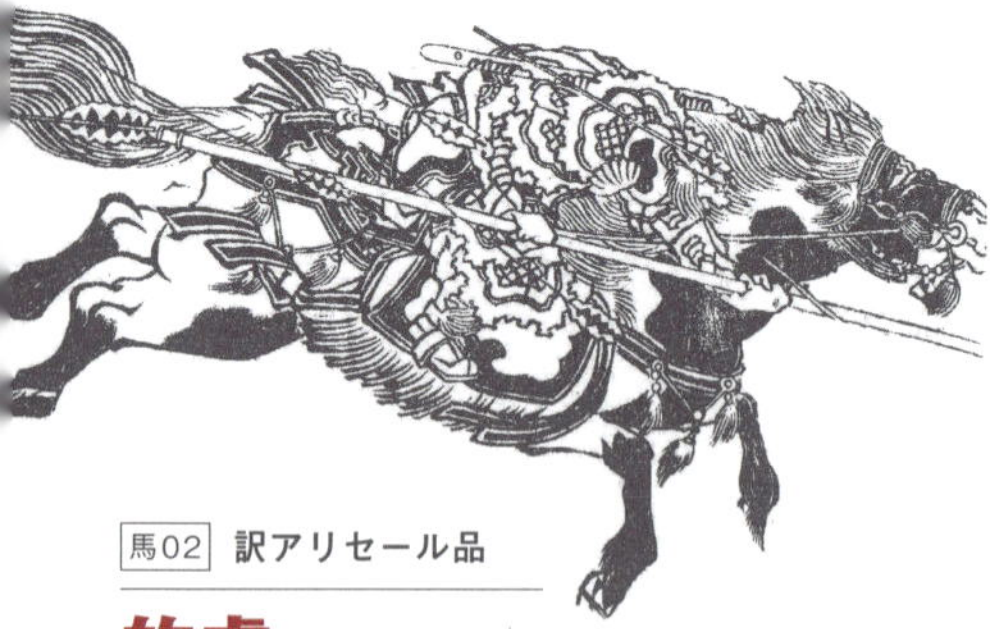

馬02　訳アリセール品

的盧

てきろ　正史　演義

額に白い模様があり、持ち主に不幸をもたらすいわくつきの馬。しかし、乗りこなすことができれば、皇帝になれるとか……。運試しにいかがでしょう？

カスタマーレビュー

龐統《ほうとう》さん

★★☆☆☆

上司から借りた時、敵に集中攻撃されてさんざんな目に遭いました…。二度と乗りません。

※正史に登場する馬には 正史 、演義に登場する馬には 演義 のアイコンを入れています。

カスタマーレビュー

関羽《かんう》さん
★★★★☆

離ればなれだった義兄弟に会いに行く時にとても役に立った。忠誠心が高いところも気に入っている。

呂布《りょふ》さん
★★★★★

サイコーの相棒だぜ！ ケンカで負けた時に奪われちまったから再入荷してくれ！

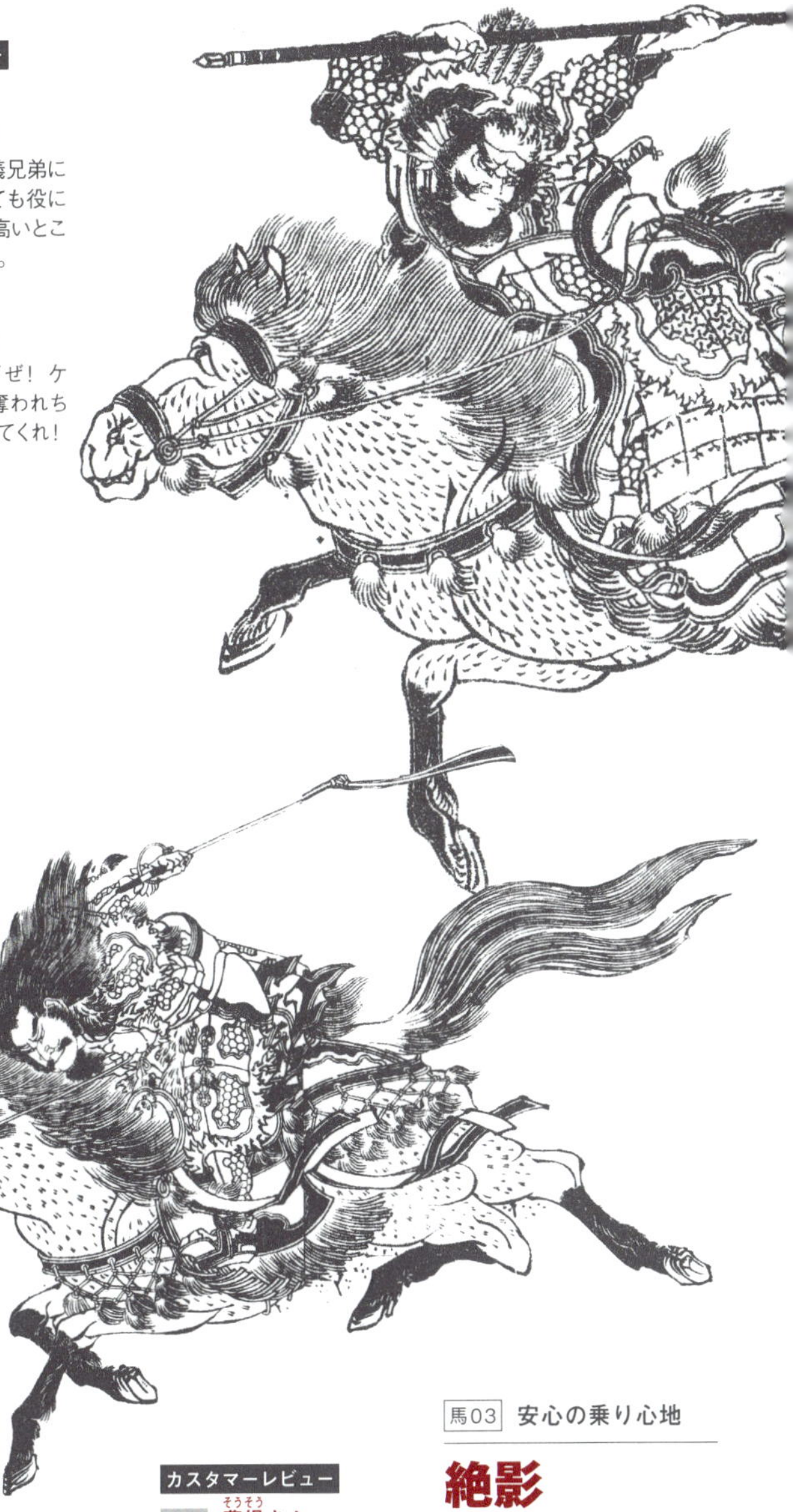

スピードNo.1！
敵をぶっちぎる
爽快感が最高

カスタマーレビュー

曹操《そうそう》さん
★★★★☆

敵に騙し討ちされた時に命を助けられた。部下や息子もこれに乗っていれば助かったかもしれんな……。

馬03　安心の乗り心地

絶影

ぜつえい　正史

影すら追えない速さで走ることが可能。頑丈さも折り紙付きで、矢が当たっても急所でなければ敵を振り切って走れます！

洛陽通販Webでは、爪《そう》黄《こう》飛《ひ》電《でん》（曹操愛馬）・玉龍《ぎょくりゅう》（孫《そん》権《けん》愛馬）なども取り扱っております。

三国志演義　爪黄飛電　検索

もっとおもしろくなる！

三国アラカルト

SANGOKU-Alacarte 05

魏や呉には五虎大将はいないの？

「五虎大将《ごこたいしょう》」とは蜀の名将である関羽《かんう》、張飛《ちょうひ》、馬超《ばちょう》、黄忠《こうちゅう》、趙雲《ちょううん》の称号で、『三国志演義』がつけた名前だが、『正史』にも「五虎上将《じょうしょう》」という表記はある。なぜこの5人なのかは、正史『三国志』の「蜀書」で彼らがまとめて紹介されている事に由来するといわれる。「魏《ぎ》書」でそれにあたるのが張遼《ちょうりょう》、楽進《がくしん》、于《う》禁《きん》、張郃《ちょうこう》、徐晃《じょこう》の5人で、「五子良将《ごしりょうしょう》」とも称された。特別な呼び名はないが、「呉《ご》書」では程普《ていふ》、黄蓋《こうがい》、韓当《かんとう》、蔣欽《しょうきん》、周泰《しゅうたい》、陳武《ちんしょく》、董襲《とうしゅう》、甘寧《かんねい》、凌統《りょうとう》、徐《じょ》盛《せい》、潘璋《はんしょう》、丁奉《ていほう》の12人が同じグループになっている。

三国の猛将たち

『正史』の中で同じグループにまとめられている武将は下記の図の通りである。

アートで見る三国志 ⑤

三国志《さんごくし》豪傑《ごうけつ》寿語録《すごろく》

作者：水野年方　時代：明治時代

私たちをモチーフにしたスゴロクです。各武将には「あ」「い」「う」と50音が割り振られており、サイコロの目の数によって移動先の武将が決まるようですね。ちなみに最初は費禕《ひい》（一番下・右から3番目）からスタートで、「1」が出ると夏侯惇《かこうとん》（一番下・右端）に移動します。

今でいうところのヒーローがたくさん出てくるゲームだな！ 俺たち五虎大将のグッズ化も考えないと……。

CHAPTER 6

天下三分の計始まる

劉備は「漢中王」になり、曹操・孫権に対抗できる力を得た。その頃、荊州で留守番を任されていた関羽は、ひとりで曹操軍に挑むのであった。

【ざっくりあらすじ】

張飛：俺たち真・生徒会の力で、生徒会長を助けるぞ！ 孔明！

孔明：……。

張飛：どうした？ 元気ねーな？

孔明：私たちが漢中グラウンドを得た後、留守を任された関羽は風紀委員の龐徳を倒します。

後漢高校相関図
【スポーツ科】
No.1
孫権《そんけん》
親劉備派
魯粛《ろしゅく》
反劉備派
呂蒙《りょもう》
反劉備派
陸遜《りくそん》
呉

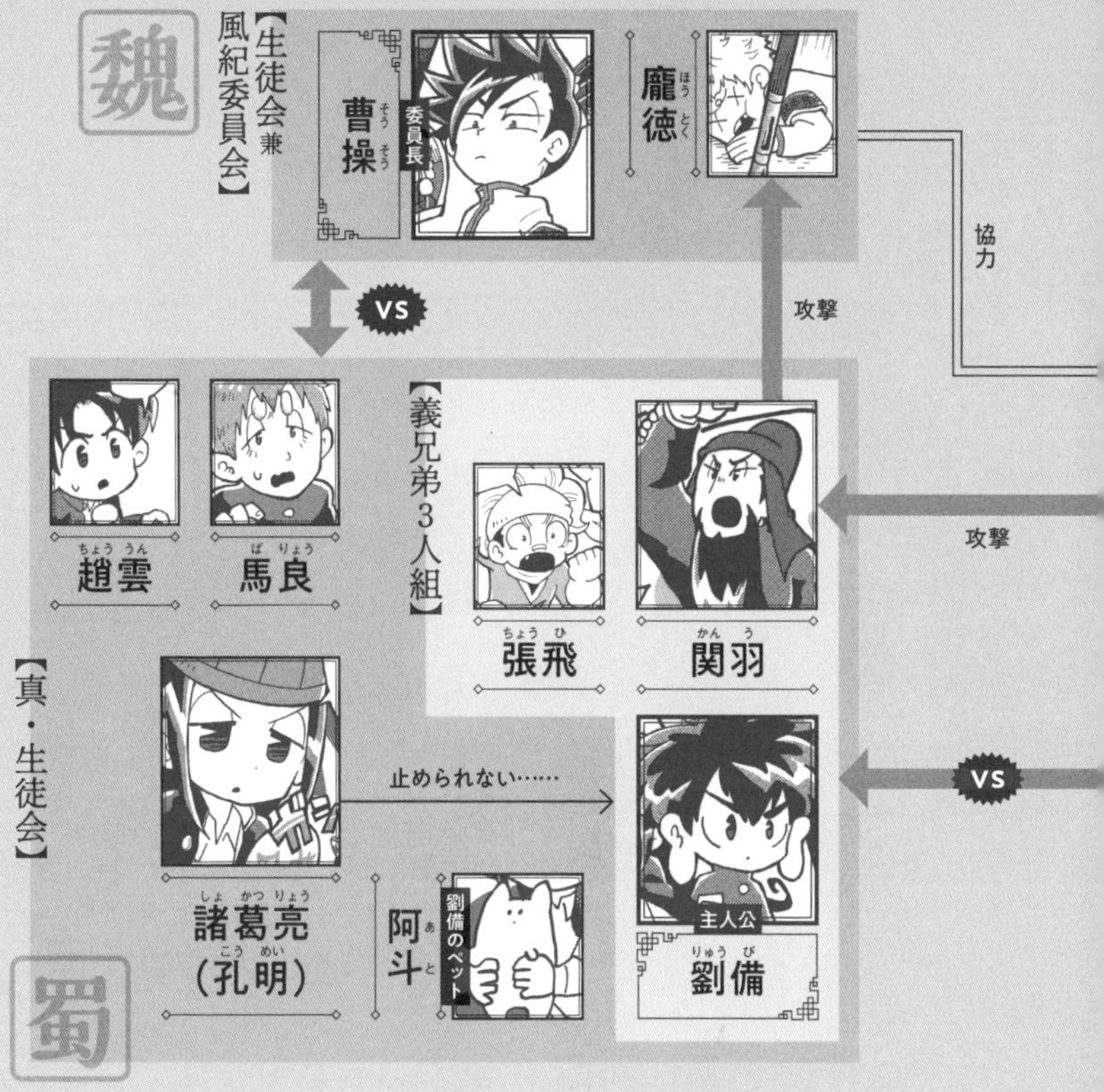

張飛　さすが関羽！　それでそれで？

孔明　風紀委員会と組んだスポーツ科が、関羽を倒してしまうんです……。

張飛　か、関羽が!?　嘘だろ……。

孔明　さらに張飛、あなたもスポーツ科に捕まり退学させられてしまいます。

張飛　え、俺も!?　りゅ、劉備の兄貴はどうなっちまうんだ！

孔明　関羽・張飛を失った劉備さんの怒りはすさまじいものです。私は止められませんでした……。

張飛　おい、じゃあまさか劉備の兄貴は……

孔明　はい、スポーツ科に自ら決闘を申し込んだのです。

風紀委員会
風紀委
生徒会長
真・生徒会
臥龍
後漢高校は3つの勢力が争う〝三国鼎《てい》立《りつ》時代〟に突入した
スポーツ科
かつて劉備《りゅうび》をかくまったスポーツ科では
魯粛《ろしゅく》
風紀委員から「真・生徒会を潰せばスポーツ科は見逃す」と言われましたが
スポーツマンとして真・生徒会の信頼は裏切れません
VS
いやガチで強い風紀委員につくべきだね！
スポーツの世界は勝敗が全てだし！
そーだそーだー!!
陸遜《りくそん》＆呂蒙《りょもう》
2つの意見が対立していたが真・生徒会派の魯粛が卒業した途端
反劉
スポーツ科
スポーツ科は反劉備派が過半数となり、真・生徒会潰しが始まった

風紀委員会＝魏、スポーツ科＝呉、真・生徒会＝蜀、そして生徒会長＝後漢皇帝です。魏・呉・蜀は後漢帝国内を三分する有力な勢力となりましたが、各トップはあくまで帝に仕える家臣の立場です。

魯粛は赤壁の戦い（→P.118）で呉と我々との橋渡しをした人物です。対する呂蒙は魯粛の後継的な人物。蜀との領土争いでアンチ劉備派になったのです。

関羽《かんう》は
スポーツ科の見張りを
任されるが…
オーーッ
風紀委員の
龐徳《ほうとく》を
倒したぞ!!
関羽先輩
なにやってる
んですか!
スポーツ科の
見張りは…
馬良《ばりょう》よ 我々には
旧校舎と広大な
漢中グラウンドが
あるのだぞ
今 風紀委員を
攻めずして
いつ攻める!
関羽先輩!
イイ話だ

龐徳は魏の猛将。史実では関羽と壮絶な一騎打ちを繰り広げ、関羽の右肘に矢を当てることに成功しました。

関羽が龐徳を破ったことで焦った曹操は、
呉に協力を持ちかけます。

この知らせはデマ。史実では「呂蒙が病気で引退、跡を継いだ若造の陸遜が関羽をほめちぎる」という知らせが届きました。関羽は呉に対して完全に油断し、守りを薄くしてしまいます。

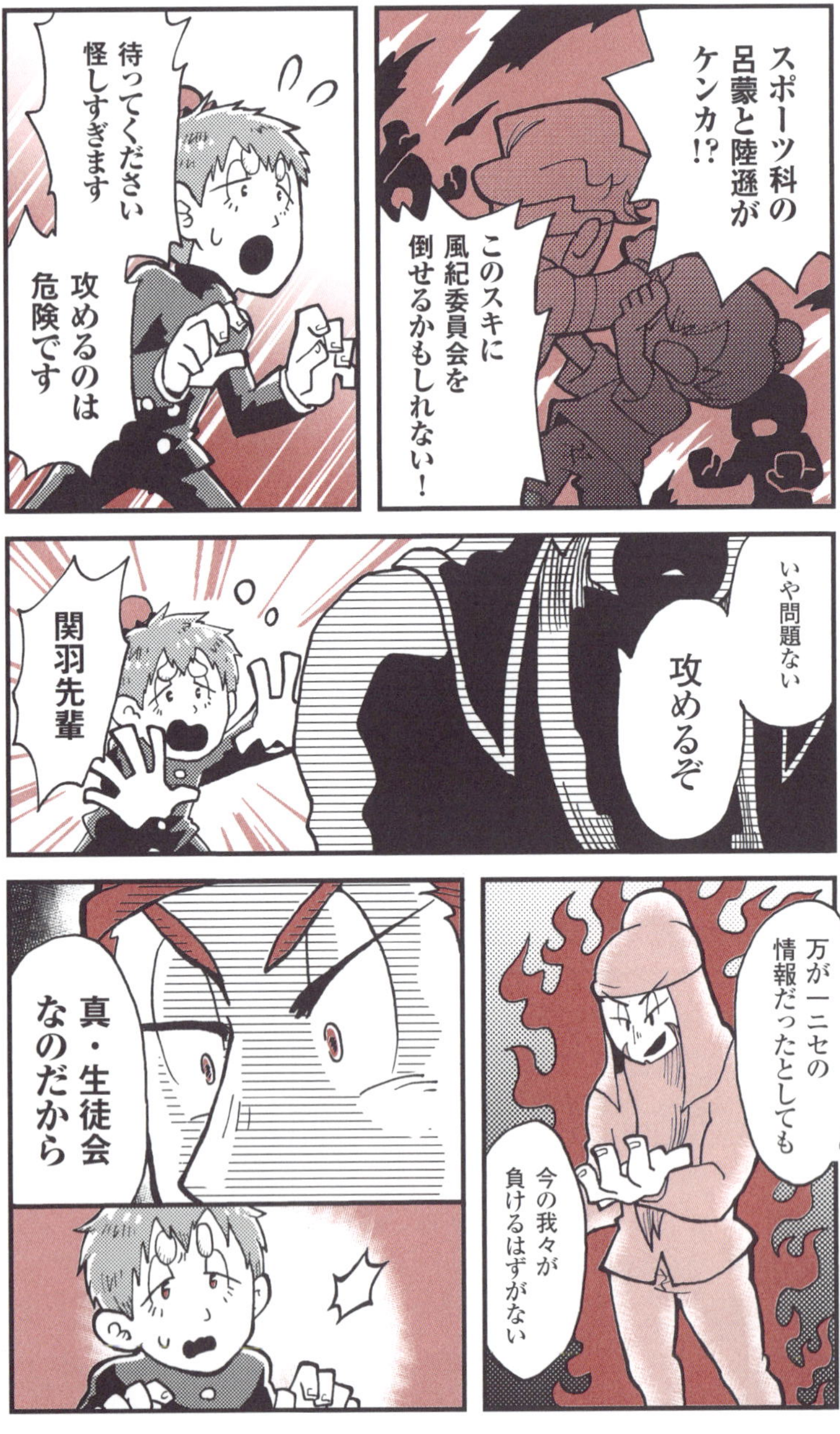

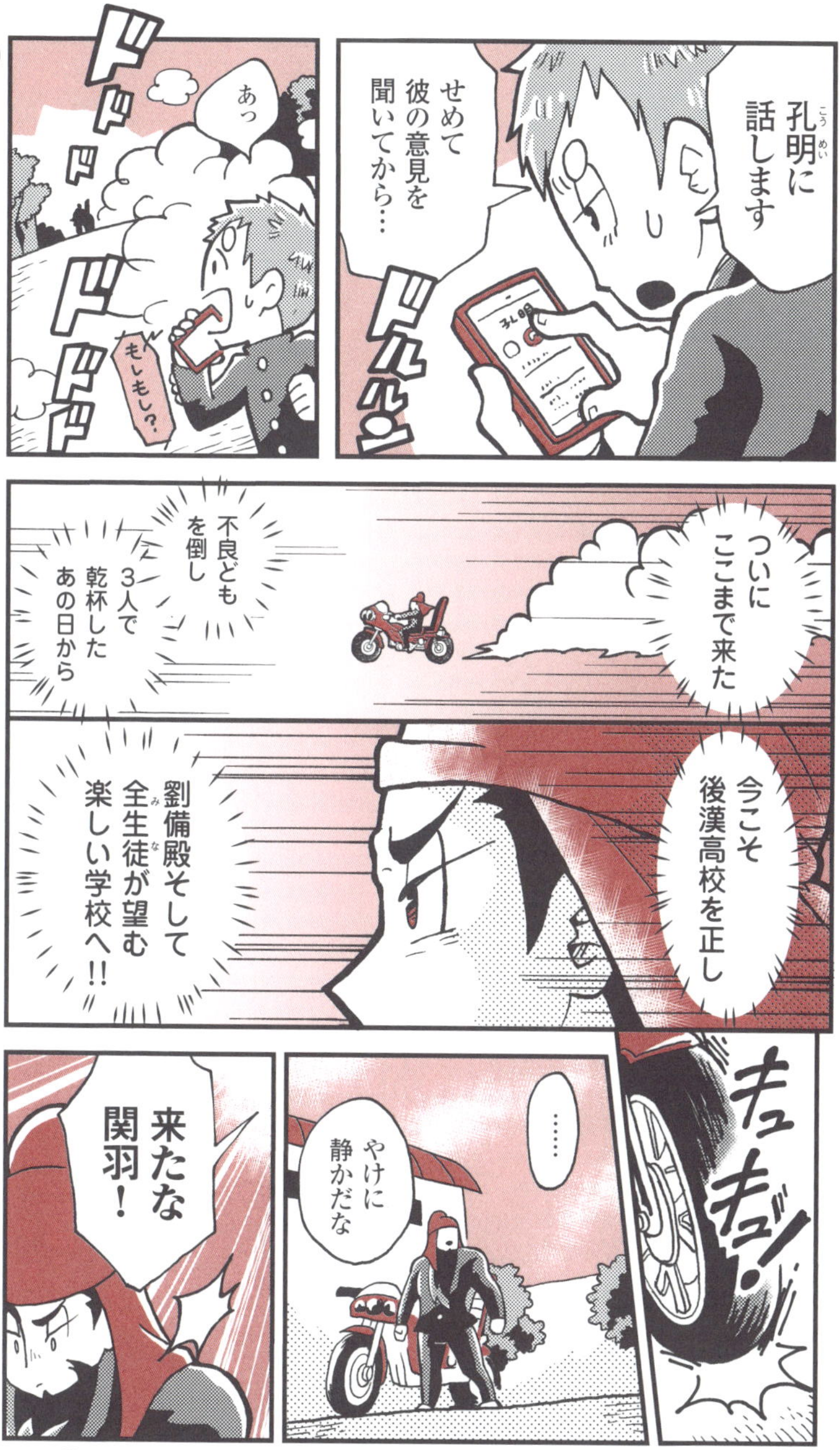
孔明《こうめい》に話します
せめて彼の意見を聞いてから…
ドルルン
あっ
ドドドドドドド
もしもし?
ついにここまで来た
不良どもを倒し3人で乾杯したあの日から
今こそ後漢高校を正し
劉備殿そして全生徒《みな》が望む楽しい学校へ!!
キュキュッ!
……
やけに静かだな
来たな関羽!

関羽と孫権の対立は、関羽が孫権の子と自分の子の縁談を断ったことがきっかけとも言われています。

魏に攻め込みます。「呉はもう歯向かってこないから、魏に専念しよう」と考えたわけですね。

油断した関羽を背後から襲う呉（スポーツ科）。
こうして関羽は呉軍に捕らえられ、斬首刑にあいます。

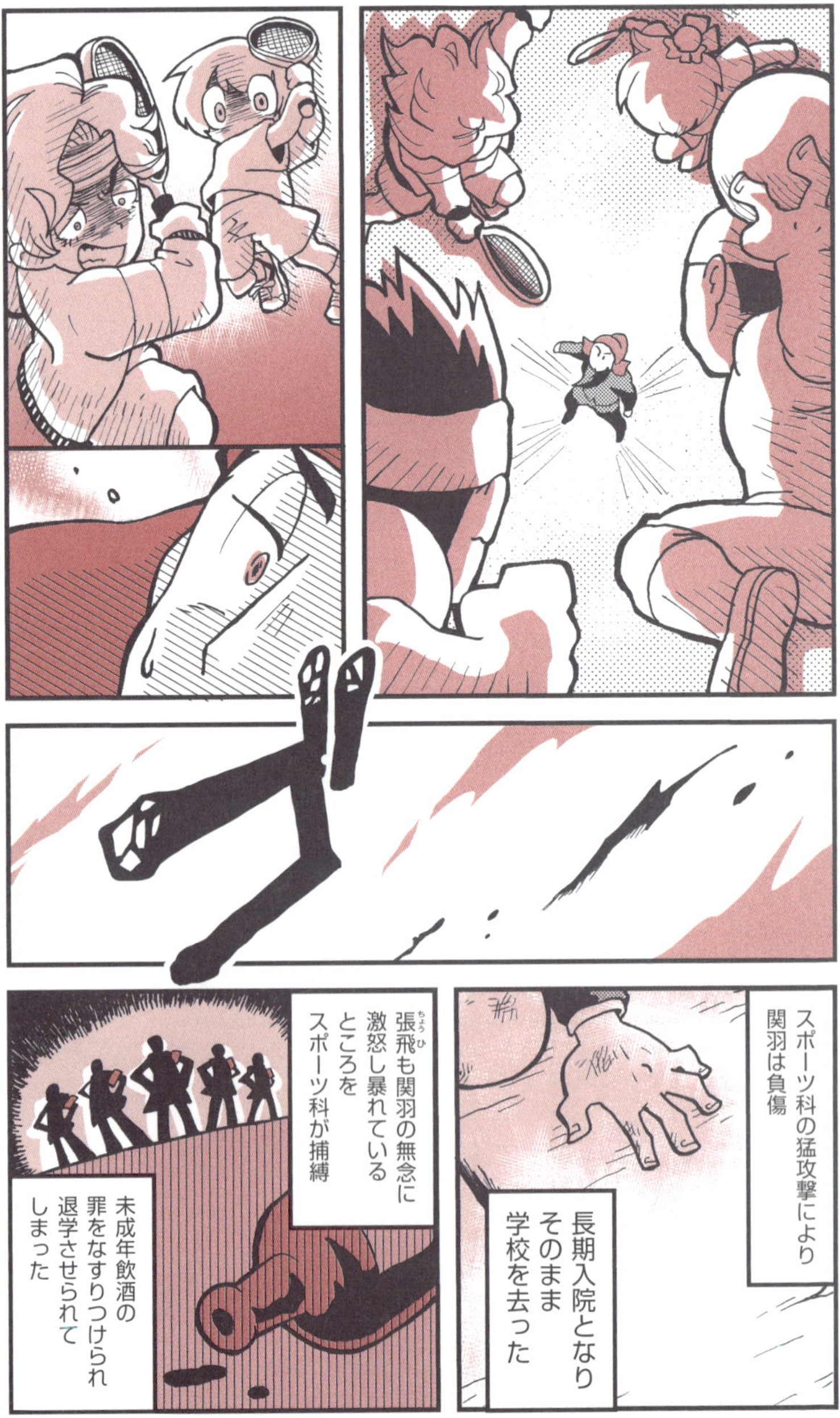

スポーツ科の猛攻撃により関羽は負傷
長期入院となりそのまま学校を去った
張飛《ちょうひ》も関羽の無念に激怒し暴れているところをスポーツ科が捕縛
未成年飲酒の罪をなすりつけられ退学させられてしまった

関羽の死に一番キレたのは張飛。呉に攻め込もうと戦の準備を始めます。そのとき準備にもたついた部下にパワハラ、張飛はこれを恨んだ部下によって深酒した隙に寝首をかかれてしまいます。

私には義兄弟の契りを交わした二人を失った劉備さんの怒りを抑えることはできませんでした。そして劉備さんに作戦を伝授することもできませんでした。

果たし状
無茶だといういことはご本人も承知の上でしょう
ですが今何を言っても止めることは不可能です
大義を貫き人々を救うため
彼らは手を取り誓ったのですから
たとえ生まれた日が違っても

劉備さんは呉の軍に大敗。失意のまま病気になって寝込んでしまいます。
ちなみに大混乱の中、劉備さんを助け出したのは趙雲ですよ。

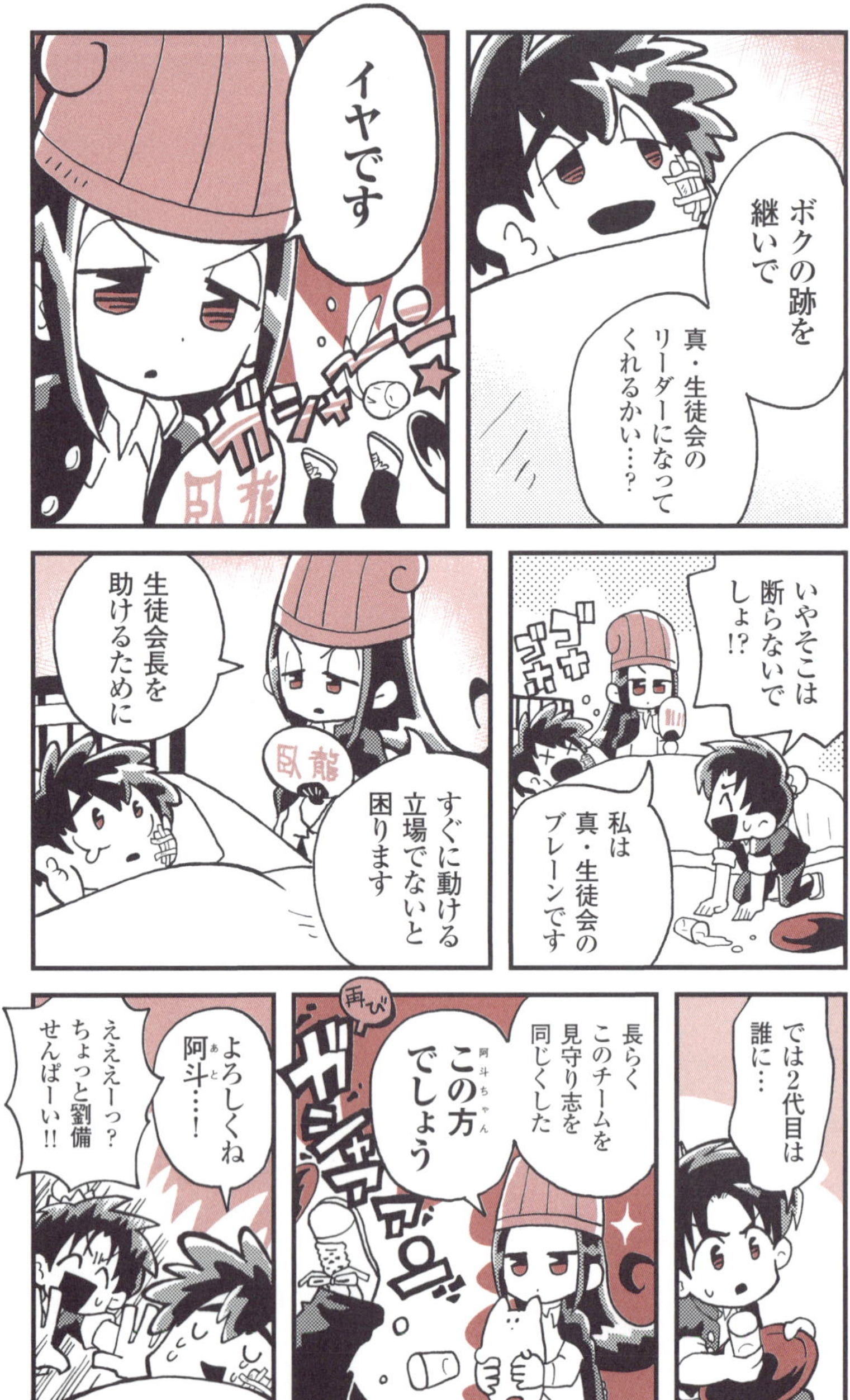

前も言いましたが、猫の阿斗ちゃんは史実では劉備さんの息子。
劉備さんの跡を継いだときはすでに成人していたので、幼名の阿斗ではなく「劉禅」という名前でした。

史実上の時系列では、関羽→曹操→張飛→劉備さんの順に死亡します。マンガでは順番が前後していることをご了承くださいね。

なにっ劉備が引退!?
しかも2代目が…
ハイどういうワケか…
フ…ククク
ハァッハッハッハ
俺はライバルを一掃し後漢高校のゆるぎない基盤をつくりたかった
やつがいなくなったということは俺の役目も終わりか…
こうして劉備も曹操も卒業次の世代へとバトンが渡された

曹操の死因は病死でした。彼は長年、片頭痛に悩まされており一説には関羽ら、殺された者たちの呪いとも言われています。

樊《はん》城《じょう》の戦《たたか》い

（219年）

関羽、先手を取って樊城を攻撃

劉《りゅう》備《び》に奪われた漢中《かんちゅう》を取り戻したい曹操《そうそう》は、孫権《そんけん》に荊州《けいしゅう》・江陵《こうりょう》を守る関《かん》羽《う》の討伐を依頼。劉備が孫権と戦っているうちに漢中を奪おうと考えたのだ。対する孫権も劉備から荊州を取り戻したかったので利害が一致、魏と呉は同盟を結んだ。まず孫権は曹操の部下で樊城《はんじょう》を守る曹仁《そうじん》に援軍を要請。曹仁と孫権で関羽を挟み撃ちにする作戦を立てた。しかし諸葛亮《しょかつりょう》（孔明《こうめい》）はこの作戦を見抜き、関羽に先に樊城を奪うよう指示。関羽は樊城近くの襄陽《じょうよう》で曹仁を倒し、樊城に敗走させた。挟み撃ちに失敗した曹操は増援として樊城に于禁《うきん》と龐徳《ほうとく》を派遣。そこで関羽は長雨を利用し、于禁の陣営を水没させる。身動きがとれなくなった于禁は関羽に降伏、龐徳は頑なに降伏を拒み関羽に斬られた。

劉備軍
指揮官：関羽

VS

曹操軍
指揮官：曹仁・于禁

劉備軍の勝利！

孔明のワンポイント解説

名医「華佗《かだ》」の外科手術

▲手術中は馬良と囲碁をして時間をつぶした関羽。

関羽は龐徳との戦闘中、右肘に毒矢をくらいます。医師の華佗は、毒が染み込んだ骨を削る外科手術を提案。麻酔がなく痛いので、柱に腕を縛り付けようとした華佗に、関羽は「武士なら痛みに耐えられなきゃダメだ、必要ない」と断り、そのままオペをさせました。華佗はその後曹操の頭痛を治療しに行きますが、脳外科手術を嫌がった曹操に「俺を殺す気か」と処刑されてしまいます（→P.175）。

関羽、ひとりで曹仁に立ち向かう

背景 劉備、曹操から漢中を勝ち取る
劉備の領地は、漢中・劉璋から勝ち取った蜀（益州）・孫権から借りた荊州（→P.142）に

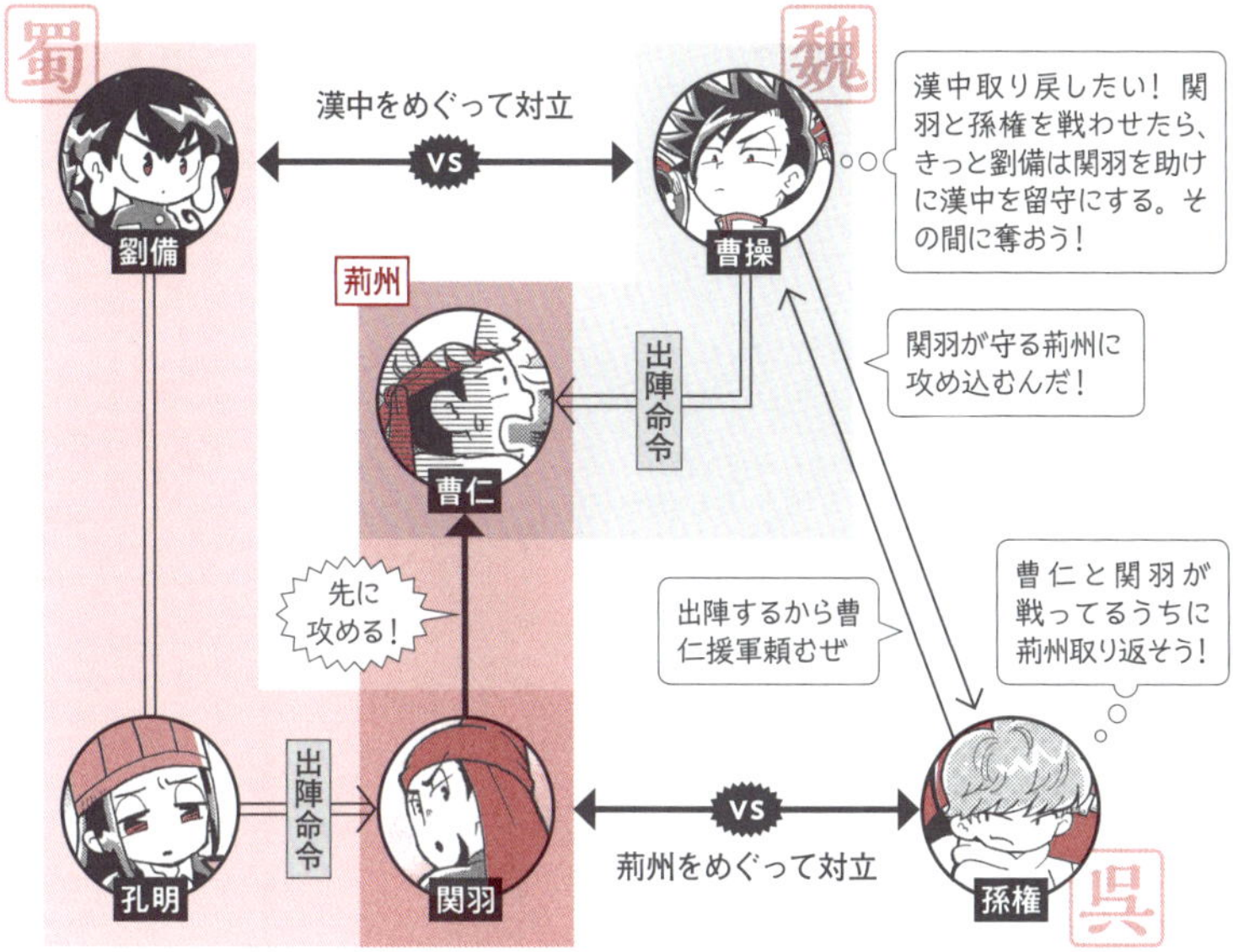

関羽は孔明の指示通り、曹仁の拠点・樊城攻めに出陣し、
樊城の手前、襄陽で両軍は激突！
関羽が曹仁を倒すと、曹仁は樊城へ敗走した

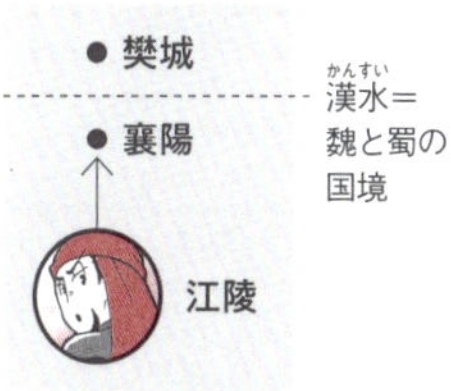

これを聞いた曹操は
于禁・**龐徳** 率いる大軍団を樊城に派遣

樊城を取り囲む関羽軍 VS 于禁軍

関羽、長雨を利用し水をせき止め、
頃合いを見て堰を切る
この時、関羽は龐徳の毒矢を受ける

于禁軍、洪水で壊滅！ とらえられた于禁は降伏
龐徳は降伏を拒否し死刑になった

時代解説23

関《かん》羽《う》の死《し》

(219年)

劉備軍

指揮官：関羽

VS

孫権軍

指揮官：呂蒙・陸遜

孫権軍の勝利！

乱世を駆け抜けた英雄、ついに死す

于《う》禁《きん》降伏後も樊城《はんじょう》の戦いは終わらず、樊城の曹仁《そうじん》は関羽《かんう》軍に囲まれながらも数千人で城を守り続けた。そこへ曹操軍の武将・徐《じょ》晃《こう》が曹仁軍を助けに来た。一方その頃、孫権《そんけん》軍の軍師令官・呂蒙《りょもう》は、辞職したふりをして関羽の本拠地・江陵《こうりょう》に忍び込み、建前上、呂蒙の跡を引き継いだ陸遜《りくそん》は書状で関羽を賛辞。「呉は攻めて来ない」と思い込んだ関羽は江陵《こうりょう》の守備兵のほとんどを樊城にまわした。その時、商人のふりをして江陵にひそんでいた呂蒙は江陵を占拠。徐晃に負けた関羽は敗走する場所を失い、麦城《ばくじょう》に立てこもるも、脱出に失敗。息子の関平《かんぺい》ともども捕縛され処刑、その首は曹操に送られた。劉備《りゅうび》・張飛《ちょうひ》とともに乱世を駆け抜けた関羽だが、蜀《しょく》建国を見ることなく散った。

孔明のワンポイント解説

関羽の子ども「関平・関興《かんこう》・関索《かんさく》・関氏《かんし》」

関羽には、長男の関平と、のちに関羽の仇を討った次男・関興、南中征伐で登場する関索、そして娘の関氏がいます。孫権が「関氏を自分の息子に嫁にしたい」と提案した時、関羽は断るどころか孫権の子を馬鹿にします。怒った孫権は絶対に関羽を殺してやると恨み、魏と同盟したとか。この縁談がうまくいけば親子は死なずに済んだかも。

▲関平は父の関羽とともに捕縛され、処刑されます。

猛将関羽、呂蒙・陸遜に敗れる

背景 関羽 樊城で于禁軍を破る

関羽は引き続き樊城に立てこもる 曹仁 を攻撃

一方その頃、呉では

呂蒙が病気を理由に辞職し陸遜が後継者になり、
跡を継いだ陸遜は、関羽を賛辞する手紙を送る

関羽さんマジパネェッス！
すげえッス！

関羽は呂蒙の引退＆陸遜が自分に好意的なことに安心
江陵で呉の見張りをしていた兵士を樊城にまわす

しかし、実は呂蒙の引退も陸遜の手紙も演技で、
呂蒙は商人のふりをして荊州に忍び込んでいた

呂蒙が荊州全域を開城させる

そこへ曹操軍の武将・徐晃が曹仁を助けるため樊城に駆けつけ、関羽は徐晃に敗れる
関羽は江陵に敗走するが江陵は呉の手に落ちていた

関羽は江陵の近くの麦城に敗走

荊州と益州《えきしゅう》の間にある上庸《じょうよう》からの
援軍を待つが誰も来ず、
降伏する兵士も続出

関羽は仕方がないので
益州まで強行突破を決意

しかし、呉軍の追撃によって
関羽は生け捕りにされる

関羽は降伏を拒否し処刑される。
曹操に関羽殺害の責任をなすりつけるため、関羽の首は魏に送られた

時代解説24

曹《そう》操《そう》の死《し》と後《ご》漢《かん》の滅《めつ》亡《ぼう》

（220年）

主な登場人物

曹操

曹丕

献帝

曹操の退場、そして後漢終結の時

関《かん》羽《う》の首が曹操《そうそう》のもとに届けられてすぐのこと、曹操が病死した。曹操は「乱世の奸雄《かんゆう》」または「超世の傑」と称され、まさに戦いと謀略の人生を生きた。最初こそ一臣下であったが、最終的には自らの娘を献帝《けんてい》に嫁がせ皇族に入り、「魏王《ぎおう》」を名乗った。しかし、曹操自ら皇帝になることはなく、その仕事は曹操の息子、曹丕《そうひ》に託されることとなる。

曹丕は父の遺志の通り魏王の位を受け継いだ。そして曹操が亡くなって10カ月後、献帝より禅譲（帝が自分の血縁者以外の人物に、帝位を譲ること）を受け皇帝として即位。もちろん献帝の意思ではなく、献帝を脅しての禅譲ではあるが、これにより帝国「魏」が誕生。約２００年続いた後漢《ごかん》は滅びた。

孔明のワンポイント解説

難を逃れた曹植《そうしょく》の「七歩詩《しちほし》」

曹操は魏王の座を、長男の曹丕か三男の曹植、どちらに譲るか悩み、結局曹丕に譲りました。その経緯もあり、曹丕と曹植は対立、曹丕は曹植に「7歩歩くうちに詩を作らねば殺す」と言います。すると曹植はこの無茶ぶりを見事クリア、次いで兄弟をテーマに見事な詩を読み上げます。曹丕は感動し、死刑を取り下げました。

▲曹植は兄弟の絆を「豆と豆がら」に例えました

乱世の奸雄曹操、志半ばで死す

背景 孫権は関羽刑死の責任を曹操になすりつけるため、関羽の首を魏に届ける

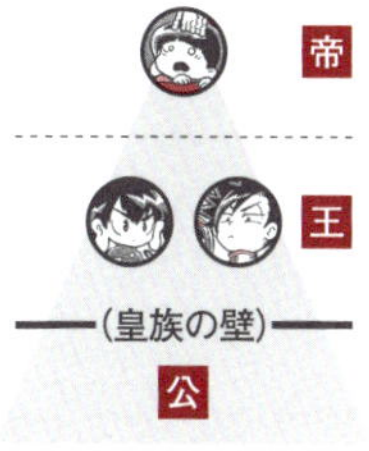

帝
王
(皇族の壁)
公

このとき曹操は皇帝の次に偉い「魏王」に昇進し
天下は目前であった

↓ 曹操は自分を暗殺する計画を立てていた伏皇后と伏完を殺害
自分の娘を献帝に嫁がせる=曹操皇族入り

曹操は関羽の首を手厚く葬るが、毎晩うなされるようになる

曹操は対策を考えるが失敗

1. **引っ越し** ………… 建材用に切り倒した梨の木の精霊に呪われる
2. **医者の治療** ……… 華佗の外科手術を信じられず拒絶、華佗を殺す

俺はライバルを一掃し後漢高校のゆるぎない基盤をつくりたかった
やつがいなくなったということは俺の役目も終わりか…

↓ さらに処刑した者たちが毎晩霊になって現れ、
曹操の体調はますます悪化

曹操死す！ 魏王の座は長男曹丕が継ぐことに

↓ 曹丕は後継争いにならないよう弟たちを弾圧、
また、曹操以上に献帝を威圧

**このとき各地で鳳凰《ほうほう》・麒麟《きりん》・黄龍《こうりゅう》といった幻の生物の目撃情報が続出し、
40名以上の文官が「王朝交代」のベストタイミングだと考える**

↓ 文官たちは献帝に曹丕に皇位を譲るよう脅迫。
献帝は抵抗するも、最後は受け入れる

曹丕、皇帝になる
=
帝国「魏」の始まり
=
後漢の滅亡

CHAPTER 7では…

曹操《そうそう》の跡を継いで風紀委員長となった曹丕は
曹丕
献帝《けんてい》から生徒会長の座を奪い取り生徒会を吸収
会長補佐
司馬懿《しばい》
曹魏高等学校
学校名を「後漢《ごかん》高校」から「曹魏《そうぎ》高校」へ変えてしまった

時代解説25

蜀《しょく》の建《けん》国《こく》

（221年）

主な登場人物

劉備

諸葛亮（孔明）

張飛

劉備による怒りの出兵

曹《そう》丕《ひ》が献帝《けんてい》を殺したという偽報が劉備《りゅうび》の元に届いたのは221年。劉備は諸葛亮《しょかつりょう》（孔明《こうめい》）に説得され「自分こそ漢を継ぐもの」と宣言して帝位につく。孔明を丞相《じょうしょう》（ナンバー2）に据えて、新たな王朝・蜀《しょく》（蜀漢《しょっかん》）が誕生した。劉備は帝になるやいなや、義弟・関羽《かんう》を殺した孫権《そんけん》への復讐を決意。孔明・趙雲《ちょううん》の引き止めも無視し、出陣準備を始める劉備。しかしそこへ再び訃報が届く。もう一人の義弟・張飛《ちょうひ》が、部下・范彊《はんきょう》らを暴行。恨んだ范彊らは張飛の寝首をかき、呉《ご》に寝返ったのだ。関羽に続いて張飛まで殺された劉備は、呉に激怒。劉備は大軍勢を連れて呉に侵攻し初戦で5万の孫桓《そんかん》軍を破るなど快進撃を見せる。この時、関羽の子・関興《かんこう》と張飛の子・張苞《ちょうほう》はそれぞれ父の敵を討った。

孔明のワンポイント解説

孔明の仮病作戦で「蜀」建国！

劉備さんは仁義の人。自分はあくまで後漢と献帝に仕える者とし、蜀の皇帝になることを拒否します。なので私は仮病を使って引きこもりました。心配になった劉備さんがお見舞いにきた時「あなたが即位した姿を見たかった」と言うと「孔明が元気になったら即位する」と約束したのです。なのでちゃんと元気になってあげました。

▲その後劉備さんは「孔明に計られた！」と悶えていました。

劉備、蜀漢の皇帝になる

背景 曹丕が献帝から帝位を奪い皇帝になる＝魏の建国
関羽は呉軍によって殺される

劉備の怒り① 曹丕の即位

劉備の元には「曹丕が献帝を殺して即位した」と偽報が伝わる

孔明 はこれを機に劉備を皇帝に即位させようと考える

↓ 断固拒否する劉備だったが孔明の仮病を使った説得に負ける

劉備は劉家の真の継承者として帝になる＝帝国「蜀（蜀漢）」の建国！

劉備の怒り② 関羽を殺した孫権

孔明：魏に対抗するためには呉と蜀の協力は必須、
関羽の件は辛いですが感情に任せた敵討ちはダメです

↓ 我慢していた劉備だったが

皇帝の権力を盾に出陣を決意！

↓ 準備にとりかかる張飛だったが、準備にもたついた范彊らを暴行

范彊らは酔って熟睡している張飛を殺害し、
張飛の首を持って呉に降伏
＝
劉備の怒りはピークに達し、75万の大軍で呉に攻め込む

↓ あせった孫権は和睦の使者・諸葛瑾《しょかつきん》を派遣するが、
劉備に追い返される。
そこで**孫権は（うわべだけ）曹丕の臣下となり、援軍を要請**
この時曹丕は孫権に「呉王」の位を授けたが、
援軍は送らなかった

その間に劉備は孫桓軍5万を破り、初戦勝利

時代解説 26

夷《い》陵《りょう》の戦《たたか》い

(222年)

蜀軍

戦　力：75万人？

指揮官：劉備

VS

孫権軍

戦　力：5万人

指揮官：孫権・陸遜

孫権軍の勝利！

わらじ売りから皇帝へ台頭した男の死

快

進撃を続ける劉備《りゅうび》の蜀《しょく》軍は、夷陵《いりょう》で長江《ちょうこう》沿いの木陰に陣営を長く築く。この陣立てに気づいた孫権《そんけん》軍の陸遜《りくそん》は、劉備《りゅうび》の退路を塞ぎ火をつける。端から端まで陣営を焼き払われ逃げ場を失った蜀軍は総崩れ。温厚な劉備が唯一怒りに任せて進撃した夷陵の戦いは、呉から完膚なきまでに叩きのめされ、ほぼ全滅に終わった。失意の劉備は趙雲《ちょううん》の助けで白帝《はくてい》城《じょう》に着くも、そのまま病に伏せ、死期を悟る。そして諸葛亮《しょかつりょう》(孔明《こうめい》)に「息子・劉禅《りゅうぜん》をよく補佐してほしい。もし劉禅にその才がなければ君が取って代わってほしい」と懇願。孔明が涙ながらに劉禅に仕えることを誓うと、劉備は安心したように逝った。63歳、平民から皇帝に成り上がった劉備は、蜀漢という国、そしてまだ若い息子を残してこの世を去る。

孔明のワンポイント解説

劉備を救った孔明の「石兵八陣《せきへいはちじん》」

救助に来た趙雲をサポートするため、私は風が強いところに石を積み上げて迷路をつくりました。この「石兵八陣」の陣形は、10万人の兵力に匹敵すると言われています。陸遜が迷い込んだ後、風によって石が崩れ、迷路の形が変わる仕組みにしたんです。私の舅が助けたことで陸遜はなんとか脱出。曹丕が攻めて来ることを察知し、呉に帰りました。

▲石兵八陣の中で迷った陸遜は脱出後すぐに退却します。

三国志演義の主人公・劉備の死

背景 怒りに燃える劉備は呉に攻め込み快進撃

孫権
初戦で孫桓がやられてしまった！ これはマズイ！
魏と同盟して「呉王」の位はもらえたけど、
肝心の援軍が全く来ない！ こうなったら……

孫権は 陸遜 を司令官に任命

一方、蜀軍の 馬良 は兵が疲れているのを見て、
劉備に「敵の武将はみんな討ったし撤退しましょう」と提案するが、劉備はこれを拒否。
蜀軍は夏の日差しを避けるため木陰に陣を移動させる

↓ これに気づいた陸遜は蜀軍の陣営に火をつける

劉備の陣は全焼！
パニックになった蜀軍は壊滅する

劉備も死を覚悟するが 趙雲 が救出。
劉備と趙雲を追う陸遜は
孔明 が敷いた石兵八陣（迷路）に迷い込む。
なんとか石兵八陣を脱出した陸遜は曹丕が裏切って
呉に攻め込んでくるのを予測し撤退

↓

劉備は白帝城に逃げ込むがそのまま病気になる

関羽・張飛の霊を見た劉備は死期を悟り、
枕元に孔明と劉禅を呼び寄せる

劉備
もし劉禅に才能がなかったら孔明が跡を継いでね

孔明
劉禅様は私がお支えします

劉備死す！ 蜀の２代皇帝に劉禅が即位
＝
実質的には孔明が跡を継ぐ

三国時代の英雄の中でも劇的な最期を迎えた者たちを紹介する「三国志の壮絶な死に様」。ここでは、諸葛亮とゆかりの深い二人が登場。

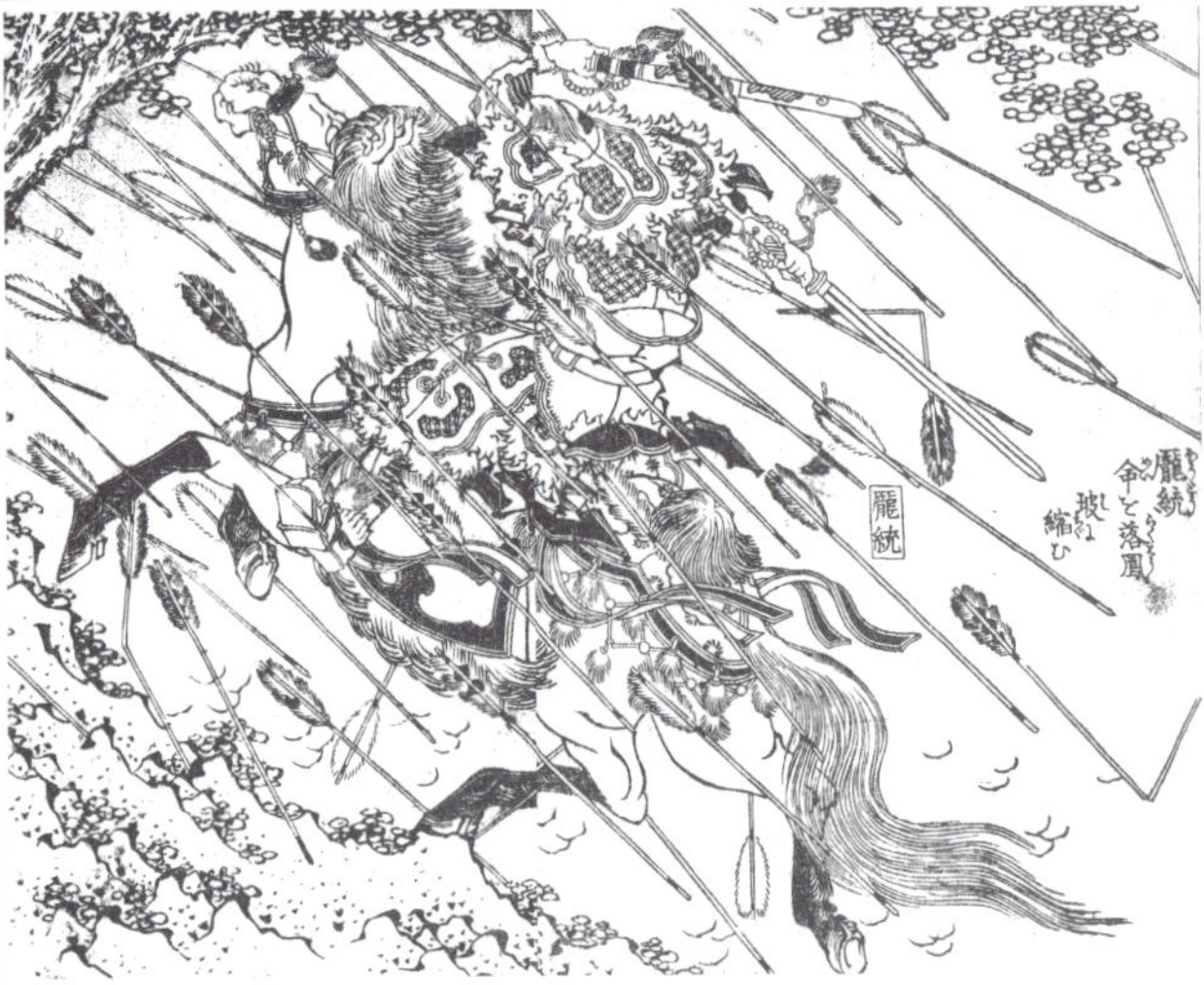

劉備の馬に乗っていたため的となった龐統(『絵本通俗三国志』より)

「鳳雛」龐統《ほうとう》

主君の身代わりとなり落鳳坡に散る

諸葛亮《しょかつりょう》(孔明《こうめい》)に並ぶ知恵者と評された逸材。赤壁《せきへき》の戦いでは呉軍に属し、曹操《そうそう》軍の軍船を鎖でつながせる「連環《れんかん》の計」を発案。その後劉備《りゅうび》に仕える。張松《ちょうしょう》が劉備に入蜀《にゅうしょく》を持ちかけた際は、同族である劉璋《りゅうしょう》を討つことを渋る劉備を説得した。しかし、龐統は蜀建国を見ずに戦場に散る。それは劉璋の本拠・成都《せいと》に通じる雒城《らくじょう》に向かう途中のこと、龐統は劉備の馬を借りており、敵兵は彼を劉備だと思い一斉射撃を仕掛けたのだ。龐統が戦死した場所の名は落鳳坡《らくほうは》、〝鳳雛《ほうすう》〟と称された龐統にとってはまさに鬼門といえる地名だった。

壮絶な死に様

その二

「烏戈国王」兀《ごつ》突《とつ》骨《こつ》

異形の王、臥龍の知謀に敗れる

孔明の南中攻略で南中王・孟《もう》獲《かく》の援軍として登場する烏《う》戈《か》国《こく》の王。身の丈は約12丈（約280㎝）、全身が鱗におおわれ、生きた獣や蛇を食べていたという。彼が率いる藤《とう》甲《こう》軍は、油に漬けた藤の蔓を編んだ鎧を着ており、刀も矢も通さない丈夫さと水中でも自在に動ける機動力を兼ね備えていた。この藤甲軍には孔明も手を焼くが、藤甲が火に弱いことを見抜き一計を案じる。魏延《ぎえん》にわざと負けるように指示し、あらかじめ地雷火を仕掛けた盤蛇谷《ばんだこく》に兀突骨や藤甲軍をおびき出して焼き殺したのだ。生きながら焼かれた藤甲軍の最期は悲惨の一言に尽き、孔明はこの罪によって自分は長生きできなくなったと嘆いている。

兀突骨たち藤甲軍は生きたまま焼き殺された（『絵本通俗三国志』より）

ざんねんな三国志人物事典

もしあのひとが○○だったら

ダメ上司編

性格や行動に難ありな三国志の人物たちを紹介する
「ざんねんな三国志人物事典」。
ここではパワハラや無能な二代目など、
現代なら訴訟もののダメ上司たちのエピソードを紹介します！

張飛

【ちょうひ】

当然の帰結で自滅した暴行常習犯

張飛《ちょうひ》も関羽の無念に激怒し暴れているところをスポーツ科が捕縛
未成年飲酒の罪をなすりつけられ退学させられてしまった

張飛の欠点は腹が立つと脊髄反射で手が出ること。劉備に賄賂を求める悪徳役人を滅多打ちにした（正史での滅多打ち実行犯は劉備だが）。しかも上司の言うことにはへいへい従うくせに、目下には平気でパワハラするため、部下からの評判は大変悪い。最期は関羽の弔い合戦である夷陵の戦いの準備中、普段から雑に扱っていた部下に寝首をかかれる見事な自滅だった。

もし張飛が部下思いの上司だったら

もともと張飛は目上に素直なので、これで目下に親切となったら誰からも好感度が高い完璧人間になれる。当然ながら部下に寝首をかかれることもないので、夷陵の戦いには参戦できたはず。劉備同様、関羽の復讐で冷静さを失った張飛が加わっても、夷陵の戦いでの勝利は難しそうだが、敗戦後に劉備が失意から病没する事態は回避できたかもしれない。さらにその後の戦にも参加できた可能性もある。実現すれば、強力な戦力となっただけでなく、蜀軍の精神的支柱になり得たことだろう。

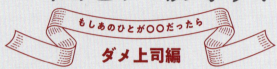

劉禅【りゅうぜん】

命がけで救われたバカ息子

しかも2代目が…
ハイどういうワケか…

劉備の長男で、蜀の2代目皇帝。乳飲み子の頃に長坂の戦いに巻き込まれ、戦場に置き去りにされたところを趙雲に救われた。これは名君になりそう！と思いきや、成長したらなんとバカ息子。宦官・黄皓のいいなりになって酒に溺れ、魏軍に攻められるとさっさと降伏。おとなしく降伏したので魏には丁重に扱われ、安穏と余生を過ごした。その能天気ぶりに司馬昭は、諸葛亮らに同情したとか。

もし劉禅が誇り高き君主だったら

劉禅が「蜀こそ正統な漢王朝後継である」という誇りを持っていたら、黄皓の誘惑に打ち勝てるぐらい芯が通って て、漢から帝位を簒奪した魏との戦いを続けただろう。しかし、これは逆に蜀の滅亡を早めた可能性が高い。というのも、劉禅時代の蜀は人材および財力が不足しており、魏との正面対決など難易度が高すぎた。ならばいっそ、劉禅が長坂で死んだらどうなっただろう。この場合に劉備の後継者となるのは劉禅の異母弟の劉永。劉永は黄皓を危険視していたため、酒に釣られず政治腐敗は阻止できたはず。ただし劉禅も諸葛亮や董允の補佐下では無難に政治をしている。つまり、黄皓さえいなければ劉禅もちゃんとした君主だったかもしれない。

孫権【そんけん】

名君が一転、国難級の老害に

次期ブレーンをめぐり内輪での争いが絶えず
こちらもかつての勢いは既になかった

若い頃は赤壁の戦いに勝利するなどデキる君主だったが、正史では晩年は後継者問題・二宮の変で国を大混乱に陥れた。長男・孫登が早世すると、三男・孫和を次の皇太子に指名。しかし、お気に入りの四男・孫覇を孫和と同列に扱い、国内が分裂。諫言をスルーされた陸遜が自殺するなど、多くの重臣を失った。父と兄は早死にで迷惑をかけたが、長生きしても迷惑な困った父子である。

もし孫権が後継者を孫和一筋で貫いたら

古今東西、後継者問題は長子をないがしろにした時に発生すると相場が決まっている。呉の場合長男・孫登と次男・孫慮はすでに亡くなっているため、孫権が三男・孫和を唯一の後継者として扱い、他の息子たちと区別すれば、二宮の変は起きなかった。さらに、幼君のもとでは側近の暴政が起こるのも世の習い。呉でも孫亮が10歳で帝位についたため、皇族たちが政治を好き放題していた。しかし孫和は、孫権死去の時点で29歳なので、皇族たちの好きにはさせなかっただろう。しかも二宮の変が起きなければ、多くの重臣も存命なのである。これなら魏にも晋にも負ける気がしない。三国志の最終勝者は呉だったかもしれない。

曹操が斬る！

英《えい》雄《ゆう》たちの詩《うた》 ②

後漢末に花開いた建安文学の立役者であるこのオレが、英雄たちの詩を批評する「英雄たちの詩」の時間だ！ 今回は、次代の魏を率いた二人の作品を見てやろう。

燕《えん》歌《か》行《こう》

曹丕

秋風蕭瑟天氣涼
草木搖落露為霜
羣燕辭帰雁南翔
念君客遊思断腸
慊慊思帰戀故郷
何為淹留寄佗方
賤妾煢煢守空房
憂来思君不敢忘
不覚涙下霑衣裳
援琴鳴絃發清商
短歌微吟不能長
明月皎皎照我牀
星漢西流夜未央
牽牛織女遥相望
爾獨何辜限河梁

曹《そう》丕《ひ》（子《し》桓《かん》） 曹操の次男で、魏の初代皇帝。文学を好み、詩や文学論、小説などを執筆した。

（訳）草木の葉が落ち、秋が深まってきました。燕が去り、雁がやって来たのに、あなたはまだ帰って来ないのですね。私は悲しみに身が引き裂かれそうです。どうして、帰ってきてくれないのですか。私はあなたのことを忘れられず、涙で服を濡らしているというのに。悲しい気持ちを紛らわそうと琴を鳴らしても、それに合わせて歌う声は長く続けることができないのです。月が寝床を照らし、長い夜はまだ明けません。牽牛と織女が天の川を隔てて見つめ合っています。彼らは何の罪で引き離されてしまったのでしょうか。

才能アリ!?

戦に駆り出された夫を待つ妻の気持ちを歌った詩だ。風景描写が繊細でまるで一幅の絵のようだな。オレは壮大な情景描写が好きだが、これはこれで美しいものだ。

訳文は『三国志と乱世の詩人』（林田愼之助 講談社）をもとに、編集部で作成

讌飲詩《えんいんし》　司馬懿

天地開闢
日月重光
遭遇際会
畢力遐方
将掃群穢
還過故郷
粛清万里
総斉八荒
告成帰老
待罪舞陽

（訳）天地はわかれて、太陽と月はより輝きを増している。私は思わぬ機会を得て、遙か彼方の地まで力をとどろかせることができた。国に仇なす敵を討ち、帰還途中に故郷を通り過ぎた。私はこのまま万里まで敵を粛正し、反乱をすべて鎮めよう。それを報告したら隠居して故郷に帰り、陛下の沙汰を待つのだ。

司馬懿《しばい》（仲達《ちゅうたつ》）

曹操・曹丕・曹叡《そうえい》・曹芳《そうほう》の四代に仕えた魏の武将。政敵である曹爽《そうそう》を倒して魏の実権を握り、晋建国の礎を築いた。

才能ナシ!?

これは……もはや詩と呼んでいいかすら怪しいな。前半は努力が見られるが、後半はただの報告書だろ。

短歌行《たんかこう》　曹操

對酒當歌　人生幾何
譬如朝露　去日苦多
慨當以慷　憂思難忘
何以解憂　唯有杜康
青青子衿　悠悠我心
但爲君故　沈吟至今
呦呦鹿鳴　食野之苹
我有嘉賓　鼓瑟吹笙
明明如月　何時可掇
憂從中來　不可斷絶
越陌度阡　枉用相存
契闊談讌　心念舊恩
月明星稀　烏鵲南飛
繞樹三匝　何枝可依
山不厭高　海不厭深
周公吐哺　天下歸心

（訳）酒を飲むときは大いに歌え、人生は短いぞ。オレは知識ある若者を求めている。望む人材と出会えたなら、楽器を奏でて歓迎するが、本当にそんな人物はいるのだろうか。オレを尋ねる者があるのなら、飲み交わして契りを結ぼう。優れた人物に出会えるなら、苦難もいとわないさ。食事を中断してでも人材を求める者にこそ、天下の人びとは心を寄せるのだからな。

何？オレの詩も見たいだと？いいだろう。代表作「短歌行」を紹介してやる。短い人生の中ですべきことを力強く歌う……。オレという人間を表すにふさわしい雄編だろう？

もっとおもしろくなる！

三国アラカルト

SANGOKU-Alacarte 06

劉備玄徳って「玄徳」が名前なの？

三国志に出てくる人物名。例えば“劉備”。小説やマンガなどでは「劉備玄徳」と書かれていることもあり、苗字が“劉備”で、名前が“玄徳”と思っている人も多いだろう。近現代まで中国人は「姓」「名」「字《あざな》」の３つ名前を持っていた。つまり、劉備の場合は、姓が劉、名が備、字が玄徳となる。「字」とは「名」を呼ぶことを避けるために使う通称で、成人してから親か目上の人がつける。名乗る時は「劉玄徳」のように「姓」＋「字」を使う。中国では主人や親といった目上の人以外が他人を「名」で呼ぶのは非常に失礼とされており、友人同士でも「字」で呼び合うのが一般的だった。ちなみに女性は字を持たないことがほとんど。

「字」のつけ方いろいろ

字のつけ方	例
名前の同義語を使う	周瑜（公瑾）…「瑜」と「瑾」はどちらも「美しい玉」という意味 黄蓋（公覆）…「蓋」と「覆」はどちらも「おおう」という意味
名前の反義語を使う	呂蒙（子明）…「蒙」は「暗い」、「明」は「明るい」という意味 袁紹（本初）…「紹」は「受け継ぐ」、「初」は「はじめる」という意味
名前から連想される字を使う	趙雲（子龍）…当時、龍は雲を得て天に昇ると考えられていた 関羽（雲長）…「羽」も「雲」も空に関連する文字である
古典の文章を元にする	曹操（孟徳）…『荀子』の一説「夫是之謂徳操」から 劉備（玄徳）…『老子』の一説「是謂玄徳」から
兄弟順を示す字を使う	兄弟が多い家では、長男「伯」、次男「仲」、三男「叔」、四男「季」、五男「幼」と兄弟順を表す字を使った。 孫家の場合…孫策（伯符）、孫権（仲謀）、孫翊（叔弼）、孫匡（季佐）
兄弟で共通の字を使う	曹家の場合…曹昂（子脩）、曹丕（子桓）、曹彰（子文）、曹植（子建）ほか 司馬家の場合…司馬朗（伯達）、司馬懿（仲達）、司馬孚（叔達）、司馬馗（季達）ほか　※司馬家は兄弟順の字も使っている。

※（　）内が字

アートで見る三国志⑥

関羽割臂図

作者：葛飾応為　時代：明治時代（1840年代）

有名な葛飾北斎《かつしかほくさい》の娘、葛飾応為《おうい》が描いたとされる痛々しい関羽の右肘オペシーンです。あまりに血だらけで壮絶な絵なので、本当に応為が描いたのか確定はできていません。

うーむ。客観的に見ると俺やばいな……。囲碁の相手をしてもらった馬良《ばりょう》には悪いことをさせてしまった。

CHAPTER 7

孔明VS司馬懿最後の戦い

劉備《りゅうび》亡き後、孔明は魏討伐（北伐《ほくばつ》）を繰り返すが、魏のブレーンの司馬懿に阻まれてしまう。いよいよ三国志最後の戦いが始まる！

後漢高校
曹魏
相関図
【後漢高校
風紀委員会改め
曹魏高校生徒会】
魏
会長補佐
司馬懿《しばい》
2代目生徒会長
曹叡《そうえい》
1代目生徒会長
曹丕《そうひ》
3代目生徒会長
曹芳《そうほう》

【ざっくりあらすじ】

張飛
孔明

張飛：あーあ、俺も兄貴も関羽も退場かー。孔明、後は頼んだぜ。

孔明：スポーツ科（＝呉）と仲直りし、アンチ曹魏の仲間を集め、何度も魏に挑みます。ですが魏の最終兵器《ブレーン》、司馬懿が現れます。私は天才といわれていますが、彼もまあ私と戦える程度には頭がい

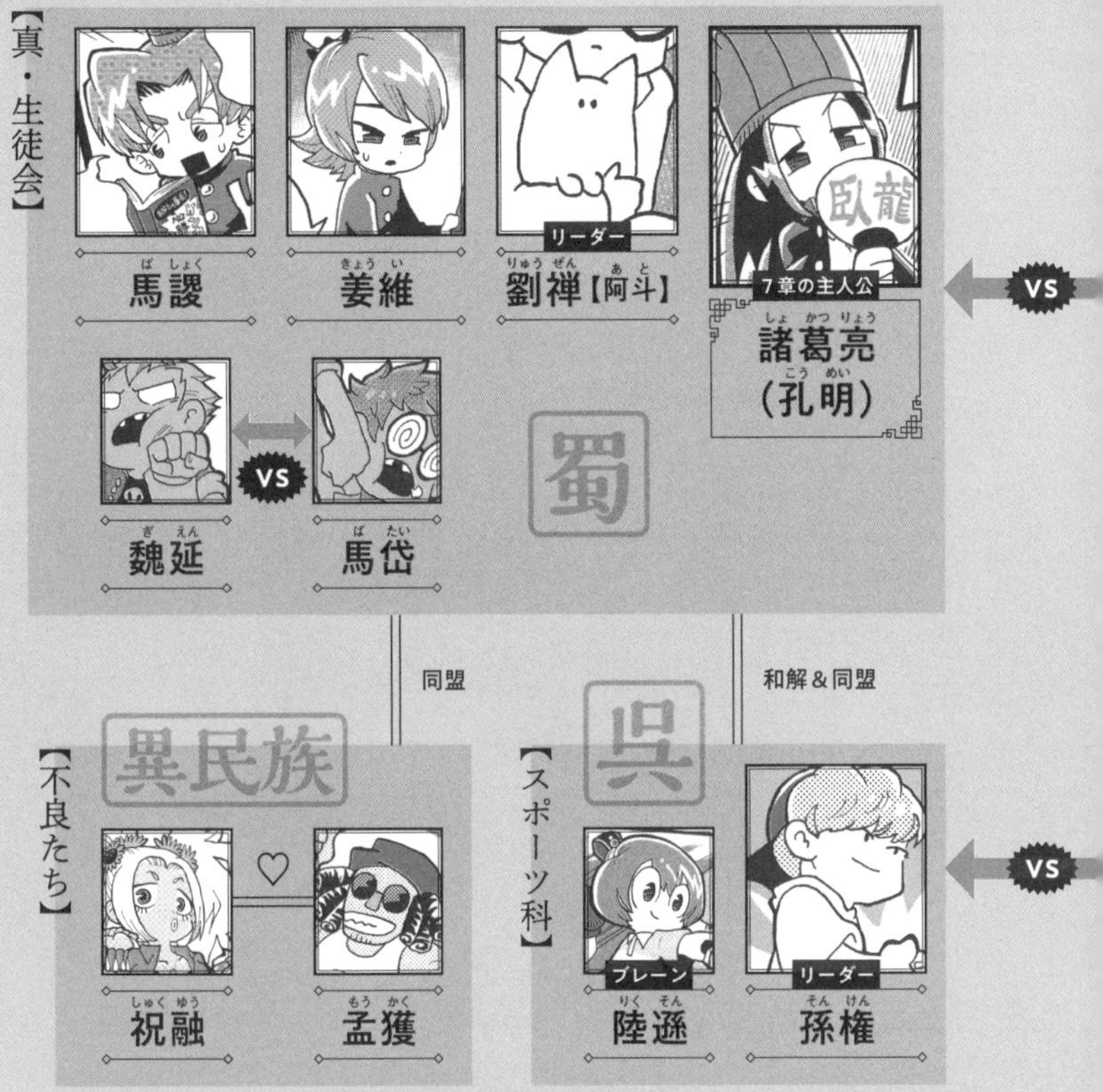
【真・生徒会】
馬謖《ばしょく》
姜維《きょうい》
リーダー
劉禅《りゅうぜん》【阿斗《あと》】
臥龍
7章の主人公
諸葛亮《しょかつりょう》
（孔明《こうめい》）
VS
魏延《ぎえん》
VS
馬岱《ばたい》
蜀
同盟
和解＆同盟
異民族
【不良たち】
祝融《しゅくゆう》
孟獲《もうかく》
呉
【スポーツ科】
ブレーン
陸遜《りくそん》
リーダー
孫権《そんけん》
VS

いんですよ。

張飛　孔明と司馬懿で知恵比べか！

孔明　最初は善戦していたのですが、後輩の馬謖が私の言うことを聞かずに勝手に高い所に拠点つくりやがって……（怒）

張飛　お、おい孔明。キャラ崩壊してるぞ……。

孔明　とにかく、真・生徒会は大ピンチです。しかし、私も卒業の時期が迫ってきました。

張飛　あー、孔明もそんな時期か。引きこもりだったくせによく卒業できたぜ。おめでとな！

孔明　いよいよ後漢（途中から曹魏）高校のストーリーもフィナーレへ。私と司馬懿の対決、最後までお見逃しなく！

曹操《そうそう》の跡を継いで風紀委員長となった曹丕は
曹丕
献帝《けんてい》から生徒会長の座を奪い取り生徒会を吸収
会長補佐
司馬懿《しばい》
曹魏高等学校
学校名を「後漢《ごかん》高校」から「曹魏《そうぎ》高校」へ変えてしまった
曹魏高校 生徒会長
曹丕《そうひ》
孔明《こうめい》は曹魏に対抗すべく再びスポーツ科と同盟
これを知った反曹魏の残党が孔明の仲間に加わった
孟獲《もうかく》
祝融《しゅくゆう》
姜維《きょうい》
劉備《りゅうび》の望んだ学校を取り戻そうと進撃する孔明だが
人材は少なく曹魏は強く
先陣を託した馬謖《ばしょく》たちも敵に包囲されてしまった

曹丕は曹操の息子（このマンガでは親戚で後輩の設定です）。今まで曹操は帝（＝生徒会長）の下でやりたい放題していましたが、曹丕はついに帝の座をもゲットしたのです。

孟獲＆祝融夫婦は史実では劉備さんの死後、反乱を起こした南方の勢力。
姜維は魏の武将でしたが、とても優秀だったので私の作戦で蜀の仲間に引き入れました。

馬謖には「高いところに陣を敷くな」と伝えておいたのに、言うことを聞かなかったんです。
おかげで結果は惨敗。信頼していたのに……。

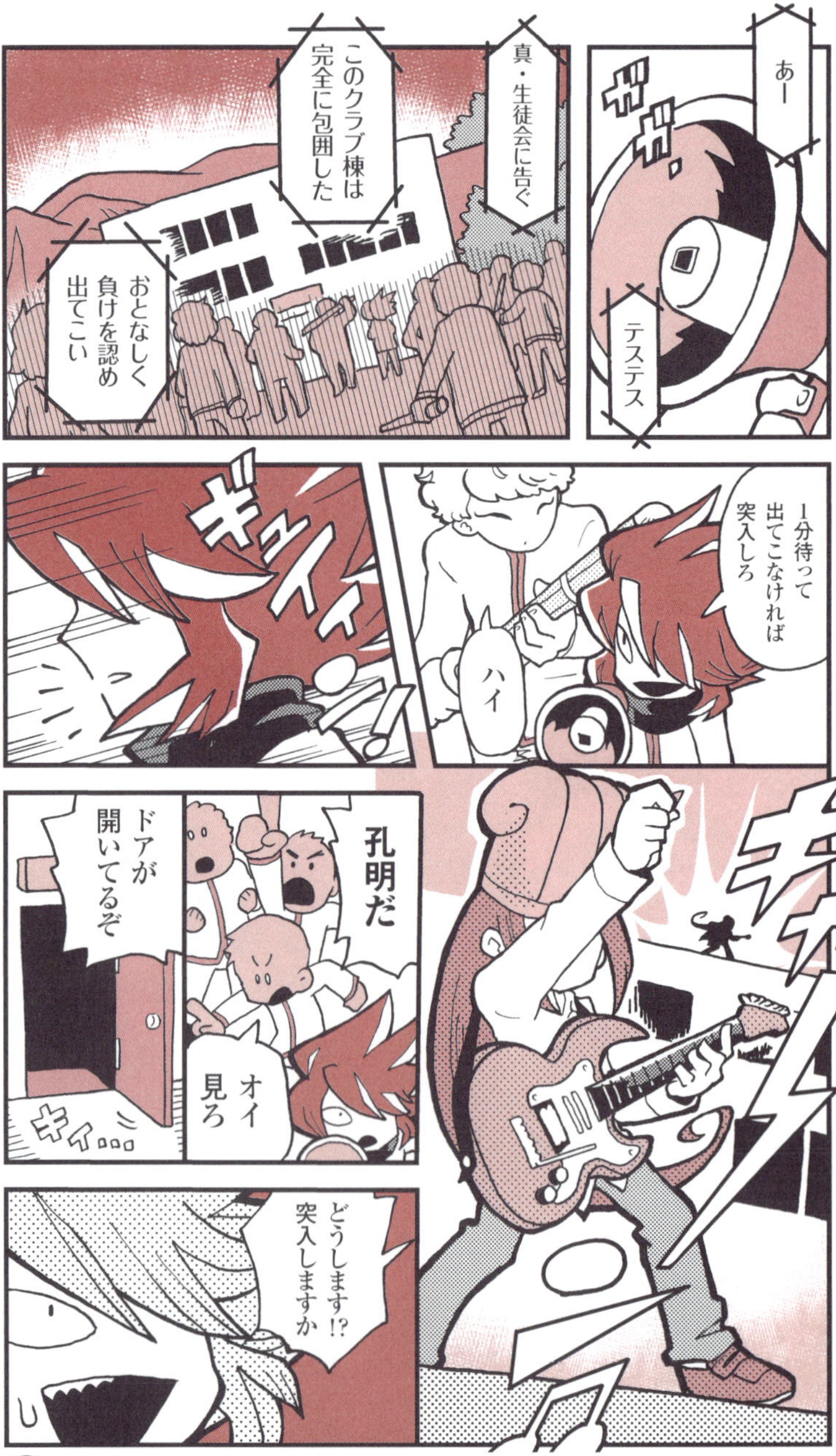

もちろん本来はギターじゃないですよ。琴を弾いて城門（＝ドア）を開けっ放しにしてたんです。
いかにも罠っぽくて、突入するのは気が引けるでしょ？ 本当はハッタリですがね。

この花火のとき、史実では司馬懿を谷に封じ込めて焼き殺そうとしましたが運悪く豪雨になり失敗しました。さすがに私も泣きました。

あっあやしい!!
クラブ棟
先日もやつの手下を追っていったら袋小路で
上から花火を投げこまれるという散々な目に遭った
今回も罠か!?
中に伏兵が…
いや、今の真・生徒会にはそこまで人数がいないはず…
ウオーッ!ライブだァ!
待て!
今日は引き上げる
は!?
なんでっスか
相手が孔明だからだ

やつはまもなく卒業だ！好きにさせてやろう
人材も力も豊富な我々は優雅に見守っていれば良いのだ
アンタまさかこの前の花火にビビってんじゃ…
引き上げるぞ！
バチバチ
もう…
春がきましたか…

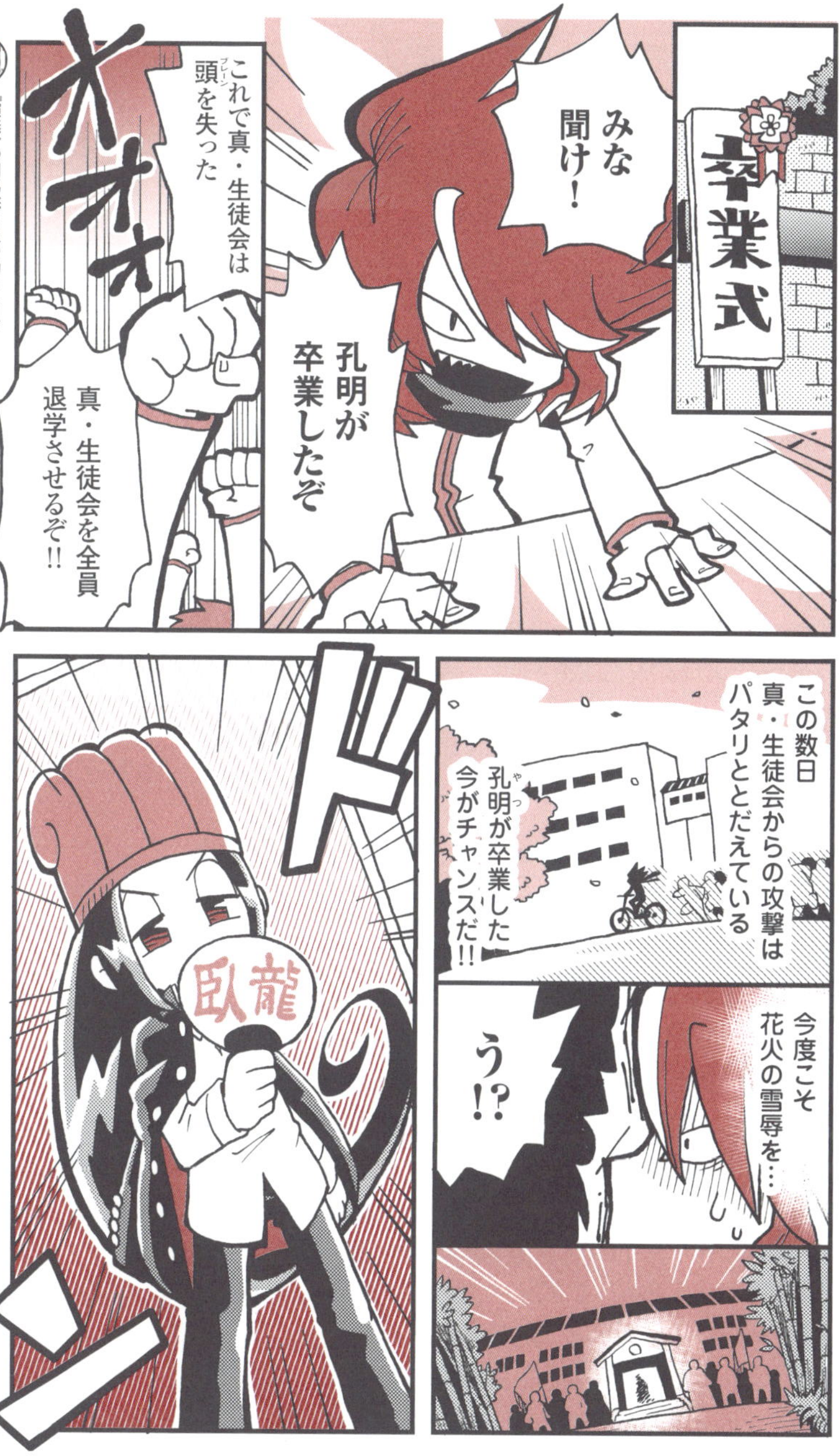

『演義』の司馬懿は星の動きを見て私の死を悟ったそうですよ。

こんなパネル作戦、本当に効いたの？と思われるでしょうが、これ、ちゃんと『三国志演義』に書かれているんです（実際は木像）。司馬懿にとって私はトラウマだったんでしょうね。

蜀滅亡の原因のひとつは、皇帝の劉禅が酒色におぼれ政治をないがしろにしたこと。悲しいですね。

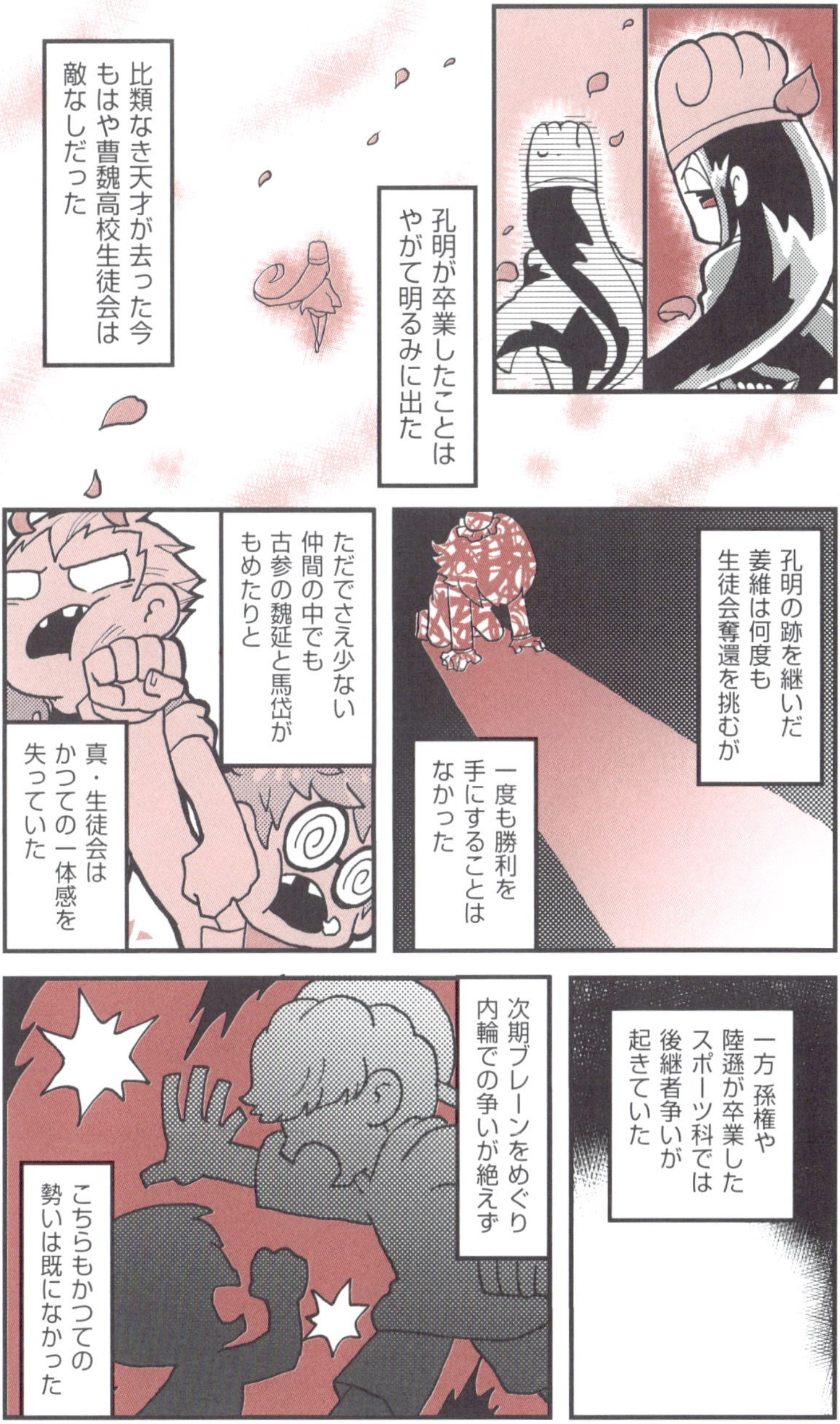
孔明が卒業したことは
やがて明るみに出た
比類なき天才が去った今
もはや曹魏高校生徒会は
敵なしだった
孔明の跡を継いだ
姜維は何度も
生徒会奪還を挑むが
一度も勝利を
手にすることは
なかった
ただでさえ少ない
仲間の中でも
古参の魏延と馬岱が
もめたりと
真・生徒会は
かつての一体感を
失っていた
一方 孫権や
陸遜が卒業した
スポーツ科では
後継者争いが
起きていた
次期ブレーンをめぐり
内輪での争いが絶えず
こちらもかつての
勢いは既になかった

魏延は「反骨の相」があり、劉備さんの配下になるまで何度も裏切りました。案の定魏延は裏切り、馬岱に討伐されました。

呉滅亡の原因は、やはり蜀が滅びたこと。三国でならバランスがとれても、魏と直接対抗するだけの力は呉にはなかったんです。

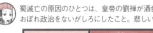

曹丕の病死後、息子・曹叡が跡を継ぎますが、一門に優秀な人材がいなかったこともあり、司馬懿は引き続きブレーンとして重用されます。晩年の曹叡は豪華な生活をするばかりで失政続きでした。

その曹叡が病死すると、幼い息子・曹芳が即位。後見人になった皇族の曹爽は司馬懿を閑職につかせますが、司馬懿はクーデターを起こし、曹爽を倒します。

司馬懿はクーデターの2年後に病死。この時点ではボロボロですが蜀も呉も残っていました。
なのでまだギリ三国鼎立状態。司馬懿の息子が中国全土を平定し、統一王朝「晋」を建国しました。

孔《こう》明《めい》の南《なん》中《ちゅう》平《へい》定《てい》

（225年）

北伐の前哨戦、孔明の南中平定

蜀の劉備《りゅうび》が志半ばで倒れた後、さっそく魏《ぎ》が周辺勢力の南中、鮮《せん》卑《び》、そして呉と組んで攻めて来たが、諸葛亮《しょかつりょう》（孔明《こうめい》）は追い返した。この時、呉《ご》は魏に同調しつつも様子見を決め込み、蜀を攻めなかった。そこで孔明は呉と再び同盟を結んだ。呉蜀同盟を聞いた魏は焦って呉に攻め込むが、敵わず大敗。孔明は、続いて南中の平定に取りかかった。益州《えきしゅう》の南に住む豪族が、西南の異民族の王・孟獲《もうかく》などの少数民族とともに反乱を起こした。孔明は指揮をとり南中へ進軍。この戦いで孔明は、孟獲を捕まえては釈放する「七擒七縦《しちきんしちしょう》」の策で、異民族を心服させ南中を平定した。『演義』では異民族によるさまざまな罠が登場。それを看破する孔明の智謀が描かれる。

蜀軍

指揮者：諸葛亮（孔明）

VS

南中軍

指揮者：孟獲

蜀漢軍の勝利！

孔明のワンポイント解説

孟獲よりも頼りになる？「祝融《しゅくゆう》夫《ふ》人《じん》」

私たちが進軍した時、リーダーの孟獲は結構焦っていたみたいです。その背中を押したのが、妻の祝融夫人。彼女自身も飛刀《ひとう》片手に攻めてきました。すると蜀軍の何人かが生け捕りにされてしまいました。軍人男相手にこれほどの戦績を残せるなんて、すごい優秀ですよ。彼女は『演義』の中でもインパクトのあるオリジナルキャラです。

▲このマンガでは勝気なギャルになってもらいました。

孔明、魏討伐への準備開始

背景　劉備 が病死し、劉禅《りゅうぜん》 が即位、孔明 は丞相《じょうしょう》としてナンバー２を務める

魏の 曹丕《そうひ》 は呉に侵攻するも失敗し撤退する

↓ 魏は「呉を攻めたのは蜀の依頼だった」と嘘をつき、
益州を半分こにする約束で蜀を攻めるよう依頼
呉は魏の蜀総攻撃に承諾

魏は周辺勢力と組んで総勢50万人で蜀に襲来

魏の軍勢は①魏の曹真《そうしん》、②魏の孟達《もうたつ》、③南中、④鮮卑、⑤呉と、５方向から蜀に攻め込んでくる
しかし孔明は敵軍の動きを予測し、事前に準備していたため①～④は撃退。

↓ 残るは呉のみだったが

呉は様子見を決め込んだ

↓ これを知った孔明は使者・鄧芝《とうし》に呉を説得するよう頼み

孔明の準備①　呉蜀同盟

**呉は蜀を攻めないと約束し
呉と再び同盟を結ぶ**

孔明《こうめい》は曹魏に対抗すべく再びスポーツ科と同盟

↓

呉と蜀の同盟にあせった魏は先に呉を倒そうと出陣するが、
呉の偽壁に騙され襲撃に遭い、魏は大敗する

孔明の準備②　南中平定

今度は西南の異民族たちが反乱を起こす→**孔明は魏との全面対決前に解決しておくべきと自ら出陣**

馬謖《ばしょく》「孟獲を心から降伏させないと、また攻めてくるかもしれないですよ！」

そこで孔明は、リーダーの 孟獲 を生け捕っては放つことを７回繰り返す

↓ 殺すことなく自分を許す
孔明に孟獲は感動

**孔明に心から服従、
２度と逆らわないと誓う**

時代解説 28

第《だい》1次《じ》北《ほく》伐《ばつ》
（227～228年）

蜀軍
指揮官：孔明・馬謖
VS
魏軍
指揮官：
夏侯楙・姜維・司馬懿
魏軍の勝利！

劉備の遺志を継いだ北伐が始まる

南《なん》中《ちゅう》平定後、諸葛亮《しょかつりょう》（孔明《こうめい》）は魏《ぎ》軍討伐（＝北伐《ほくばつ》）の決意を記した「出師表《すいしのひょう》」を劉禅《りゅうぜん》に提出し出兵。この第1次北伐は南安《なんあん》・安定《あんてい》・天水《てんすい》の3郡を攻略する、魏の若手ホープ・姜維《きょうい》を寝返らせるなど順調な出だしだった。しかし戦略上の要地である街亭《がいてい》での戦闘で、司令官の馬《ば》謖《しょく》が孔明から「山上に陣をはるな」と命じられたにもかかわらず、その命令を無視。これを見た魏の司令官・司馬懿《しばい》が馬謖の陣を取り囲み破ったことで戦線が崩れ、蜀《しょく》軍は惨敗し敗走。途中魏軍に追いつかれそうになるが、孔明の「空城《くうじょう》の計（あえて城を開け放ち、孔明以外誰もいないとアピールすることで、伏兵を匂わせる作戦）」で司馬懿を欺き、なんとか撤退した。こうして第1次北伐は失敗に終わった。

孔明のワンポイント解説

「泣いて馬謖を斬る」

私は馬謖を愛弟子として可愛がっていました。しかし、勢いづいていた蜀軍の士気を下げ、大敗北という結果となった馬謖は罰っせざるを得ません。悲しいですが、軍律を乱した罪は重いため、馬謖を斬首しました。以来「泣いて馬謖を斬る」という言葉は、どんな優秀な人物でも規律を乱すものは罰するべきという故事成語になりました。

▲実は劉備さんは馬謖を信じておらず、私に注意していました。

失敗に終わった第1回魏討伐

背景 孔明は呉と同盟し南中を平定。
劉備や孔明ら蜀の人々にとって、魏は後漢を乗っ取った倒すべき相手

魏帝・曹丕《そうひ》が病死し、2代目に曹叡《そうえい》が即位
このとき司令官の司馬懿も馬謖の離間の計(→P.144)**で左遷**

↓ 孔明、これはチャンスと
北伐(魏を攻めること)を決意

孔明は出師表(決意表明)を劉禅に提出し、出陣する

1. 趙雲《ちょううん》 VS 韓徳《かんとく》 ＝趙雲の勝利！
2. 孔明 VS 夏侯楙《かこうぼう》 ＝孔明の勝利！ 夏侯楙は捕まる
3. 趙雲 VS 姜維 ＝姜維の勝利！
4. 孔明 VS 姜維 ＝初戦は孔明の策を見破った姜維の勝利！

↓

孔明は姜維と彼の上司・馬遵《ばじゅん》を仲違いさせ、姜維を蜀にスカウト
姜維は逃げ場を失い降伏したため孔明の勝利！ ＝ 代わりに夏侯楙は保釈される

↓ こうして孔明は南安・安定・天水の3郡を獲得
魏ではなんの活躍もしていない夏侯楙に代わって
司馬懿が軍司令官になる

街亭の戦い

馬謖 VS 司馬懿

街亭の守りを任された馬謖は孔明の指示を聞かず、
山頂に陣を築いた馬謖は司馬懿に見つかり敗北
＝蜀軍初の敗北

孔明は撤退を命令。南安・安定・天水も手放す

↓ 司馬懿が全力で追いかけてくる

孔明は西城の門を開けっ放しにして櫓で琴を演奏
→伏兵を恐れた司馬懿は退却する

↓ 蜀軍、撤退完了

蜀の1度目の北伐は失敗に終わる

時代解説29

呉《ご》の建《けん》国《こく》

（229年）

主な登場人物

孫権

周魴

張昭

孫権も帝になり魏・呉・蜀の三国が並び立つ

蜀《しょく》が街亭《がいてい》で敗北した後、今度は呉《ご》が魏《ぎ》に挑んだ。呉の周魴《しゅうほう》の計謀で、魏の重臣・曹休《そうきゅう》を国境すぐ近くの石亭《せきてい》におびき寄せ、襲撃したのだ。兵の大半を失った曹休は命からがら逃げるも、敗戦のショックで病死した。この報を聞いた諸葛亮《しょかつりょう》（孔明《こうめい》）は今がチャンスと再び北伐《ほくばつ》を決意し、陳倉《ちんそう》に攻め込む。孔明は陳倉の太守・郝昭《かくしょう》に負けて一時撤退するが、郝昭が病に伏すとすぐに陳倉に戻り、城を奪い取った（第2次北伐）。蜀の動きを見た孫権《そんけん》は、この隙に魏を攻めるかどうか悩んでいた。すると重臣の張昭《ちょうしょう》が「皇帝になってから魏に攻め込むべき」と進言。孫権は呉帝に即位することを決意し、帝国「呉」が誕生。ようやく魏・呉・蜀の三国時代がスタートする。孔明はこれを祝福し、呉と蜀の同盟関係をより強くしようとした。

孔明のワンポイント解説

曹休を騙した「周魴」の名演技

呉の武将・周魴は曹休をおびき寄せるため、曹休に寝返ったふりをし、「手引きするから呉の石亭に攻め込んで」と進言。もちろん曹休は疑います。そこで周魴は自らの髪をバッサリ。「身を斬るような思いで寝返った」と訴えます。曹休は周魴を完全に信用しますが、真っ赤な嘘。石亭で大敗し、そのまま病死してしまいます。

▲当時、髪の毛は今よりも大事だったんですよ。

孫権が帝位につき、三国が並ぶ

背景 孫権は蜀と同盟し、魏に立ち向かうことを決意

石亭の戦い

 陸遜《りくそん》 VS  曹休

呉の  周魴 は、魏の曹休に寝返ったふりをして石亭におびき寄せる

↓

陸遜、一気に襲いかかる

↓

曹休敗走。そのショックで病気になり死亡

↓ これを聞いた蜀の  孔明 は

再び北伐を決意！＝第２次北伐（→P.206）

 孔明 VS 郝昭

魏将・郝昭の領地、陳倉をめぐって対決し、**郝昭**の勝利！
しかしその後、郝昭は病気に。**孔明はすかさず陳倉に攻め込み勝利！**

↓ 皇帝になるか悩んでいた孫権の背中を押すため、重臣・張昭が

 孫権 に皇帝になること、呉も魏に攻め込むことを進言

孫権

わかった！ 即位しよう。そして息子の孫登《そんとう》を皇太子にしよう

孫権呉帝に
＝
呉の建国
＝
魏・呉・蜀の三国が並び立つ

孔明

孫権さん即位おめでとうございます。
これからも蜀と仲良くしてくださいね

孔明は呉と強い同盟関係を結ぼうと考えた

時代解説30

第《だい》3〜5次《じ》北《ほく》伐《ばつ》

（229〜231年）

蜀軍

指揮官：孔明

VS

魏軍

指揮官：
郝昭·司馬懿·張部

魏軍の勝利！

あと少しで勝てた蜀軍の悔しい撤退

第2次北伐に勝利した諸葛亮《しょかつりょう》（孔明《こうめい》）。続く第3次北伐では武都《ぶと》・陰平《いんぺい》を制圧するが、孔明が病を患い撤退。230年、蜀《しょく》に反撃しようと魏《ぎ》の曹真《そうしん》・司馬懿《しばい》が漢中《かんちゅう》へ攻め込んで来たが、長雨が続いたため、退却。この隙に孔明は魏の祁山《きざん》に進撃（第4次北伐）するが、兵糧輸送に失敗した蜀将・苟安《こうあん》は魏に降伏。司馬懿は苟安に「流言《りゅうげん》の計（孔明の上司・劉禅《りゅうぜん》に「孔明は裏切者」と讒言する計略）」を実行させ、疑心暗鬼になった劉禅は孔明に撤退命令を出した。231年、疑いを晴らした孔明は、万全の体制で北伐に挑む（第5次北伐）。しかし、補給係の李厳《りげん》から「呉《ご》が裏切った」と報告を受け、孔明はまた撤退。だがこれは、補給が滞ったことをごまかすための李厳の嘘で、5度目の北伐も失敗に終わった。

孔明のワンポイント解説

まるで忍者!? 孔明の「分身の術」

5度目の北伐で、私は食料の麦を現地調達することにしました。しかし司馬懿はそれを見抜いており、阻止しようとしてきました。そこで姜維《きょうい》・魏延《ぎえん》・馬岱《ばたい》に扮装を頼み、孔明コスプレイヤーになってもらいました。私含め4人の孔明がいろんな場所から顔を出すことで司馬懿はパニック。混乱しているうちに麦を刈り取ったのです。

▲食料補給は戦の要。これで勝てると思ったのですが……。

悔しい退却が続いた北伐

背景 孫権が呉帝になり三国が並び立つ
孔明は第2次北伐を成功させる

229年 第3次北伐　孔明 VS 司馬懿

孔明、魏蜀の国境にある武都・陰平を攻略

↓ しかしあと一歩のところで孔明は病にかかり退却

第3次北伐は孔明の撤退で終わる

230年 魏の漢中攻略　孔明 VS 曹真 & 司馬懿

魏の曹真＆司馬懿は自ら蜀に攻め込むが、長雨が続いたため一戦もせぬまま撤退

230年 第4次北伐　孔明 VS 曹真 & 司馬懿

蜀から魏へ向かうルートは5本あり、険しい山道のためどこから来るか予想が難しい。
しかし司馬懿は孔明が祁山に来ると予想し進軍

↓ 本当に孔明が祁山に来ると思ってなかった曹真はボロ負け

孔明と司馬懿の直接対決になり、孔明が勝利

↓ しかし魏に降伏した蜀将・苟安が司馬懿の命令で 劉禅 に「流言の計」を実行

劉禅、孔明に撤退命令を出す＝第4次北伐は孔明の敗北で終わる

231年 第5次北伐　孔明 VS 司馬懿

孔明は魏の祁山を取り囲むように陣を張り、麦刈りを行うことで食糧難を克服
さらに「分身の術」で司馬懿を翻弄。

李厳「やばい！食糧係なのに仕事が遅れてる！
このままだと孔明さんに怒られる！」

↓ 李厳は孔明に「呉が裏切って蜀に攻め込んで来る」とニセ情報を報告

孔明止むを得ず撤退＝第5次北伐も孔明の敗北で終わる

李厳の嘘はすぐにバレ、孔明は李厳を庶民に降格した

時代解説31

五《ご》丈《じょう》原《げん》の戦《たたか》い

(234年)

蜀軍

戦　力:34万人
指揮官:孔明

VS

魏軍

戦　力:40万人
指揮官:司馬懿

魏軍の勝利!

因縁の戦い終結! 孔明五丈原に散る

第5次北伐《ほくばつ》から3年、諸葛亮《しょかつりょう》(孔明《こうめい》)は再び北伐を決意(第6次北伐)。蜀《しょく》が五丈原《ごじょうげん》に陣取ったことを知った魏《ぎ》帝・曹叡《そうえい》は、司馬懿《しばい》に大軍を与えて出兵させる。両軍一進一退の攻防が続く中、戦況は膠着。戦が長引くことを恐れた孔明は司馬懿を挑発するが動かず、魏の兵からは「なんで戦わないのか」と文句が出るほどだった。ここまで司馬懿が待った理由は「心労の多い孔明の体は長くはもたないだろう」と読んでいたからである。そして読み通り、挟み撃ちを計画していた同盟国の呉《ご》が魏に負けたと聞き、孔明のストレスはピークに達し、234年8月、孔明は五丈原の地で病没し、蜀軍はやむなく撤退。孔明最後の北伐は彼の死をもって終結した。

孔明のワンポイント解説

「死せる孔明、生ける仲達《ちゅうたつ》を走らす」

死期を悟った私は姜維《きょうい》らに遺言を伝え、陣中で没しました。姜維たちは密かに退却しましたが、司馬懿に私の死がバレてしまいます。そこで姜維は私の木像をつくって司馬懿を騙しました。ちなみに『正史』では、蜀軍の退却スピードの速さや統率の取れた動きを見て、司馬懿は私がまだギリギリ生きていると錯覚したようですよ。

▲仲達とは司馬懿の字《あざな》です。これぞまさに「孔明の罠」

孔明悲願の北伐は失敗に終わる

背景 5度の北伐に失敗した孔明は最終決戦に挑む

孔明の対策

1. 長期戦に備え食糧運搬機を開発。さらに、現地で農業を行い食糧確保
2. 「二国で魏を挟み撃ちにしよう」と呉に提案
3. 北原の魏軍をサブ兵で攻撃し、その間に本隊で本陣へ攻めようと考える

↓

孔明、本陣に攻撃を仕掛けるも司馬懿に見抜かれる＝対策3は失敗

↓

孔明、司馬懿を上方谷《じょうほうこく》におびき寄せ焼き殺そうとする しかし、たまたま雨が降り失敗

↓

孔明は司馬懿に「戦わないならこれを着て」と女性物の服を送るなど挑発するが、司馬懿は動かず。両軍膠着状態に

↓ そこへ「呉が魏に負け敗走した」という連絡が入る＝対策2も失敗

孔明、ショックで病状が悪化

↓ 延命の儀式を行うが魏延《ぎえん》の不注意で失敗

死期を悟った孔明は遺言を残し死去

↓ 蜀軍、密かに撤退を始めるが司馬懿に孔明の死がバレる

猛追してきた司馬懿だったが、蜀軍の中に孔明の姿（実際は木像）を確認し、あわてて退却

↓

五丈原の戦い（＝第6次北伐）は両軍の退却で終わった

その後の三国志 01

蜀《しょく》の滅《めつ》亡《ぼう》

北伐は果たせず 劉禅の降伏で滅亡

諸《しょ》葛亮《かつりょう》（孔明《こうめい》）が死ぬと、蜀軍はすぐに魏から退却した。この時、かねてより孔明とそりが合わなかった魏延《ぎえん》が謀反を起こす。しかしこの謀反を孔明は予言しており、生前の孔明に授けられていた作戦を馬岱《ばたい》が実行し阻止した。孔明の葬儀後、蜀では彼の遺言に従い人事刷新が行われ、国の建て直し事業が進められる。蜀が落ち着いた249年、孔明の愛弟子で輔《ほ》漢将軍《かんしょうぐん》（軍の総司令官）の姜維《きょうい》は、魏討伐（＝北伐）を開始。姜維は9度も魏《ぎ》に攻め込むが勝てなかった。さらに宦官《かんがん》の黄皓《こうこう》が蜀帝・劉禅《りゅうぜん》に取り入り酒色に溺れさせ、劉禅は酒浸りになってしまった。263年、魏将・鍾会《しょうかい》と鄧艾《とうがい》が2方向から蜀に攻め込んで来た。そして姜維が鍾会と戦っているうちに、鄧艾は蜀の首都・成都《せいと》へ迫り、恐れた劉禅は降伏。姜維は降伏したふりをして、「手柄を鄧艾に横取りされた」と怒る鍾会とともに鄧艾を捕縛。その後、鍾会は独立し反乱を起こす。しかし、鄧艾の部下たちの反撃に遭い失敗。鍾会と姜維は殺され、鄧艾も混乱の中、殺害されてしまう。こうして蜀は完全に滅亡した。

国DATA

建国：221年
滅亡：263年

【歴代皇帝】

①劉備

②劉禅

蜀漢滅びる！ 劉備＆孔明の悲願はついに叶わず

背景 234年  **孔明** が死去し五丈原から撤退

ただでさえ少ない
仲間の中でも
古参の魏延と馬岱が
もめたりと
真・生徒会は
かつての一体感を
失っていた

魏延の謀反

魏延が謀反を起こすも、孔明から策を授けられていた馬岱が斬り阻止する

蜀の新体制

孔明の遺言に従い人事刷新。蜀はここから15年間内政に集中する

皇帝	丞相《じょうしょう》・大将軍・録尚書事《ろくしょうしょじ》	尚書令《しょうしょれい》	輔漢将軍《ほかんしょうぐん》
‖	‖	‖	‖
 **劉禅**	**蒋琬《しょうえん》**	**費禕《ひい》**	 **姜維**
蜀のNo.1	日本でいう総理大臣で蜀のNo.2	日本でいう官房長官で蜀のNo.3	軍の総司令官

姜維による北伐

魏の夏侯覇《かこうは》（＝  **夏侯淵《かこうえん》** の子）が蜀に亡命したことをきっかけに、姜維は北伐を始める

孔明の跡を継いだ
姜維は何度も
生徒会奪還を挑むが
一度も勝利を
手にすることは
なかった

- 249年 **雍州牛頭《ようしゅうごず》攻め**（VS司馬師《しばし》＆郭淮《かくわい》）
- 253年 **南安《なんあん》攻め**（VS司馬昭＆郭淮）
- 255年 **狄道城《てきどうじょう》攻め**（VS鄧艾＆王経《おうきょう》＆陳泰《ちんたい》）
- 256年 **南安攻め**（VS鄧艾）
- 258年 **駱谷《らくこく》攻め**（VS鄧艾＆鄧忠《とうちゅう》）
- 258年 **祁山《きざん》攻め**（VS鄧艾＆司馬望《しばぼう》）
- 260年 **祁山攻め**（VS鄧艾）
- 262年 **洮陽《とうよう》攻め**（VS鄧艾＆陳泰）
- 262年 **沓中《とうちゅう》に侵攻し屯田**

戦いは一進一退、決定的勝利はできなかった

蜀の堕落

蜀の有能な政治家はみんな亡くなり、宦官の黄皓らが専横を始める
その影響で劉禅は歓楽に溺れ内政危機に

263年 魏と蜀、最後の戦い（VS司馬昭＆鄧艾＆鍾会）

↓

魏軍、蜀の都・成都まで侵入。恐れをなした劉禅は降伏
姜維も鄧艾の部下らによって殺される

蜀の滅亡

その後の三国志 02

魏《ぎ》の滅《めつ》亡《ぼう》

司馬一族に牛耳られた魏の末路

五《ご》丈原《じょうげん》の戦い後、司馬懿《しばい》を待ち受けていたのは、遼東《りょうとう》での公孫淵《こうそんえん》の反乱と、2代魏帝・曹叡《そうえい》の死去であった。反乱鎮圧後、3代・曹芳《そうぼう》の後見人となった司馬懿だが、ともに後見人となった曹爽《そうそう》との権力争いが勃発。結果、司馬懿は閑職にまわされ、軍指揮権を奪われてしまった。そこで司馬懿は痴呆になったふりをして曹爽を油断させ、クーデターを起こす。そして曹爽の一族郎党を処刑し、皇帝に次ぐ権力を得た。司馬懿の死後、長男・司馬師《しばし》が皇帝をしのぐ権力を持ち、曹芳を退位させる。その司馬師が死ぬと、今度は弟・司《し》馬《ば》昭《しょう》が4代・曹髦《そうほう》より強い権力を持ち、司馬昭暗殺を計画した曹髦を殺害、5代・曹奐《そうかん》を即位させる。司馬氏は権力を握り続けた末に、皇帝の進退さえも思うままに操るようになったのだ。263年、司馬昭は蜀の平定に成功し、翌年晋《しん》※2王の座に就いた。そして265年、司馬昭の子・司馬炎《しばえん》は曹奐に帝位を譲るよう迫って自ら皇帝になり、国名を晋と改める。魏《ぎ》の歴史は45年で幕を閉じ、司馬氏はかつての曹操《そうそう》・曹丕《そうひ》がそうしたように、魏帝から帝位を剥奪したのだ。

国DATA

建国：220年
滅亡：265年

【歴代皇帝】

⓪曹操 ※1
①曹丕
②曹叡
③曹芳
④曹髦
⑤曹奐

※1　曹操は死後、初代魏帝の位を得る
※2　「晋」は地名。司馬炎が晋王から晋帝にランクアップしたことで、国の名前も晋になった

司馬懿のクーデターで魏の全権が司馬氏に渡る

背景 曹叡が2代目魏帝になる。ライバル・孔明《こうめい》も死に、魏の天下は目前

 **曹叡** は曹操・曹丕が安定させた魏帝の権力で贅沢三昧

魏の北方にいた公孫淵が燕王《えんおう》を自称し、反乱を起こす

↓ これを司馬懿が鎮圧

239年 曹叡死去。3代目に曹芳がつき、司馬懿と曹爽が後見人になる

↓

曹爽とその部下・何晏《かあん》は司馬懿に
権力が集中することを恐れ司馬懿を閑職につかせた
以来、**曹爽たちは曹芳の権力を盾に政治を牛耳った**

↓ そこで司馬懿は

クーデターを起こし曹爽一派を粛正
司馬懿は復権し、曹芳をしのぐ
権力を持つようになる

2年後、司馬懿は死去し長男の司馬師が跡を継ぐ
司馬師は曹芳よりも強い権力を持つように

↓ 怒った曹芳は司馬師を殺そうとするが失敗
司馬師に退位させられる

司馬師は勝手に4代目曹髦を即位させる

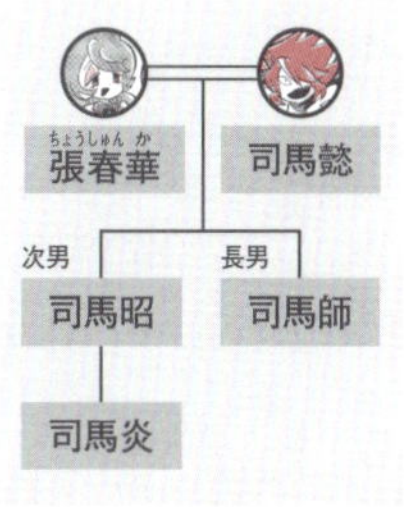

ここで司馬師病死、弟・司馬昭が跡を継ぐ

↓ 今度は曹髦が司馬昭殺害を決意するが
失敗、司馬昭の部下に殺害される

5代目曹奐が即位
司馬昭は蜀平定を成功させ晋王になる

↓ 司馬昭が病死し、長男・司馬炎が跡を継ぐ

司馬炎、曹奐に禅譲を迫って帝位を譲り受け即位

↓

晋の建国＝魏の滅亡

呉《ご》の滅《めつ》亡《ぼう》

最後に暗君を輩出した呉

孫《そん》権《けん》は71歳で崩御。魏《ぎ》の曹操《そうそう》、蜀《しょく》の劉備《りゅうび》、そして呉の孫権の三君主の中では最も長生きだった。2代目呉帝に即位したのは、孫権の七男で10歳の孫亮《そんりょう》。幼い孫亮《そんりょう》の補佐には諸葛恪《しょかつかく》が着任した。すると孫権の訃報を聞いた魏将・司馬《しば》師《し》がさっそく呉に攻めて来た。諸葛恪はこれを撃退、勢いに乗って魏に攻め込むが失敗。諸葛恪は糾弾されることを恐れて多くの武将を斬殺し、専横を始めた。反発した武将・孫峻《そんしゅん》は諸葛恪を謀殺。

孫峻は諸葛恪の地位を引き継いだ。その孫峻が死ぬと、従兄弟の孫綝《そんちん》がその地位に着任。孫亮は孫綝の残忍な性格を嫌い、孫綝を殺そうとするが、計画が露見し廃位された。3代目・孫休《そんきゅう》（孫権の六男）もまた、孫綝に殺されそうになるが、事前に察知。孫綝を謀殺した。２６４年、孫休が病死すると4代目に即位した孫皓《そんこう》は粗暴で酒乱、臣下を殺す、遷都を繰り返すなど暴政を敷く。陸遜《りくそん》の子・陸抗《りくこう》が国境線を守り魏への抵抗を続けたが、やがて晋《しん》帝・司馬炎《しばえん》が本格的な呉討伐を決行。晋の大軍を見た孫皓は降伏、呉が滅亡したことで、晋が天下統一を成し遂げた。

国DATA

建国：229年
滅亡：280年

【歴代皇帝】

①孫権
②孫亮
③孫休
④孫皓

後継者争いで滅んだ呉

背景 孫権が帝位につき、呉が建国（→P.204）

252年 孫権71歳で死す
2代目は10歳の孫亮が継ぐ

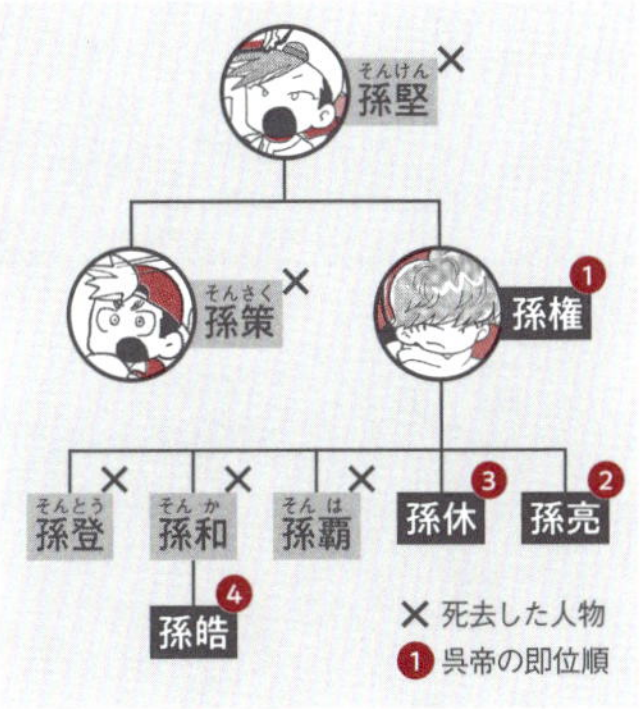

2代 孫亮（252～258年）

魏将・司馬師が呉に攻め込んできたが、
孫亮の補佐・諸葛恪が撃退

↓ 勢いに乗った諸葛恪は魏に攻め込むが敗北

諸葛恪は敗北の責任を糾弾されることを恐れ、
有能な将軍たちを斬殺。それ以来諸葛恪は
専横を始めるが、孫峻によって謀殺される

↓ 孫峻が諸葛恪の地位を引き継ぐが病死

孫峻の従兄弟・孫綝が跡を継ぐ

↓ 孫亮は孫綝の残忍な性格を嫌い、謀殺しようと考えるが失敗

孫亮は孫綝によって廃位される

3代 孫休（258～264年）

孫綝を殺すが、「司馬炎の晋建国」ニュースを聞き、ショックで病気になり死亡

4代 孫皓（264～280年）

とんでもない恐怖政治で民衆に恐れられる。軍司令官・陸抗に晋攻略を命令
陸抗は長江を挟んで敵対する魏将・羊祜《ようこ》と才能を認め合い、互いの領地は侵さないと約束した
すると孫皓は陸抗を怪しみ、軍司令官から解任

↓ 陸抗がいなくなったところを狙われ

晋軍が呉に攻め込んで来たため孫皓は大パニック！

↓

呉の滅亡＝晋の天下統一

みんなが知りたいであろう
三国志の「数字」に
まつわる疑問を、この俺
周瑜が調査してきたぞ。

呉のブレーン 周瑜の！
気になる数字を調査してみた件

※『三国志演義』の情報に基づく

Q1 武将の一騎打ち**勝率**が知りたい！

1位 蜀 **趙《ちょう》雲《うん》** 勝率**78%**
（36戦28勝7分1敗）
VS韓徳（魏） VS夏侯恩（魏） VS姜維（魏）など
※唯一の敗北

2位 蜀 **関《かん》羽《う》** 勝率**69%**
（35戦24勝9分2敗）
VS顔良・文醜（袁紹軍） →P.90 VS龐徳（魏） →P.170 など

3位 蜀 **張《ちょう》飛《ひ》** 勝率**53%**
（32戦17勝15分0敗）
VS馬超（張魯軍） →P.146 VS紀霊（袁術軍）など

周瑜

一騎打ちとは武将が正々堂々1対1で勝負することだ。
そんな熱いスポーツマンシップを持つナンバーワンの男は蜀の趙雲だった！
ただ、彼は長生きしたから母数が大きいというのもポイントだな。

ちなみに、三国志最強武将ともいわれる呂布は勝率36%（11戦4勝5分2敗）でした。
意外と低いものだな。まあ序盤で退場するしな……。

Q2 一番多く登場する姓は何さんで何人くらい？

張姓がナンバーワンだ！確かに、多い気がするな。ところで三国志をモチーフにした浮世絵やマンガに描かれてる軍旗って、姓しか描かれてないことが多いよな。張さんだけで68人だから、判別が大変だぞ。

1位 張《ちょう》（68人）
例：張飛・張遼・張角 など

2位 劉《りゅう》（62人）
例：劉備・劉表・劉璋 など

3位 王《おう》（45人）
例：王平・王允・王氏 など

Q3 孔明の七星壇（お祈り台）ってどのくらいの高さ？

大体2.8m（9尺）**くらい！**（1尺＝0.312mとして計算）

赤壁の戦いで風を起こす時につくった台だ。ビミョーな高さだな。10mくらいあれば「映える」し観光地化できると思うんだが……。

あんまり高いと怖いですからね。

Q4 関羽は美髯公といわれるけどひげは何本あったの

これは一体どの層に需要があるんだ……？
全国の関羽マニアの君たちのために関羽を実際に呼んだぞ。

ちゃんと数えたことはないが……5～600本くらいじゃないか？
なぜか秋に3～5本抜けるぞ。
普段は保湿のためにひげ袋に入れているんだ。

ということで全国の関羽マニアのみんな
関羽へのプレゼントは
ひげ袋にしてみてはいかがだろうか？

さんごくちゃんねる 2

名無し兵士が集まるインターネット掲示板
引き続き三国志のナンバーワンを決める
レスバトルが盛り上がっています

三国一頭のいい軍師を決めるスレ

1：**天才軍師◆FuKUrYu**　ID: ZhugeLiang
三国志で一番賢い軍師を「孔明」で確定させましょう
異論がある方いらっしゃいますか

2：**以下、名無し兵士がお送りします**　ID: SimaYi
>>1
大ありだよ！孔明が本物の天才だったら
蜀は魏に勝ってただろうが！
最終的には五丈原で司馬懿に作戦見抜かれてるし！

3：**以下、名無し兵士がお送りします**　ID: SunQuan
正直赤壁であんな勝利できたのは
孔明の力じゃなくて周瑜の力だろ
たしか孔明って周瑜が提案した「火計」も
自分のアイデアって言ってるんだろ
実際大したことねーぜ絶対

4：**天才軍師◆FuKUrYu**　ID: ZhugeLiang
何言ってるんですか？
孔明が天気を操って風向きを変えなければ
曹操の大船団はあんなにキレイに
燃えませんでしたからね
そもそも、あんな弱小の劉備様が蜀という国を
築けたのは孔明のおかげですから

5：**以下、名無し兵士がお送りします**　ID: PangTong
それで思い出したんだけど、徐庶はどう？
劉備に軍師の大切さを教えた軍師

6：**以下、名無し兵士がお送りします**　ID: SunQuan
あいつ地味につえーよな
曹仁のヤバイ陣形※1崩したり、奇襲見破ったり
そりゃー曹操の人材マニア魂にも火がつくわ

7：**以下、名無し兵士がお送りします**　ID: XiahouDun
>>6
あいつ龐統の連環の計※2も見抜いてたんだろ
徐庶がちゃんと曹操に報告すれば
赤壁の戦いは曹操軍の勝利だったのに

8：**以下、名無し兵士がお送りします**　ID: PangTong
>>7
徐庶が曹操に報告しなかったのは、
曹操が徐庶のおかんを殺したからやろ
自業自得

9：**以下、名無し兵士がお送りします**　ID: XuShu
>>7
その連環の計を提案した龐統は？

10：**以下、名無し兵士がお送りします**　ID: FaZheng
あいつ鳳雛※3とか呼ばれてる割に早死にでマジ萎える

11：**以下、名無し兵士がお送りします**　ID:CaoCao
ここまで郭嘉の名前なしとは
あいつがいれば赤壁は曹操軍の勝利で終わったのに

12：**以下、名無し兵士がお送りします**　ID:SunCe
>>11
曹操が弱かった頃の軍師だっけ

13：**以下、名無し兵士がお送りします**　ID:XunYu
>>12
そうそう、戦よりも人を疑心暗鬼にさせたりが得意だったとか
郭嘉が人間関係めちゃくちゃにした結果
周りが身を滅ぼして相対的に曹操が強くなった

14：**以下、名無し兵士がお送りします**　ID:MaDai
>>13
同じ疑心暗鬼系なら馬超と韓遂に離間の計※4かけた
賈詡のがやべーんじゃね

15：**以下、名無し兵士がお送りします**　ID: XiahouDun
いや曹操軍の軍師なら荀彧・荀攸だろ
官渡の戦いの兵糧奪取とかあいつらの作戦だろ？

16：**以下、名無し兵士がお送りします**　ID: SunQuan
魏の軍師多すぎ（笑）

17：**以下、名無し兵士がお送りします**　ID: XiahouDun
呉はやっぱ周瑜なの？

18：**以下、名無し兵士がお送りします**　ID:SimaYi
>>17
陸遜じゃね？ あいつが劉備殺したようなもんじゃん

19：**以下、名無し兵士がお送りします**　ID:CaoCao
周瑜：早死に　魯粛：地味　呂蒙：関羽殺した戦犯　陸遜：劉備殺す
陸遜だな

20：**以下、名無し兵士がお送りします**　ID:SunQuan
こうやって考えると軍師って早死にばっかだな

21：**天才軍師◆FuKUrYu**　ID:ZhugeLiang
ガリ勉ばっかですからね、運動が大事なんでしょう

※1曹仁のヤバイ陣形：劉備を討つため荊州に攻め込んだ曹仁が使用した、「八門金鎖」という陣形（P.94）
※2連環の計：船と船を繋ぎ延焼しやすくする、かつ逃げにくくする作戦（P.118）
※3鳳雛：鳳凰の雛という意味。対する孔明は伏龍（目覚めを待つ龍）というあだ名がある（P.92）
※4離間の計：韓遂にだけ降伏を促すことで馬超を疑心暗鬼にさせる作戦（P.144）

後漢高校の美少女たちがぶっちゃけトークをする「三国志Girl's Talk」☆ 後半戦では、みんなの彼氏たちのナイショの話とか、彼氏以外のイケてる男子の話を聞いちゃおう！

三国志 SANGOKUSHI Girl's Talk 後編

貂蝉
みんなの彼氏、普段は〝デキる男〟って感じだけど、彼女の前だとカタナシね（笑）。じゃあ、彼氏本人はナイショにしたい話がききたいな。張春華ちゃんから！

張春華
司馬懿ちゃんとケンカしたとき、二人で飼ってる師《し》と昭《しょう》っていうわんちゃんと一緒に断食したら、「もうわかったから、わんちゃんは巻き込まないで〜」ってすぐに謝ってきましたわ♪ ね、いい子でしょ？

大喬
司馬懿くん、しつけられてるね♪ 孫策は「オレたちとつきあえる大喬と小喬は幸せ者だな！」って調子に乗ってたよ（笑）。どっちが幸せ者ですか〜って感じ！

小喬 大喬
ねー!!

実はダーリン、運動会が決まった後、風紀委員の人数きいてちょっとビビってたんだよね〜。あたしが「ちゃんとあたしのこと守ってよ！」って怒ったら、すぐやる気になったけどね☆（by小喬）

小喬
周瑜は、曹操くんがあたしとお姉ちゃんをほしがってるって話を孔明くんからきいてキレちゃって。それで運動会の勝負を受けたみたいなの。

甄夫人
曹操様は本当に女の子に目がないのよ。袁煕様とお別れした直後のわたくしにも声をかけようと思ってたらしくて、曹丕様に先を越されて悔しがったそうよ。

貂蝉
甄夫人ちゃんのまわり、昼ドラっぽい（笑）。孔明くんの名前が出てきたけど、祝融ちゃんも孔明くんとは知り合いよね。

祝融
ウチのカレシが孔明に7回も負けて7回とも許されて帰ってきて、「あいつ神だわ」とか言って結局ズッ友になってんの〜。

孫夫人
孔明くんて人の心情を読むのがうまいよね。権兄も劉備くんを手懐けようとしてうちに招待したんだけど、孔明くんに見抜かれて連れ返されちゃったの。

貂蝉
あんなに切れ者だと、孔明くんとつきあってる黄夫人ちゃんも大変そうだよね〜。

張春華
黄夫人も発明好きで個性的な子ですし、気が合うんだと思いますわ。いざとなれば、司馬懿ちゃんみたいにお仕置きで……んふ♪

趙雲って、あの阿斗ってネコとよく一緒にいるよね～。ウチにきた時も一緒にいたケド、めっちゃ引っかかれてたし（by祝融）

甄夫人

司馬懿は曹丕様の右腕なのだから、お仕置きもほどほどにね。

貂蝉

孔明くんはいろんなとこで名前が出てくるけど、モテ男子とはちょっと違うのかな（笑）。ここだけの話、みんなが彼氏以外に気になる男子っている？

孫夫人

趙雲くんはファン多そうよね。孔明くんのお使いで劉備くんを護衛していたときは、私もかっこいいなって思ったもん。

祝融

わかりみ～！　でもモテそうなわりに女っけ全然なくね？

貂蝉

そこが一途そうでなんか騎士《ナイト》っぽいよね、趙雲くん。

小喬

ねぇねぇ、貂蝉ちゃんの彼氏は？　呂布《りょふ》くんはどうしたの？

登場カップル対応表

孫策《そんさく》	♥ 大喬《だいきょう》	司馬懿《しばい》	♥ 張春華《ちょうしゅんか》
周瑜《しゅうゆ》	♥ 小喬《しょうきょう》	曹丕《そうひ》	♥ 甄夫人《しんふじん》
劉備《りゅうび》	♥ 孫夫人《そんふじん》	孟獲《もうかく》	♥ 祝融《しゅくゆう》

貂蝉

ん～あれはハニートラップだからノーカウント！　アタシはフリーってことで☆　イケてる男子がいたら紹介してね♥

みんな

（呂布くんかわいそ～……）

今日は楽しかったね。みんなありがとう♥
次集まる時は、黄夫人ちゃんとか
文芸部の蔡文姫ちゃんとかも呼びたいな！（by貂蝉）

洛陽《らくよう》通販《つうはん》

ファッションコレクション

流行のスタイルをチェック！

三国志の人びともオシャレを楽しんでいた！ 今回はオススメコーデをご紹介。

最上級の素材で抜群の着心地を！

皇帝陛下以外に丞相や三公のご注文も承っております

コーデ01

皇帝スタイル

こうていすたいる

最高級の絹を贅沢に使用し、熟練職人による刺繍を施した芸術品とも呼べる品。帽子のすだれは前後12本の特注となっております。各儀式に対応した色や刺繍をご用意しておりますので、ご注文の際にご相談ください。ご注文日に採寸、最短10日で納品可能です！

カスタマーレビュー

曹丕《そうひ》さん

★★★★★

急遽、禅譲を受けることになったため購入した。縫製が丁寧で、着心地もよかったので、次の儀式の際も頼むつもりだ。

手柄を立てたいアナタにどんな戦場も安心の一着！

兜と装飾はオーダーメイド対応！

コーデ02

将軍スタイル

しょうぐんすたいる

小さな鉄板を重ね合わせ、弓矢も通さない丈夫さと長時間の行軍にも耐えられる軽さを実現。着用すれば威厳120%アップ間違いナシの逸品です！

※剣は別売りとなっております

カスタマーレビュー

蒋欽《しょうきん》さん

★★★★☆

川賊をやめて新しい主に仕えることになったので一式そろえた。フィット性もよく丈夫で、戦場では最高の相棒だ。

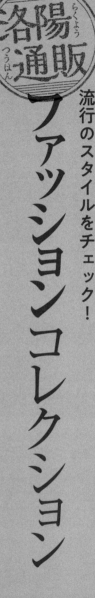

コーデ03

女性人気No.1！

姫スタイル

ひめすたいる

簪(かんざし)、アクセサリー、雑裾(ドレス)のお得な3点セットです。簪とアクセサリーには天然石を使用。フォーマルにもプライベートにもお使いいただけます。

なりたい
ワタシになれる
高嶺の花コーデ

コーデ04

セット買いがお得！

女戦士スタイル

おんなせんしすたいる

「守られているだけなんてイヤ!」という勝ち気な女性にオススメ！ 裾がスカート状になっており、合戦中でもオシャレを楽しめます。

オシャレ鎧で
戦場の視線を
独り占め！

農作業もデスクワークもこれ一つ！
中華ファッションの基本スタイル

コーデ05 お手頃価格！

庶民スタイル

しょみんすたいる

動きやすい短い上着と袴のセットです。丈夫でお手頃な麻素材、ワンランク上の絹素材など様々な素材を取りそろえております！ 先着100名様にもれなく涿県の劉さん特製上質わらじ付き！

コーデ06 新卒割対応！

文官スタイル

ぶんかんすたいる

春からの入庁もこれで安心！ 冠、長袍、靴をお得なセットでご提供。ご注文時に所属部署をお伝えいただければ、対応する刺繍をお入れいたします。

あこがれの宮中で
働くアナタに
クラシカルな長《ちょう》袍《ほう》を

もっとおもしろくなる！

三国アラカルト

SANGOKU-Alacarte 07

真偽やいかに!? 三国志が元祖のアレコレ

三国時代は、私たちにもなじみ深いモノの語源が生まれた時代でもある。まずは、“紫蘇《しそ》”。これは三国時代の名医・華佗《かだ》が煎じた薬が由来なのだとか。ちょっと意外なのが“散歩”。曹操《そうそう》の養子・何晏《かあん》は「五石散《ごせきさん》」という麻薬を愛用しており、服用後に出る熱を発散させるため歩き回っていた。これが“散歩”の由来だ。ことわざも見てみよう。例えば、“画に描いた餅”は、諸葛亮《しょかつりょう》の遠縁・諸葛誕《たん》への評価が語源。諸葛誕は名声が高かったが、魏の二代目皇帝・曹叡《そうえい》は「名声は画に描いた餅のようなもので食べられない」と、彼を疎んだそうだ。

他にもたくさん！ 三国志由来の言葉

ここでは三国志発祥の言葉とその意味を、ゆかりの人物に解説してもらいました

男子三日《だんしみっか》会《あ》わざれば、刮目《かつもく》して見《み》よ

呂蒙《りょもう》（呉）

オレ、昔は勉強大キライだったんだけど、孫権様に勧められて超頑張ったんだよね。オレが急にいい成績とってびっくりした魯粛さんに、「努力すれば短期間でも変われるんだ」って意味で言ってやった言葉さ。

白眉《はくび》

馬良《ばりょう》（蜀）

僕の家は5人兄弟で、みんな成績優秀。その中でも僕が一番優れていたので、「白眉」は多数の中で最も優れた人物を指す言葉になりました。あ、なんで白眉なのかって言うと、僕の眉毛に白いものが混じっていたからです。

饅頭《まんじゅう》

諸葛亮《しょかつりょう》（蜀）

南中征伐の帰り、川が氾濫していたので、生贄の代わりに人の頭と同じ大きさの肉まんを作って川に投げ入れたのがあの美味しい「饅頭」のはじまりです。え、氾濫？ もちろん無事に治まりましたよ。

兵《へい》は神速《しんそく》を貴《たっと》ぶ

郭嘉《かくか》（魏）　※曹操が代わりに説明

袁紹の息子たちと戦っていた時に、オレの軍師の郭嘉が献じた策だ。「敵が守りを固める前に攻めろ」という意味で、オレはその通り軽歩兵で進軍し、袁紹の息子どもを討つことができたのさ。

CHAPTER

8

歴史から文化になった「三国志」

三国志の英雄たちの活躍は歴史書に記録されています。それをベースに小説『三国志演義』が書かれたことを機に、三国志はさまざまな媒体で描かれる題材になりました。最終章では現代でも愛される“三国志カルチャー”が、どのように発展したかをご紹介します。

カー
カー
…と 以上が
後漢《ごかん》高校こと『三国志演義』の物語です
な
なんで魏《ぎ》・呉《ご》・蜀《しょく》のどれかじゃなくて晋《しん》が勝つんだぁ
オレ負けてるし‐!!
だばーっ
されど平和のために戦った英雄たちはスバラシイじゃないか!
もっと深く知りたいぞ孔明《こうめい》殿!
今のお二人のように三国志に感動した人はたくさんいます

室町時代には『三国志演義』が輸入され日本へ
江戸時代に翻訳され挿絵入りの小説本が庶民に大ヒット浮世絵・歌舞伎にも
さらに現代の小説やドラマ
マンガ アニメ
人形劇 ゲーム…
さまざまなコンテンツへ発展し愛される大人気作品となったのです
オレはマンガから読むぞーっ
俺は映画にしようかな
こっちは孔明 こっちは曹操《そうそう》が主人公か!
読者のあなたもすっかり三国志に心奪われたことでしょう
すべて私の読み通り
これぞまさに孔明の罠!
完!

すべての始まり

三国志『正史』と『演義』

歴史書になった三国志

三国志と称されるものには実際のできごとをまとめた歴史書『三国志』（通称『正史』）と、それをもとに記された歴史小説『三国志演義《えんぎ》』（通称『演義』）の2つがある。『正史』は、三国滅亡後すぐの280年頃に陳寿《ちんじゅ》が個人的にまとめたもので、出来が良かったことから彼の死後、国家公認の歴史書になった。人物ごとの列伝形式で、日本でも有名な『魏志《ぎし》』「倭人伝《わじんでん》」もこの『正史』の中のひとつだ。429年、『正史』の内容が簡潔すぎるため、裴《はい》松之《しょうし》が当時の資料を集め、疑わしい事柄も含めすべて註釈という形で補完。いま閲覧できる『正史』にはこの「裴松之の註釈」が一緒に記載されているが、註釈自体は150年後の追記なので、『正史』だからと言って100％正しいという訳ではない。

『正史』DATA

成立 ―― 3世紀末（西晋時代）※日本は弥生時代

作者 ―― 陳寿
もともと蜀に仕えていたが後に西晋に登用された。
それまで成立していた歴史書をベースに
4年がかりで作成した。

体裁 ―― 国家公認の歴史書

特徴 ―― 晋の前身である魏が正統として描かれている

小説になった三国志

『正史』は9世紀末頃から中国で講談の主題となり、宋《そう》時代には人気演目に。元代には絵入りの『新全相三国志平話』という小説が刊行された。この頃から、『正史』で正統とされている魏《ぎ》よりも、ライバルの蜀《しょく》のほうが人気だったという。14世紀後半、羅貫中《らかんちゅう》（一説には施耐庵《したいあん》）によって蜀を主人公にし、魏を悪にした歴史小説『三国志《さんごくし》通俗《つうぞく》演義《えんぎ》』（＝『三国志演義』）が成立する。この『演義』は『正史』や『後漢書《ごかんじょ》』『晋書《しんじょ》』などの歴史書をベースにしつつも、講談や『三国志平話』で語られてきた創作要素も取り入れており、エンターテインメント性が重視されているのが特徴だ。そのため史実と全く異なる部分もあり、三国志を語る上で『正史』と『演義』は大きく異なるものとして扱うのが基本である。この『演義』は民衆の間で大ヒットし、広く読み継がれていくこととなった。なお、『演義』は何度か改訂されており、中でも毛宗崗《もうそうこう》の改訂が決定版とされている。

『演義』DATA

成立 ―― 14世紀後半（元・明時代）※日本は室町時代

作者 ―― 羅貫中 ※施耐庵がつくったという説もある
資料が少なくどのような人物だったかは不明。
太原（もしくは杭州）出身の雑劇作家とも言われている。
庶民にもうけるようなベストセラーを書けた才能を持っていたのは確かだ。

体裁 ―― 歴史小説

特徴 ―― 当時、人気だった蜀が正統として描かれている

『正史』と『演義』ってどうちがうの？

『正《せい》史《し》』は三国時代直後の晋《しん》時代に書かれた歴史書で、『演《えん》義《ぎ》』は約1000年後の元《げん》・明《みん》時代に書かれた小説である。そのため演義にはフィクションも多い。その代表例が貂蝉《ちょうせん》の存在。貂蝉は董《とう》卓《たく》と呂《りょ》布《ふ》にハニートラップを仕掛けた美女として登場（→P.60）するが、『正史』には名前が出てこない。ほかにも『正史』では劉備が行なったとされる督《とく》郵《ゆう》への暴行（→P.36）を、張《ちょう》飛《ひ》の犯行にしていたりと、『演義』は主人公の劉《りゅう》備《び》や諸《しょ》葛《かつ》亮《りょう》（孔《こう》明《めい》）を引き立てるために脚色されている。しかし、『正史』の内容も完全に真実という訳ではない。例えば曹《そう》操《そう》軍と劉備・孫《そん》権《けん》の連合軍が激突した「赤《せき》壁《へき》の戦い」は、『正史』のうち「曹操伝（曹操を主人公にしている巻）」には、「疫病が大流行して兵士が数多く死んだため帰還した」とあるが、「劉備伝」「孫権伝」では、「曹操軍を大破し船を焼いた」と、同じ『正史』内でも誰が主人公かによって内容が異なり、整合性がとれないのだ。

ココが気になる『正史』

官《かん》渡《と》の戦い（P.90）

「曹操伝」「袁《えん》紹《しょう》伝」には「張《ちょう》郃《こう》らの降伏がきっかけで袁紹軍が崩壊した」とあるが、「張郃伝」には「袁紹軍が先に壊滅し、張郃は曹操に身を寄せた」と因果関係が逆転している。

赤壁の戦い（P.118）

「曹操伝」には「疫病が大流行したため帰還」とあるが、「劉備伝」には「曹操大破後、疫病が流行って退却」、「孫権伝」では「曹操大破後、曹操は自ら残りの船を焼いて撤退」と曹操の敗因が異なる。

ココが気になる『演義』

オリジナルキャラが多い

貂蝉や周《しゅう》倉《そう》・関《かん》索《さく》など。名前が登場し活躍する人物もいれば、いわゆる「かませ犬」のような、猛将に殺されるだけの人もいる。また『正史』に登場している人物でも、別人のように性格が異なっていることも。

劉備&孔明を引き立てまくり

黄巾の乱で皇《こう》甫《ほ》嵩《すう》の手柄が劉備のものとなっていたり、夷《い》陵《りょう》の戦いで孔明が石《せき》兵《へい》八《はち》陣《じん》で陸《りく》遜《そん》に仕返ししていたりと、『演義』の主人公である劉備と人気キャラの孔明は魅力的に脚色されている。

三国志、来日後のムーブメント

古

来より中国と国交があった日本だが、具体的に『三国志』が来日した時期はわかっていない。しかし、8世紀の文献に、蘇我入鹿《そがのいるか》を「董卓《とうたく》のようだ」と例える文章があったり、藤原頼《ふじわらのより》長《なが》が日記に「三国志を読んだ」と記録していることから、『正史』は平安時代には伝来していたと考えられる。鎌倉時代に入ると武士の間で『正史』が親しまれるようになるが、庶民にも広く受け入れられたのは『演義』来日後、江戸時代になってから。江戸時代中期に浮世絵師が描いた挿絵入りの『演義』、『絵本通俗三国志《えほんつうぞくさんごくし》』が刊行され、ヒットしたのだ。明治時代に入ると久保天随《くぼてんずい》らが『演義』を再翻訳、1939年、その影響を受けた小説家・吉川英治《よしかわえいじ》が『演義』ベースの小説『三国志』の新聞連載を開始し、ブームに。以来、日本で三国志といえば『正史』ではなく『演義』になったのだ。しかし、現在は『正史』の存在も広く認知され、『正史』ベースの小説やマンガもある。

日本の三国志ブームの火付け役『絵本通俗三国志』

『絵本通俗三国志』より孔明の空城の計

19世紀に刊行された挿絵入りの大衆小説。作者は池田東籬亭《いけだとうりてい》で、挿絵は葛飾北斎《かつしかほくさい》の弟子・葛飾戴斗《かつしかたいと》である。戴斗の挿絵は北斎そっくりで、グロテスクな描写が多い点や、衣装が日本の着物になっているなど、日本風アレンジが加えられている点が特徴だ。

三国志の
ふるさとを
征《ゆ》く

三国志はおよそ1800年前のストーリー。
そのためはっきりと場所が特定されている
史跡・戦場は少ししかありません。
ここでは、わかっている数少ない史跡をご紹介します。

赤壁山の岸壁に書かれた「赤壁」の2文字

赤《せき》壁《へき》　湖北《こほく》省 咸寧《かんねい》市

三国志前半のクライマックス！
3勢力が激突した戦場

孫権《そんけん》・劉備《りゅうび》軍が曹操《そうそう》軍を倒した赤壁の戦い。その戦場跡とされる場所には「赤壁」の文字が書かれています。赤壁山の頂上には、最大の功労者である周瑜《しゅうゆ》の像が建てられ、その道中には周瑜の墓とされる場所も。近くには明《みん》の時代に整備された龐統《ほうとう》の家や呂布《りょふ》&貂蝉《ちょうせん》像、巨大関羽《かんう》ロボットがある「三国赤壁古戦場」というテーマパークがあります。

赤壁山の頂上にそびえ立つ周瑜の石像。▶

▼点将台の上に登れば黄河を見渡せます。

虎《こ》牢《ろう》関《かん》

河南省《こなん》 滎陽市《けいよう》

呂布の伝説が残る激戦地

董卓《とうたく》軍と反董卓連合軍がぶつかった虎牢関（汜水関《しすいかん》）には、呂布の点将台《てんしょうだい》（呂布城跡）の一部が残っています。

▼「魏武王」は曹操死後、彼に送られた諡号です。

曹《そう》操《そう》高《こう》陵《りょう》

河南省《こなん》 安陽市《あんよう》

曹操の墓

西高穴二号墓は、墓の規模や構造、副葬品の「魏武王」の石牌から、曹操の墓（曹操高陵）ではないかと考えられています。

成《せい》都《と》

四川省《しせん》 成都市

蜀の首都に祀られた英雄たち

蜀の首都・成都の「武侯祠《ぶこうし》」には劉備や諸葛亮《しょかつりょう》（孔明《こうめい》）ら蜀漢建国に関わった英雄たちが祀られています。広い敷地内には博物館もあり、三国志ファンの聖地となっています。

武侯祠内にある孔明の像。トレードマークの羽扇を手に、穏やかな表情。

劉備の墓「恵陵」にある、雰囲気バツグンの竹林の小道。

今すぐ楽しめる！

厳選

三国志メディアガイド

「三国志」は映画・ドラマ・漫画・小説とさまざまな作品の題材になった。
ここでは「壮大な三国志の世界にもっと触れたい！」という方に
オススメのメディアの一部を紹介する。

※すべて2019年7月現在の情報です。

『三国志 Three Kingdoms』

ドラマ
DRAMA

全95話の圧倒的ボリュームで描く、本場中国の長編大河ドラマ。テンポ良くストーリーが進むので、とにかく最初から最後まで三国志の物語を追いたいという方にオススメ。

監督：ガオ・シーシー　出演：チェン・ビンビン、ほか
2012年　ブルーレイ全9巻（各5,200円＋税）
発売元：エスピーオー／ワコー／フジテレビ
販売元：エスピーオー

映画
MOVIE

『曹操暗殺：三国志外伝』

魏王・曹操の晩年にフォーカスした日中共同制作映画。曹操暗殺を企む主人公の男女2人は映画オリジナルキャラなので、三国志を全く知らなくても気軽に楽しめる。

監督：チャオ・リンシャン
出演：チョウ・ユンファ、玉木宏、ほか
2014年　DVD全1巻（1,429円＋税）
発売・販売元：
ワーナー・ブラザース ホームエンターテイメント
提供：KRコンテンツグループ
協力：メディアゲート

ゲーム
GAME

『真・三國無双』シリーズ

個性的な武将たちがド派手なアクションで敵を薙ぎ払う"無双系"ゲームの元祖。最新作ではオープンワールドが実装されており、中国全土を駆け巡ることができる。

最新作『真・三國無双8』 2018年発売
メーカー：コーエーテクモゲームス
対応機種：PlayStation®4

『三國志』シリーズ

1985年に第1作目が発売されて以来、今なお愛され続けている歴史シミュレーションゲームの金字塔。現在はソーシャルゲーム版も配信されているので手軽に始められる。

最新作『三國志13』 2016年発売
メーカー：コーエーテクモゲームス
対応機種：PlayStation®4、PlayStation®3、Xbox One、Windows

人形劇
PUPPET SHOW

『人形劇　三国志』

世界初の三国志長編映像作品とも呼ばれる人形劇。子ども向けに製作されたためストーリーがわかりやすい。人形作家・川本喜八郎氏が丹精込めてつくった人形たちはまさに芸術。

原作：「三国志演義」立間祥介訳　人形：川本喜八郎
1982〜84年放映
DVD全5巻
（1・3巻10,000円+税、2・4・5巻7,500円+税）
発行・販売元：NHKエンタープライズ

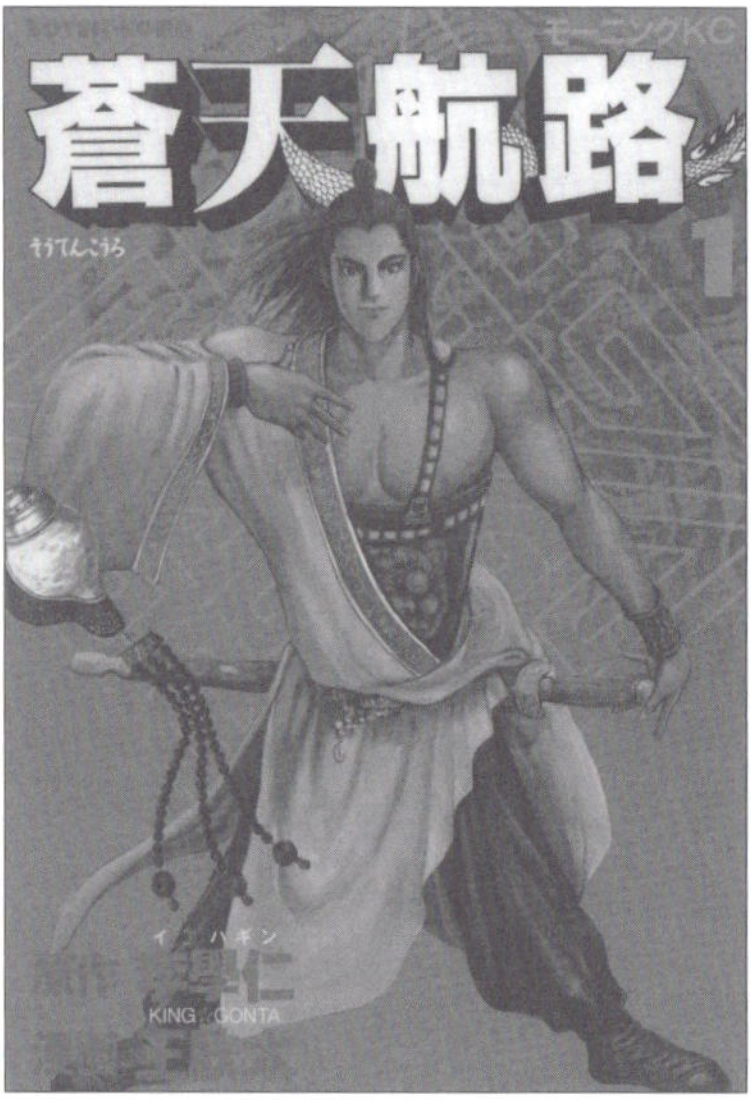

『蒼天航路』

原作・原案：李學仁
作画：王欣太

『正史』をベースに曹操の一生を描いた本作は、「曹操＝悪役」のイメージを180度くつがえした大ヒットコミック。ステレオタイプとはかけ離れた、魅力的な登場人物たちに心奪われた三国志ファンは数知れず。

単行本：全36巻
文庫版：全18巻
1994〜2005年　講談社

『泣き虫弱虫 諸葛孔明』

原作：酒見賢一　漫画：緒里たばさ

酒見賢一のベストセラー小説をコミカライズした作品。「諸葛亮は完璧人間ではなく、本当は泣き虫で変わり者」など、三国志を「本当はこうだったのでは」と独特の解釈で描いている。

2巻（続刊中）　2018年〜　小学館

『覇 -LOAD-』『SOUL 覇 第2章』

原作：武論尊　作画：池上遼一

卑弥呼に仕えていた日本人が中国に渡り、劉備に成り代わって三国時代を生き抜くという大胆なストーリー。ほかにも趙雲が女性になっているなどオリジナリティあふれる設定が特徴の作品。

『覇-LORD-』：全22巻　『SOUL 覇 第2章』：全3巻
2004〜2011年　小学館

『龍狼伝』

山原義人

三国時代にタイムスリップした日本人の中学生が、徐庶の代わりとして生きていく。平和を願う曹操や、熱い信念を持つ帝など、三国志の登場人物の新たな一面を描写している。

『龍狼伝』: 全37巻　『龍狼伝 中原繚乱編』: 全17巻
『龍狼伝 王覇立国編』4巻（続刊中）　1993年〜
講談社

『STOP劉備くん!! リターンズ!』

白井恵理子

ディフォルメ武将たちがゆるく繰り広げる、4コママンガ。スマホを使いこなす武将など、現代パロディや時事ネタも多く、思わずクスッと笑える三国志ギャグマンガの決定版。

5巻（続刊中）　2018年〜　潮出版社

『孔明のヨメ。』

杜康潤

諸葛亮とその妻・黄月英の新婚生活を描く4コママンガ。ストーリーは夫が妻に翻弄されるというラブコメディだが、当時の暮らしや習慣、社会情勢が詳しく描写されている。

9巻（続刊中）　2011年〜　芳文社

『ねこ戦 三国志にゃんこ』

そにしけんじ

大人気猫マンガ『ねこねこ日本史』の著者が、武将を擬"猫"化！ 敵軍にレモン汁をかける曹操やクッションに釣られる孫権など、かわいい猫武将を通じて三国志をザックリ学べる一冊。

全3巻　2016〜17年　KADOKAWA

小説
NOVEL

『三国志』
著者：北方謙三

ハードボイルドな作風で人気の著者が初めて手がけた中国史小説。男気あふれる武将たちはとにかくカッコよく、戦闘シーンは迫力満点。そんな彼らの壮絶な死に様は、涙なしでは読めないだろう。

全13巻　1996～98年
角川春樹事務所

『三国志』
著者：吉川英治

『三国志演義』の小説といえばこれ、という人も多い名作。登場人物の台詞は堅苦しくなく、また難しい歴史用語には注釈がついているため、三国志初心者でもスラスラ読める。

文庫版：全8巻　新装版：全5巻
1939～43年　講談社

『三国志　英雄ここにあり』
著者：柴田　錬三郎

著者は大衆文学の大家として知られており、テンポの良い文体が持ち味の三国志小説。本書の諸葛亮は神出鬼没で次々難題をクリアしていき、まるで仙人のように描かれている。

全3巻　1975年　講談社

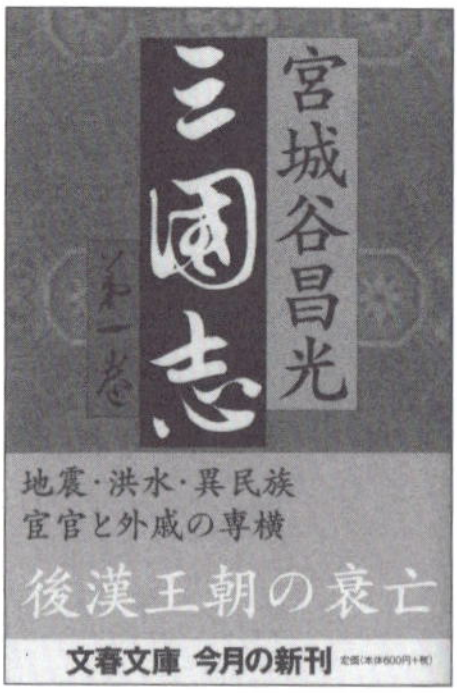

『三国志』
著者：宮城谷昌光

「なぜ乱世が始まったのか」を紐解くため、曹操の祖父の代までさかのぼって描かれた本格歴史小説。ある程度三国志のストーリーを理解してから読むのがオススメだ。

全12巻　2008～15年　文春文庫

『三国演義』

著者：安能務

『演義』ベースでありながら、諸葛亮を三流軍師、張飛を理知的な性格とするなど、独自の解釈が魅力の小説。今までとは変わった視点の『演義』を読みたいという人にオススメ。

全6巻　1998～2001年　講談社

『秘本 三国志』

著者：陳舜臣

五斗米道の教祖・張角の母の視点で三国志をつづる奇作。善人のイメージが強い劉備が権謀術数をこなすしたたかな"悪い"人物として描かれており、三国志ファンに衝撃を与えた。

全6巻　1982～2003年　文藝春秋

『反三国志』

著者：周大荒　訳：渡辺 精一

蜀が天下統一を果たすというストーリーの架空戦記。筆者が「『正史』も『演義』もインチキ」とバッサリ斬り捨てているため、史実とはかけ離れた内容だが、蜀ファンにはたまらない作品。

全2巻　1994年　講談社

『興亡三国志』

著者：三好徹

曹操を主軸に三国志を描く本書は、曹操の行動や心境につながる詩が随所に散りばめられており、詩人としての曹操を際立たせている。曹操ファンなら必ず読んでおきたい一冊。

全5巻　2015～16年　集英社

我《われ》ら天《てん》に誓《ちか》う
我《われ》ら生《う》まれた
日《ひ》は違《ちが》えども
死《し》す時《とき》は
同《おな》じ日《ひ》同《おな》じ時《とき》を
願《ねが》わん

©光プロダクション

三国志ファンの聖典《バイブル》

横山《よこ》山《やま》光《みつ》輝《てる》『三《さん》国《ごく》志《し》』の魅力に迫る！

今読んでもおもしろい三国志の入門書マンガ

横山光輝『三国志』（以下、横山三国志）は1971〜87年、15年の歳月をかけて描かれた長編マンガだ。作者の横山光輝氏は、学生時代から吉川英治の小説『三国志』を愛読し、これをベースに『三国志演義』をマンガ化。連載当初は日中国交正常化前で資料が乏しく、江戸時代の錦絵や兵馬俑の写真を参考に、オリジナルで描いていた。途中からは、中国の連環画（イラスト）を参考に、ストーリーの選定や建物のデザインを行うようになったという。1985年には中国取材も実施し、連載終了後も新たに明らかになった部分を修正。このように、横山氏の三国志への熱意は相当なものだったのだ。

横山三国志が三国志好きの聖典となった理由は、作者の三国志愛だけではない。長大な三国志のストーリーを簡潔に描い

横山三国志のココがスゴイ!

1 迫力満点の戦闘シーン!

横山三国志の真骨頂はなんといっても迫力満点の戦闘シーン! 小説やイラストでは表現しきれない、躍動的な戦闘描写はまるで映画のよう。しかしスゴイところは迫力だけではない。人馬や背景、城や武器など、描き込みの繊細さもポイントだ。これらのデザインの一部は中国の連環画を参考にしている。

◀張飛と馬超の一騎討ちでは馬も必死の表情。馬超の印象的な兜は連環画からの引用だ。

2 長編なのにシンプルでわかりやすい!

登場人物が最小限に抑えられ、「登場しても名前が出ない」なんてこともある横山三国志。これはもともと子ども向けマンガだったからだ。ほかにも武将のオフの姿や色恋話など、メインストーリーに関係ないと思われるシーンは省略。結果、長編の三国志をかなりわかりやすく描いた“入門書“となった。

▲曹操の軍師はほぼ省かれているのでもはや曹操のワンマン経営状態。

▼武将のプライベートは見たくないだろうという思いから恋バナはカット。

た初めての作品だからだろう。この作品が連載されたのは小・中学生向けの雑誌だった。そのため難しい言葉が省かれ、目上の人物への感謝の言葉「ありがとうござる」や、困った時の「むむむ」など、キャッチーでわかりやすいセリフが多用されている。またテンポが落ちることを懸念し、故事やことわざ、幽霊などの超常現象は最低限にとどめ、とにかく読みやすさを重視。さらに、作者は時代の価値観の差異による〝三国志アレルギー〟が起こらぬよう、現代日本人向けにストーリーを補正している。そのため、あまりに残酷なシーンはカットされ、赤ちゃんを地面に投げるなど倫理的にふさわしくない部分は変更。こうして三国志の〝入門書〟として愛される名作になったのだ。

『三国志』横山光輝
希望コミックス版 全60巻
文庫版 全30巻
愛蔵版 全30巻
大判 全21巻
潮出版社 ※書影は文庫版

KOBE鉄人
三国志ギャラリー
館長が選ぶ

横山三国志を読み解く 5つのキーワード&キーパーソン

仁徳

劉備《りゅうび》

KEY PERSON

裏切られても、ピンチに陥っても、決して利己的な欲望に走らない主人公・劉備。横山三国志にはそんな劉備の良い人っぷりがわかる描写が多い。読者としてはいじらしくなるが、そこそこが彼にとってよって立つ部分でもあるのだ。

◀曹操軍から急いで逃げなくてはならないのに、民を見捨てない劉備。

▶同じ劉家の劉表から荊州を譲られるが、劉表の子ども劉琦を案じて断る。

信頼

曹操《そうそう》

KEY PERSON

曹操は珍しい人だ。自身が名実ともに十分実力者なのに、人材の必要性を説き、人を重用することを大事にするからだ。たとえ敵であっても能力ある者は全面的に信頼し、多少のミスでは怒らない。そのため、時に裏切られ失敗もするが、それがまた人間らしい。

◀降伏したばかりの龐徳は、周りから裏切ると噂されていた。その中で曹操だけが龐徳を心から信頼した。

▶劉備軍に大敗した夏侯惇は死を覚悟して曹操の前へ。しかし曹操は「いつか挽回しろ」と許した。

忠義

関羽《かんう》

KEYPERSON

立ち向かってくる敵は容赦なく斬り捨てるが、弱った人間は倒さない。最強武将なのに情にはもろい、そんな関羽に思わず胸キュンしちゃう横山三国志ファンは多数。関羽はまさに、愛すべきヒーローなのだろう。

◀赤壁の戦い後、ボロボロの曹操を待ち構えていた関羽だったが、かつて曹操軍にいた時の恩義や、主君の命乞いをする兵士を見て、曹操を斬れなかった。

成長

張飛《ちょうひ》

KEYPERSON

「武」一辺倒だった張飛が、関羽や孔明の影響からか徐々に知将に変貌する。人間は学習し進歩できるのだと張飛を見ていると学ばされる。短気が災いし、部下に暗殺されたのは実にもったいない。

▲物語の後半では、地理や敵将張部の性格を分析し、城を奪った張飛。横山三国志では美形に描かれており、彼の頭脳がどんどんレベルアップしていくのはスカッとする。

不屈

諸葛亮《しょかつりょう》(孔明《こうめい》)

KEYPERSON

劉備亡き後、人材は減り、戦力も劣っていく。勝利は難しいかもしれない。しかし、最後まで踏ん張るのが男の意地なんだろう。天才軍師の人間的な一面は、とにかく切ない。孔明こそ横山三国志のもう一人の主人公であろう。

▶自分の死期を悟った孔明だが、それでも北伐を諦めておらず、その表情は晴れやかだ。

地下鉄西神・山手線
新長田駅
至三宮
JR神戸線
JR新長田駅
新長田駅
新長田
駅前広場
商店街の入り口にも鉄人28号が
TETSUJIN STREET
阪神高速３号神戸線
地下鉄海岸線
ひっそりたたずむ司馬懿の胸像
本町筋商店街
西神戸センター街
丸五市場
1
2
3
駒ケ林駅
六間道商店街
諸葛孔明
ビルの壁画にも諸葛亮の姿が！
6
アグロガーデン

三国志の街

神《こう》戸《べ》市《し》新《しん》長《なが》田《た》を歩いてみよう

横山光輝氏の故郷であることから、いつしか“三国志の街”と呼ばれるようになった神戸市新長田。ここではそんな新長田の見どころをご紹介します。

等身大武将石像

新長田には５つの武将石像が立っている。これらは1995年に発生した阪神・淡路大震災復興プロジェクトの一環でつくられた。

1 劉備

2 諸葛亮（孔明）

3 周瑜

4 孫権

5 関羽

6 三国志巨大ジオラマ

三国志の名シーン150場面を巨大ジオラマで再現！ 使用フィギュアは約2000体と、壮大なスケールだ。このジオラマがあるアグロガーデンの入り口には呂布のブロンズ像が立っているのでそちらもお見逃しなく。

8 KOBE鉄人三国志ギャラリー／三国志専門店「英傑群像」

孔明や趙雲の像、関羽&張飛の武器再現展示、横山光輝氏ゆかりの品など、バラエティに富んだ展示品が特徴のギャラリー。併設されている三国志グッズ専門店「英傑群像」は日中最大級の品ぞろえを誇り、ここでしか手に入らない三国志グッズも多数。週末には横山光輝『三国志』の研究会や三国志をモチーフにしたゲームの試遊会なども開催され、三国志ファンの交流の場ともなっている。

各施設の営業時間

6 アグロガーデン
営業時間／9:30〜20:00

7 三国志館
休館日／水曜日

8 KOBE鉄人三国志ギャラリー
営業時間／12:30〜17:30
休館日／水曜日
問い合わせ／078-641-3594

まだある！神戸の三国志スポット

◀横山三国志の特大イラスト。駒ヶ林駅は空城の計の諸葛亮だ。

神戸といえばやはり中華街こと南京町。そこから徒歩15分のところに、関羽を祀る関帝廟があるので、中華街散策のついでに立ち寄ってみては？ また、神戸市営地下鉄海岸線駅構内には横山光輝『三国志』の特大イラストが掲示されている。

『鉄人28号』をモチーフにした電灯

横山光輝先生といえば『鉄人28号』。新長田には全長18mの鉄人28号モニュメントが立っている。商店街を抜けるといきなり現れる巨大鉄人にテンションが上がるはず

商店街の中にある「なごみサロン」には関羽のフィギュアのほか、武将になりきれるレンタル衣装もあり（水曜休館）

2008年の北京オリンピックを記念してつくられた曹操のオブジェが置かれた魏帝武廟。その手前には諸葛亮の四輪車&羽扇もあるので、曹操と記念撮影ができる。（水曜休館）

7 三国志館

張飛VS馬超の一騎打ちを再現した像のほか、出師表や中国の出土品の再現展示がある。

Special 特典

『三国志演義』キャラクターリスト300

※本リストは『三国志演義』に基づいていますが、『正史』の情報が含まれている人物もいます。
※所属は「魏(曹操配下)」「呉(孫堅・孫策・孫権配下)」「蜀(劉備配下)」「群雄(群雄とその配下)」「後漢(帝の親族や役人など)」「その他(医者や宗教家など)」の6種類です。基本的に最期の所属ですが、一部の人物は最も活躍していた時期の所属を記載しています。
※字(あざな)はわかっている人物のみ記載しています。女性の名前は最も一般的と思われるものを記載しています。

い

蜀 **伊籍《いせき》(機伯《きはく》)** 不明
元劉表の幕僚で蔡瑁の劉備暗殺を防ぐ。劉備配下になり馬良を推薦。呂蒙の江陵攻めの時も生き延び、劉備に帝位に勧めた。

魏 **尹奉《いんぽう》(次曾《じそう》)** 不明
姜叙の配下。姜叙・趙昂・楊阜とともに馬超と戦うが、歴城で一族を殺される。夏侯淵の協力のもと、馬超を破る。

う

その他 **于吉《うきつ》** ?〜200年
符水を使い、病を治す道士。妖術使いとして孫策に捕らえられ、命令された雨乞いを成功させるが処刑される。孫策を祟る。

魏 **于禁《うきん》(文則《ぶんそく》)** ?〜221年
魏の五将軍のひとりで、曹操の主たる戦役に従事した。関羽の樊城攻めに援軍として出るも水攻めに遭い降伏。晩年を汚す。

え

魏 **衛瓘《えいかん》(伯玉《はくぎょく》)** 220〜291年
鍾会・鄧艾の蜀攻めに参戦。鍾会の讒言を信じ鄧艾を捕縛。その後、鍾会の反乱を未然に防ぐが、鄧艾捕縛の逆襲を恐れ殺害した。

群雄 **袁胤《えんいん》(仲績《ちゅうせき》)** ?〜199年
袁術の甥。袁術の最期に付き従い、棺と妻子をかくまって逃げるも徐璆に捕まり皆殺しにされ、伝国の玉璽も奪われる。

群雄 **袁熙《えんき》(顕奕《けんえき》)** ?〜207年
袁紹の次男で甄姫の夫。倉亭の戦いで傷を負い、弟・袁尚と異民族・烏丸のもとに逃げる。烏丸が敗れると公孫康を頼るが殺される。

群雄 **袁術《えんじゅつ》(公路《こうろ》)** ?〜199年
反董卓連合軍では孫堅に兵糧を送らず対立。孫策から玉璽を得ると皇帝を僭称。贅沢で民心を失い、兄・袁紹を頼るが失敗し死亡。

群雄 **袁紹《えんしょう》(本初《ほんしょ》)** ?〜202年
名族・袁家の当主で、反董卓連合軍の盟主。北方4州を支配し天下統一を目前とするも、官渡の戦いで曹操に敗れ力を失う。

群雄 **袁尚《えんしょう》(顕甫《けんぽ》)** ?〜207年
袁紹の三男。倉亭の戦いで曹操に敗北。袁紹が死ぬと跡を継ぐが、兄・袁譚と対立し自滅。諸将のもとへ逃げるが殺される。

群雄 **袁譚《えんたん》(顕思《けんし》)** ?〜205年
袁紹の長男。官渡・倉亭の戦いで曹操に敗れる。袁紹が死ぬと、弟・袁尚と後継者争いが勃発。その後、曹操と戦うも曹洪に斬られる。

お

後漢 **王允《おういん》(子師《しし》)** ?〜192年
皇帝をないがしろにする董卓を憎み、貂蝉を使った連環の計を画策し成功させる。その後、董卓軍の残党によって殺された。

後漢 **王匡《おうきょう》(公節《こうせつ》)** 不明
何進に招かれて官僚となり、その後反董卓連合軍に参加。虎牢関の戦いで一番乗りを果たしたとされる。

魏 **王経《おうけい》(彦緯《げんい》)** ?〜260年
姜維の背水の陣に敗れ狄道城に逃げ籠城するが、陳泰・鄧艾に助けられる。曹髦が司馬昭殺害を企てた際、一緒に殺された。

魏 **王元姫《おうげんき》** 217〜268年
魏に仕えた王粛の娘で、司馬昭の妻。息子・司馬炎が晋王朝を建国すると皇太后に即位する。礼儀正しく謙虚な性格だったという。

魏 **王粲《おうさん》(仲宣《ちゅうせん》)** 177〜217年
建安七子の一人。劉表・劉琮配下であったが、曹操が荊州を攻撃すると劉琮とともに降伏し曹操配下になる。

魏 **王氏《おうし》** 不明
趙昂の妻。趙昂が馬超への敵討ちを計画した際、馬超のもとにいる息子の命より、敵討ちを優先するよう後押しする。

魏 **王粛《おうしゅく》(子雍《しよう》)** 195〜256年
王朗の子で魏の司徒。魏が蜀を攻めた際、長雨で進撃できない状態を見て撤退を上奏。娘・王元姫が司馬昭に嫁ぎ司馬炎を産む。

魏 **王濬《おうしゅん》(士治《しち》)** 206〜285年
益州の刺史を務めながら呉の様子をうかがい、人心が孫皓から離れた瞬間を狙って呉へ侵攻。石頭城へ最初に入り、孫皓を降した。

魏 **王植《おうしょく》** ?〜200年
関羽千里行の際に、関羽一行を皆殺しにしようと画策するも、計略が発覚し、関羽に斬り殺された。

魏 **王双《おうそう》(子全《しぜん》)** ?〜228年
諸葛亮の第2次北伐に曹真軍先鋒の猛将として登場。張嶷を倒すが、魏延に不意討ちされ死亡。

後漢 **王美人《おうびじん》** ?〜181年
霊帝の側室で献帝の母。霊帝から寵愛を受けたことが何皇后の嫉妬を招き、毒殺された。

蜀 **王平《おうへい》(子均《しきん》)** ?〜248年
漢中戦で徐晃と対立し劉備に投降。諸葛亮の南中攻略や北伐に従軍。街亭の戦いでは馬護軍の副将を務め独走を諫めるが失敗した。

群雄 **王累《おうるい》** ?〜211年

劉璋の部下。劉備の入蜀を反対し、劉璋が劉備を迎えに行く際、城門に自ら逆さ吊りになって諫めるが失敗。そのまま自殺。

魏 **王朗《おうろう》（景興《けいこう》）** ?〜228年

会稽太守だったが、孫策に敗れ避難、曹操配下に。献帝に禅譲をせまり曹丕即位に貢献。諸葛亮の北伐で舌戦に負けショック死。

魏 **何晏《かあん》（平叔《へいしゅく》）** 195?〜249年

何進の孫で曹爽の参謀。司馬懿排除に成功し専横。司馬懿がクーデター成功にすると曹爽らと謀反の罪で処刑される。

群雄 **蒯越《かいえつ》（異度《いど》）** 不明

劉表の参謀。的盧を凶馬と見抜く。劉備殺害を謀るが失敗。曹操の荊州侵攻では降伏を主張。曹操は彼を得たことを喜んだ。

魏 **賈逵《かき》（梁道《りょうどう》）** 不明

賈充の父。曹操の葬儀時、曹彰を諫めて兵権を返上させる。曹休が石亭で敗れた時、計略で呉軍を防いだ。

魏 **華歆《かきん》（子魚《しぎょ》）** 157〜231年

孫権からの使者で魏に留まり臣下に。伏皇后を捕縛したり、献帝に禅譲を迫ったりした。曹叡の治世では司馬懿の兵権を奪う。

魏 **賈詡《かく》（文和《ぶんか》）** ?〜223年

三国志一の策士。李傕・郭汜、張繡に仕え、曹操を何度も追い詰めるが、頃合いを見て魏に降る。馬超に離間の計を仕掛けた。

魏 **郭嘉《かくか》（奉孝《ほうこう》）** 170〜207年

呂布の水攻めを提案した名参謀。官渡の戦いなどで活躍するが、赤壁の戦いの前年に病死。赤壁敗戦の際「郭嘉が生きていれば」と曹操は嘆いた。

群雄 **郭汜《かくし》** ?〜197年

董卓配下。董卓死後は李傕とともに政権を握るが、楊彪の離間の計にかかり李傕と対立。のち山賊になり、滅亡。

魏 **郝昭《かくしょう》（伯道《はくどう》）** 不明

孔明の北伐の際、陳倉城の守備を任されていた。蜀軍から陳倉城を守り、彼が病に倒れてようやく孔明は陳倉城を奪うことができた。

魏 **楽進《がくしん》（文謙《ぶんけん》）** ?〜218年

魏の五将軍のひとりで曹操挙兵時より従う。袁家滅亡戦や合肥での張遼・李典との防衛戦で活躍。甘寧の矢が当たり負傷。

魏 **郭淮《かくわい》（伯済《はくせい》）** ?〜253年

蜀の北伐から国を守るなど、国境の防衛を続けた。孔明死後、蜀へ羌族を引き入れようとしたが、姜維の矢に射られて死亡。

魏 **夏侯淵《かこうえん》（妙才《みょうさい》）** ?〜219年

曹操の縁者で弓の名手。曹操挙兵時より従い主要な戦いに従軍。漢中攻略で活躍し漢中を任されるも黄忠に斬られた。

魏 **夏侯恩《かこうおん》（子雲《しうん》）** ?〜208年

夏侯一族の武将。吉川英治『三国志』では夏侯惇の弟。長坂の追撃戦で趙雲と衝突し殺され、宝剣「青釭の剣」を奪われる。

魏 **夏侯玄《かこうげん》（太初《たいしょ》）** 不明

夏侯尚の子。曹芳より司馬師誅殺を命じられるが密勅が見つかってしまい、李豊らとともに皆殺しにあった。

後漢 **何皇后《かこうごう》** ?〜189年

何進の妹で霊帝夫人、少帝の母。王美人・董太后を殺害。董卓が献帝を擁立すると、少帝とともに殺された。

魏 **夏侯尚《かこうしょう》（伯仁《はくじん》）** 不明

夏侯惇の甥。定軍山の戦いで黄忠に生け捕られ人質となる。その後徐晃と上庸を攻略。曹真と呉の江陵を攻めるが敗退。

魏 **夏侯惇《かこうとん》（元譲《げんじょう》）** ?〜220年

曹操の縁者で挙兵時より従う。呂布との戦いで左目を負傷したが、関羽と互角の力を持つ猛将。博望坡の戦いで諸葛亮に敗れた。

魏 **夏侯覇《かこうは》（仲権《ちゅうけん》）** 不明

曹爽の親類。司馬懿のクーデターの際、蜀に降った。姜維とともに北伐を続けたが鄧艾の攻撃を受け戦死。

魏 **夏侯楙《かこうぼう》（子休《しきゅう》）** 不明

夏侯淵の子、夏侯惇の養子。北伐の際、実戦経験がないまま名乗り出て大都督となるが捕らえられる。

魏 **賈充《かじゅう》（公閭《こうりょ》）** 217〜282年

司馬昭に逆らう曹髦を、部下に命じて殺させた陰の実行犯。その後は司馬炎に仕えて皇位簒奪に尽力し、晋の功臣と呼ばれた。

後漢 **何進《かしん》（遂高《すいこう》）** ?〜189年

肉屋出身だが妹が皇后となったことで大将軍の位に就く。霊帝死後、宦官を排除しようとするが勘づかれ暗殺された。

その他 **華佗《かだ》（元化《げんか》）** ?〜220年

董襲・周泰・関羽を治した「神医」と呼ばれる医師。外科手術を行う。曹操の頭痛を直すのに開頭手術を診断したため、獄死する。

群雄 **軻比能《かひのう》** ?〜235年

鮮卑族の王。曹丕の蜀五方面攻撃時、西平関を十万で攻めた。諸葛亮が馬超を派遣すると、名を聞くだけで戦わずに逃げ帰った。

群雄 **華雄《かゆう》** ?〜191年

董卓配下。反董卓連合軍との戦いで汜水関を守る。鮑忠、祖茂、兪渉、潘鳳を斬り、孫堅を敗走させる。しかし関羽に瞬殺された。

蜀 **関羽《かんう》（雲長《うんちょう》）** 162〜219年

劉備・張飛の義兄弟。反董卓連合軍で華雄を、白馬の戦いでは、曹操の元で顔良・文醜を斬る猛将ぶりを見せる。荊州をめぐって呉に捕まり処刑される。

魏 **毌丘倹《かんきゅうけん》（仲恭《ちゅうきょう》）** ?〜255年

曹芳を廃した司馬師の専横に怒り、文欽とともに淮南で反乱を起こすが大敗する。頼った宗白に酒に酔わされ殺される。

蜀 **関銀屏《かんぎんぺい》** 205?〜271?年

関羽の娘。孫権から、自分の息子に嫁ぐよう要望されるが、関羽は拒否した。以来関羽と孫権の関係が悪化した。

魏 **韓玄《かんげん》** ?〜208年

長沙太守。劉備軍の関羽が侵攻すると黄忠に応戦させる。黄忠の内通を疑い処刑しようとし、反乱した魏延に斬られた。

魏 **韓浩《かんこう》** ?〜218年

韓玄の弟。兄の死後、葭萌関攻めで張郃に

加勢、黄忠を討とうとするも逆に斬られた。

蜀　関興《かんこう》(安国《あんこく》)　?～234年
関羽の次男。使者として移動中に関羽が死ぬ。張飛の子・張苞と義兄弟となり、ともに関羽の仇を討つ。北伐で活躍する。

蜀　関索《かんさく》　不明
関羽の三男。呉の荊州攻めにて負傷し静養していた。諸葛亮の南中攻略戦に駆け付け先鋒を命じられ、孟獲捕縛に活躍する。

群雄　韓遂《かんすい》(文約《ぶんやく》)　172～215年
馬騰の義兄弟。李傕・郭汜らを攻めるが撤退。馬騰が曹操に殺されると馬超とともに戦うが、賈詡の離間の計に敗れ降伏。

呉　闞沢《かんたく》(徳潤《とくじゅん》)　?～243年
赤壁の戦い時、黄蓋の苦肉の計を見抜いて使者を務め、曹操を説得し嘘の投降を信用させる。夷陵の戦いで陸遜を推薦した。

呉　韓当《かんとう》(義公《ぎこう》)　?～227年
孫堅・孫策・孫権に仕え、多くの戦に参戦。夷陵の戦いでは陸遜に逆らうも、やがて彼の才能を認め、指揮に従い活躍した。

魏　韓徳《かんとく》　?～227年
大斧の使い手。諸葛亮の第1次北伐時、魏の先鋒として戦う。趙雲に息子4人を倒されたあと、自らも一騎討ちを挑むも殺される。

呉　甘寧《かんねい》(興覇《こうは》)　不明
元水賊。劉表の配下である黄祖の客将だったが冷遇され孫権に降った。濡須口の戦いでは夜襲を成功させ孫権を喜ばせた。

魏　桓範《かんはん》(元則《げんそく》)　?～249年
「知恵袋」といわれた曹爽の参謀。司馬懿のクーデターを予期し、曹爽に戦うよう助言するが無視される。最期は司馬懿に処刑された。

群雄　韓馥《かんふく》(文節《ぶんせつ》)　不明
冀州刺史。反董卓連合軍に参加。配下・潘鳳を華雄に斬られる。袁紹に計略をもって冀州を奪われる。その後、張邈のもとへ逃げた。

魏　韓福《かんふく》　?～200年
関羽千里行の時は2番目の関・洛陽を守る。関羽の左肘に矢傷を与えるが、反撃に遭い斬殺される。

蜀　甘夫人《かんふじん》　?～209年
劉禅の母、劉備の第1夫人。呂布、曹操、山賊と何度も捕虜となるが生き延び、長坂の戦いでは趙雲に助けられる。のち江陵で病死。

蜀　関平《かんぺい》　?～219年
関定の次男。関羽の養子となる。博望坡の戦い、益州平定戦等で活躍。龐統が死ぬと荊州の父に合流。荊州を奪われ関羽とともに処刑された。

蜀　簡雍《かんよう》(憲和《けんわ》)　不明
劉備の旗揚げ時からの幕僚。袁紹をうまく説得し劉備と脱出した。長坂の戦いで趙雲に助けられる。使者として劉璋を降伏させる。

群雄　顔良《がんりょう》　?～200年
袁紹の武将。公孫瓚との初戦では、劉備の加勢に敗れる。官渡の戦いの先鋒で宋憲・魏続を討ち徐晃を破るが、関羽に斬られた。

その他　管輅《かんろ》(公明《こうめい》)　209～256年
魏の占い師。あらゆる占いに通じていた。夏侯淵、魯粛、何晏、鄧颺らの死を占う。蜀の侵攻、謀反が起きることなども予言した。

き

蜀　魏延《ぎえん》(文長《ぶんちょう》)　?～234年
劉琮・韓玄を見限り劉備配下となるが反骨の相を諸葛亮に指摘される。蜀平定・南中攻略・北伐で大活躍するも裏切り馬岱に斬られる。

魏　魏続《ぎぞく》　?～200年
呂布配下だったが下邳城の戦いで呂布を裏切る。その後魏に仕えるが白馬の戦いで顔良に斬られる。

その他　吉平《きっぺい》(称平《しょうへい》)　?～200年
吉太とも。献帝の侍医。董承らと曹操毒殺を企てるも露呈。厳しい尋問にも自白することなく耐え、最期は頭を打ちつけて自害。

蜀　姜維《きょうい》(伯約《はくやく》)　206～264年
元は魏将、諸葛亮にその才を買われ蜀軍に加わる。北伐を引き継ぐが果たせず、蜀滅亡の後、鍾会を取り込み復興の策とするも敗死。

呉　喬玄《きょうげん》(公祖《こうそ》)　109～184年
橋玄とも。大喬・小喬の父。後漢の政治家で九卿・三公を歴任。曹操が家を訪れた際、その才能を褒め称えた。

魏　姜叙《きょうじょ》　不明
楊阜の従兄。馬超に殺された上官の敵討ちのために楊阜に協力、馬超を追い出す。

後漢　喬瑁《きょうぼう》(元偉《げんい》)　?～191年
『正史』では橋瑁。諸侯とともに反董卓連合軍に参加。のち劉岱に兵糧を要求され断った結果殺された。

後漢　許劭《きょしょう》(子将《ししょう》)　150～195年
曹操を「治世の能臣、乱世の奸雄」と評価した人物。

魏　許褚《きょちょ》(仲康《ちゅうこう》)　不明
元は農民。典韋との一騎討ちを見た曹操が気に入り部下に引き入れた。忠実に曹操に仕え、後には馬超と壮絶な一騎討ちを行う。

群雄　許攸《きょゆう》(子遠《しえん》)　?～204年
袁紹の幕僚。官渡の戦いで曹操軍の兵糧が少ないことを見抜き、進軍を主張するが認められず曹操に寝返る。不遜な態度から許褚に殺された。

群雄　紀霊《きれい》　?～199年
袁術配下。重さ50斤もある三尖刀の遣い手で、関羽と一騎討ちして引き分けた武勇の士。最期は張飛との一騎討ちで敗死。

群雄　金旋《きんせん》(元機《げんき》)　?～208年
荊州南部の太守。張飛軍を迎え撃とうと出陣するも、張飛の武威に圧倒され、矢を浴びて戦死。

く

呉　虞翻《ぐほん》(仲翔《ちゅうしょう》)　164～233年
王朗の配下だったが、王朗が孫策に敗れるとその配下となり、名医・華佗を紹介した。赤壁の戦いで同盟を求めに来た諸葛亮に論破される。

け

群雄　邢道栄《けいどうえい》　?～208年
零陵に侵攻して来る劉備軍の張飛・趙雲に敗北。太守・劉賢を説得するといって釈放されるが、裏切りを見抜かれ殺される。

蜀　厳顔《げんがん》　不明
老齢の勇将。敗れてなお堂々振る舞う態度に感嘆した張飛に厚遇され、蜀に降る。黄忠との老将コンビで武勲を挙げる。

後漢　献帝《けんてい》【劉協《りゅうきょう》(伯和《はくわ》)】　181～234年
董卓に立てられた後漢最後の皇帝。董卓死後は曹操に支配され、暗殺を謀るも失敗。

後に曹丕に禅譲を迫られ退位した。

群雄 **厳白虎**《げんはくこ》 ?～196年
「東呉の徳王」を自称。弟が孫策に斬殺されたため、敵討ちを挑むが敗れる。

こ

蜀 **呉懿**《ごい》**（子遠**《しえん》**）** ?～237年
劉焉とともに入蜀し、その子・劉璋の家臣となる。劉備の入蜀後は劉備に従い、北伐にも従軍。妹は劉備に嫁いだ穆皇后。

魏 **苟安**《こうあん》 不明
酒に酔い北伐の兵站を滞らせ、その懲罰を恨んで魏に寝返る。司馬懿の計で偽の噂を流し、第4次北伐を邪魔した。

呉 **黄蓋**《こうがい》**（公覆**《こうふく》**）** 不明
古参の呉将。赤壁の戦いでは反目を演じて周瑜に棒打ちにされ、それを理由に曹操に降伏するふりをして船に火を放ち、呉の勝利に貢献。

蜀 **黄権**《こうけん》**（公衡**《こうこう》**）** ?～240年
蜀の武将。劉璋配下の頃は劉備に対し徹底抗戦を貫いたが、平定後は降伏して右将軍に。夷陵での大敗の後、魏に降伏した。

蜀 **黄皓**《こうこう》 ?～263年
劉禅の寵愛を受けた宦官。蜀滅亡の元凶とされる。蜀の降伏後、賄賂を使って生き延びるも、のちに司馬昭によって五体をバラバラにされた。

魏 **孔秀**《こうしゅう》 ?～200年
関羽千里行の折、最初の関所・東嶺関を守っており、通行手形を持たない関羽をとがめて一刀のもと斬り捨てられる。

群雄 **高順**《こうじゅん》 ?～198年
呂布の家臣。清廉潔白な人柄で、呂布を戒めることもあった。曹操に敗れ、呂布とともに処刑となる。

群雄 **侯成**《こうせい》 不明
呂布の配下。曹操をあと一歩まで追い詰めるが典韋に敗北。禁酒中の呂布に善意から酒を勧めるが罰せられ、赤兎馬を盗んで曹操に寝返る。

群雄 **黄祖**《こうそ》 ?～208年
劉表の配下。呉との戦いで黄蓋に捕らえられ、孫堅の遺体と交換された。配下の甘寧を冷遇したため、呉に投降した甘寧に殺された。

群雄 **公孫淵**《こうそんえん》 ?～238年
辺境の地で独立を目指し、燕王を名乗る。しかし司馬懿の軍に討ち取られ、一族郎党処刑となり滅亡した。

魏 **公孫康**《こうそんこう》 不明
公孫度の子。幽州の太守。曹操が攻めてくるのを恐れ、袁熙・袁尚兄弟を殺し、首を献上する。

群雄 **公孫瓚**《こうそんさん》**（伯圭**《はくけい》**）** ?～199年
北平太守。反董卓連合軍に参加した際は劉備・関羽・張飛を袁紹に紹介した。のちに袁紹と争うも、配下の不満を買って軍が崩壊、自害する。

魏 **公孫度**《こうそんど》**（升済**《しょうさい》**）** ?～204年
武威将軍。遼東太守・公孫康の父で、公孫淵の祖父。曹操から武威将軍に任じられる。

群雄 **孔伷**《こうちゅう》**（公緒**《こうちょ》**）** 不明
董卓に登用されて豫州刺史に任じられるも、のちに董卓討伐のため挙兵。反董卓連合軍を率いて洛陽を攻めた。

蜀 **黄忠**《こうちゅう》**（漢升**《かんしょう》**）** 148～222年
蜀漢五虎大将のひとり。老将ながら関羽と互角の強さで弓を得意とし、漢中攻略では夏侯淵を討ち取った。夷陵の戦いで負傷し死去。

蜀 **黄夫人**《こうふじん》 不明
諸葛亮の妻。兵書に通じており、木牛・流馬などの発明品は黄夫人のアイデアという説もある。

後漢 **皇甫嵩**《こうほすう》**（義真**《ぎしん》**）** ?～195年
張角の弟・張宝らを撃破し、黄巾党討伐軍の司令官として活躍。董卓死後は車騎将軍として、後漢の復権に務める。

後漢 **孔融**《こうゆう》**（文挙**《ぶんきょ》**）** 153～208年
孔子の子孫。反董卓連合軍のひとり。出仕すると、ご意見番としてことあるごとに曹操に苦言を呈し、劉備攻めを批判。曹操によって刑死とされる。

群雄 **高覧**《こうらん》 ?～201年
袁紹の配下。官渡の戦いで張郃とともに曹操軍本陣に攻め込むが大敗、降伏。のち汝南攻めで趙雲に斬られる。

呉 **呉国太**《ごこくたい》 不明
孫堅の正妻・呉夫人の妹。呉夫人の死後、孫権は呉国太を国母として敬った。劉備に嫁いだ孫夫人の母でもある。

群雄 **兀突骨**《ごつとつこつ》 ?～225年
烏戈国の王。身長が3m弱もある大男という設定。敗走してきた孟獲を受け入れたが、諸葛亮の火攻めにより敗死した。

呉 **顧雍**《こよう》**（元歎**《げんたん》**）** 168～243年
呉の2代目丞相。赤壁の戦いの際、張昭らと同じく降伏派であり、曹操に降伏するよう周瑜に説いた。

さ

魏 **蔡琰**《さいえん》**（文姫**《ぶんき》**）** 不明
女流詩人。匈奴にさらわれ、単于の一族に嫁ぎ子供をもうけるなど、波瀾万丈な生涯をおくった。

群雄 **蔡夫人**《さいふじん》 ?～263年
荊州を治めた劉表の側室で、蔡瑁の姉。子・劉琮を後継ぎとするため、劉備暗殺を企む。劉琮が曹操に降伏すると暗殺された。

群雄 **蔡瑁**《さいぼう》**（徳珪**《とくけい》**）** 不明
姉の蔡夫人とともに劉備暗殺を計画するが失敗に終わる。その後曹操に降伏するも、周瑜の策略により刑死となる。

その他 **左慈**《さじ》**（元放**《げんほう》**）** 不明
曹操の元に現れた謎の道士。奇怪な妖術を操り曹操を挑発し、病の床に至らしめた。

し

魏 **司馬懿**《しばい》**（仲達**《ちゅうたつ》**）** 179～251年
曹操から曹芳まで仕え、蜀の北伐から魏を守った。のちに曹爽との権力争いに勝利し権力を握ったことで司馬一族の専横が始まる。

魏 **司馬炎**《しばえん》**（安世**《あんせい》**）** 236～290年
父・司馬昭から晋王をつぐ。さらに父の死後すぐ曹奐に禅譲を迫って皇位を簒奪。その後は呉を征服し天下統一を成し遂げる。

その他 **司馬徽**《しばき》**（徳操**《とくそう》**）** 173～208年
「水鏡先生」と呼ばれた人物評の名人。劉備に「臥龍（諸葛亮）か鳳雛（龐統）のいずれかを得れば天下をとれる」と助言した。

魏 **司馬師《しばし》（子元《しげん》）** 208～255年

司馬懿の長男。司馬懿の死後、曹芳を廃して新しい皇帝を立てた。しかし戦の最中、目の傷が悪化し眼球が飛び出して死亡する。

魏 **司馬昭《しばしょう》（子尚《ししょう》）** 211～265年

兄である司馬師の死後、兄が立てた皇帝、曹髦を殺害するなど権力を振るう。蜀の制圧を終えると晋王を名乗るも、病で死去。

魏 **司馬孚《しばふ》（叔達）** 180～272年

司馬懿の弟。曹髦が司馬昭の部下に殺害された時、「自分の責任だ」と遺体を抱きしめて号泣した。

魏 **司馬望《しばぼう》（子初《ししょ》）** 205～271年

父は司馬孚であり、司馬懿の甥にあたる。大将軍として姜維の侵攻に対処。晋建国後は義陽王に封じられる。

蜀 **周倉《しゅうそう》** ?～219年

元は黄巾族だったが関羽に心酔し、配下に加わり側近へと昇りつめる。関羽が処刑されると後を追って殉死した。

呉 **周泰《しゅうたい》（幼平《ようへい》）** 不明

孫策、孫権に仕えた。孫権の守る城が襲われた際は体中に12カ所の傷を負いながら救うなどたびたび孫権を守った。

呉 **周魴《しゅうほう》（子魚《しぎょ》）** 不明

呉国の将軍。石亭の戦いでは魏の曹休に対して偽りの降伏文書を送り、油断した敵を一気に撃退した。

呉 **周瑜《しゅうゆ》（公瑾《こうきん》）** 175～210年

孫策の義兄弟で江東制圧に尽力した。孫策死後は孫権を支え赤壁でも活躍。しかし演義では孔明を引き立てるため損な役割に。

呉 **朱桓《しゅかん》（休穆《きゅうぼく》）** 177～239年

孫権に仕え、濡須口での魏の曹仁との戦いなどで活躍した。陸遜とともに石亭の戦いで曹休を破った。

群雄 **祝融夫人《しゅくゆうふじん》** 不明

孟獲の妻であり、南蛮の軍勢を束ねる女傑。その出で立ちは4mもの槍を持ち、赤毛の馬にまたがるという派手なもの。

後漢 **朱儁《しゅしゅん》（公偉《こうい》）** ?～195年

皇甫嵩とともに黄巾党征伐に貢献。張宝と張梁を退けた。董卓死後、李傕らの専横で朝廷が乱れたことを嘆き憤死する。

呉 **朱然《しゅぜん》（義封《ぎほう》）** 182～249年

孫権の配下で、呂蒙に従い荊州を奪い、関羽を捕らえる。夷陵の戦いで劉備を追撃している途中、趙雲に殺される。

魏 **荀彧《じゅんいく》（文若《ぶんじゃく》）** 163～212年

魏の軍師。献帝の奉戴など要所で重要な進言をする。晩年は魏公につこうとした曹操を諫めて疎んじられ、自害した。

魏 **荀攸《じゅんゆう》（公達《こうたつ》）** 157～214年

魏の軍師で荀彧の甥。呂布討伐や官渡の戦いに助言し勝利へ導いた。曹操の魏公就任を諫めて不興を買い憂慮から発病、死亡する。

蜀 **蒋琬《しょうえん》（公琰《こうえん》）** ?～246年

蜀の政治家。諸葛亮の死後、後継として丞相大将軍を引き継ぐ。

魏 **鍾会《しょうかい》（士季《しき》）** 225～264年

優秀な将だったがライバルの鄧艾に成都制圧の先を越されたため、蜀の乗っ取りを企む。鄧艾を罠にかけるも企みがばれて斬首。

魏 **蒋幹《しょうかん》（子翼《しよく》）** 不明

赤壁の戦い直前、曹操から周瑜引き抜きを命じられ単身で呉軍に乗り込むも、周瑜から逆に利用されて魏軍敗北の一因をつくる。

呉 **小喬《しょうきょう》** 不明

周瑜の妻。赤壁の戦い直前、「曹操が狙う二喬を差し出せば戦いは回避できる」と孔明に煽られた周瑜は開戦を決意する。

呉 **蒋欽《しょうきん》（公奕《こうえき》）** ?～219年

孫権に仕える前は海賊の親分だった。赤壁の戦いでは海軍を率いて参戦。関羽を捕縛した荊州攻めでも呂蒙の元で活躍。

後漢 **少帝《しょうてい》【劉弁《りゅうべん》】** 170～189年

霊帝死後、伯父の何進に推され帝位に就くも董卓によって廃された。在位は半年にも満たず、その後は幽閉され殺害された。

呉 **諸葛恪《しょかつかく》（元遜《げんそん》）** 203～253年

諸葛瑾の息子。大将軍の位を継ぎ功績を上げるが、城攻めの失敗やその後の対応のまずさで人望を失い、政敵によって暗殺される。

呉 **諸葛瑾《しょかつきん》（子瑜《しゆ》）** 174～241年

孔明の実兄。蜀との交渉役となるも荊州問題では孔明や関羽に体よく追い払われた。しかし孫権の信頼は厚かった。

蜀 **諸葛瞻《しょかつせん》（思遠《しえん》）** 227～263年

諸葛亮が溺愛した息子。蜀に侵攻する魏軍を父親譲りの軍略で一度は退けるも、衆寡敵せず、最期は蜀と運命をともにした。

魏 **諸葛誕《しょかつたん》（公休《こうきゅう》）** ?～258年

権力を握る司馬昭に対して叛旗を翻したが、籠城戦の末に戦死。その際に彼の兵、数百名が殉死し、司馬昭を驚かせた。

蜀 **諸葛亮《しょかつりょう》（孔明《こうめい》）** 181～234年

劉備に天下三分の計を献策した三国随一の軍師。蜀建国後は丞相を務める。五丈原の戦いでは最期の時まで司馬懿を翻弄した。

魏 **徐晃《じょこう》（公明《こうめい》）** 169～228年

魏の五将軍のひとり。樊城の戦いでは親交のあった関羽とも私情を挟まず戦う。最期は寝返った孟達を討とうとして逆に射殺される。

蜀 **徐庶《じょしょ》（元直《げんちょく》）** 不明

変名は単福。劉備に仕え曹仁を破るが、許都にいる母のため曹操軍に降る。劉備に諸葛亮を推挙した。龐統の連環の計を見抜き転属。

呉 **徐盛《じょせい》（文嚮《ぶんきょう》）** 不明

古くから孫権に仕える将。曹丕が呉の制圧に赴いた際には、一晩で100里にも及ぶ偽城と人形の兵を用意して曹丕軍を驚かせた。

魏 **秦琪《しんき》** ?～200年

夏侯惇の配下。関羽の千里行を邪魔する6番手として登場し、薙刀一閃で斬られる。

群雄 **審配《しんぱい》（正南《せいなん》）** ?～204年

袁家2代に仕えた軍師で曹操との開戦を進言した。曹操に敗れ降伏を拒み、処刑される。

魏 **甄夫人《しんふじん》** 182～221年

元・袁熙の妻。冀州で曹操軍に捕まり曹丕の妻となる。曹叡の母。病床の曹丕に呪いをかけたと濡れ衣を着せられ死を命ぜられる。

そ

魏 **曹叡《そうえい》（元仲《げんちゅう》）** 205～239年

曹丕と甄夫人の子。2代魏帝。当初は親政

を行うが、難敵・諸葛亮が死去すると大規模な宮殿造営を行うなど、国力を傾けた。

魏 **曹奐《そうかん》（景明《けいめい》）** 246～302年
曹操の孫で、魏の最後の皇帝。司馬氏の傀儡であり、司馬炎に禅譲した。

魏 **曹休《そうきゅう》（文烈《ぶんれつ》）** ?～228年
曹操の甥で曹丕とともに育てられた。曹叡の補佐役。周魴の策にはまり大敗、嘆きのあまり背中に悪性の腫れものができて死亡。

群雄 **宋憲《そうけん》** ?～200年
呂布の配下。下邳城の戦いの際、呂布を裏切り捕縛する。のち、魏将として白馬の戦いで顔良に斬られる。

魏 **曹洪《そうこう》（子廉《しれん》）** ?～232年
曹操の従弟である古参武将。曹操が董卓軍の猛攻を受けた際や、馬超に大敗した際、奮闘し窮地を救っている。

魏 **曹彰《そうしょう》（子文《しぶん》）** ?～223年
曹操の四男。同母兄に曹丕がいる。豪傑として知られ、烏丸討伐戦で活躍。素手で猛獣と格闘したという逸話も。

魏 **曹植《そうしょく》（子建《しけん》）** 192～232年
曹操の三男。詩才にあふれ曹操に気に入られていたため後継者争いになる。曹丕によって死罪に処されるが、名詩をつくり回避。

魏 **曹真《そうしん》（子丹《したん》）** ?～231年
曹操の甥。大将軍だが諸葛亮に連敗。病床で諸葛亮から届いた挑発的な手紙を読んで憤死する。

魏 **曹仁《そうじん》（子孝《しこう》）** 168～223年
曹操の従弟で旗揚げより従軍した歴戦の武将。不覚をとることも多いが、樊城の戦いでは関羽の水攻めを辛抱強く守り抜いた。

後漢 **曹嵩《そうすう》（巨高《きょこう》）** ?～193年
曹操の父。夏侯氏の出身とされる。陶謙の配下に殺害されたことが、曹操による徐州虐殺のきっかけとなる。

魏 **曹爽《そうそう》（昭伯《しょうはく》）** ?～249年
曹真の長子で曹芳の補佐役。司馬懿を閑職につかせ実権を握る。その後、司馬懿のクーデターに遭い、三族もろとも処刑された。

魏 **曹操《そうそう》（孟徳《もうとく》）** 155～220年
魏王。魏の礎を築き劉備、孫権と覇を競った「乱世の奸雄」。献帝を奉戴するなど権謀術数をめぐらせるも天下統一には至らなかった。

我々は風紀委員だ
風紀委員長
曹操

魏 **曹丕《そうひ》（子桓《しかん》）** 187～226年
魏の初代皇帝となった曹操の長子。献帝より禅譲を受け文帝となる。呉に侵攻するが失敗。40歳で病死した。

魏 **曹芳《そうほう》（蘭卿《らんけい》）** 231～274年
魏皇帝2代・曹叡が早逝したため、3代として急遽即位。ただしその出自は謎に包まれている。司馬一族排除を目論むも、逆に廃位に追い込まれる。

魏 **曹髦《そうぼう》（彦士《げんし》）** 241～260年
魏の4代皇帝。専横を続ける司馬一族に対して挙兵するも、最後は刺殺されてしまう。

群雄 **沮授《そじゅ》** ?～200年
袁紹の参謀。献策を何度も却下されたが袁紹への忠誠を貫き、曹操軍の捕虜になるも袁紹の元に戻ろうとして処刑された。

呉 **祖茂《そも》（大栄《だいえい》）** ?～191年
孫堅の配下。華雄が夜襲をかけて来たとき、孫堅の頭巾と自らの兜を交換し、身代わりになった。

呉 **孫和《そんか》（子孝《しこう》）** 224～253?年
孫権の第2皇子。不仲の姉・孫魯班の讒言で孫権に疎まれ、恨みを抱きながら没する。

呉 **孫桓《そんかん》（叔武《しゅくぶ》）** 不明
呉皇帝孫家の皇族のひとり。夷陵の戦いで陸遜とともに戦い、劉備軍を破った。

呉 **孫休《そんきゅう》（子烈《しれつ》）** 235～264年
呉の3代皇帝。孫権の第6皇子。増長した孫綝を処刑して政権を取り戻す。善政を敷いて名君と仰がれたが、30歳の若さで病死した。

蜀 **孫乾《そんけん》（公祐《こうゆう》）** ?～214年
劉備が徐州にいた頃から仕えた古参の参謀。交渉力に優れ、外交官として活躍。曹操に捕えられた関羽との連絡係などを務めた。

呉 **孫堅《そんけん》（文台《ぶんだい》）** 155～191年?
呉帝、孫権の父。黄巾党鎮圧戦、反董卓連合軍で活躍するが、拾った伝国の玉璽をネコババしたことで袁紹と対立し殺された。

呉 **孫権《そんけん》（仲謀《ちゅうぼう》）** 182～252年
兄・孫策の急死で跡を譲られる。若年ながら、長年曹操や劉備と渡り合った。二国に遅れて皇帝を名乗る。

どうする
周瑜…

呉 **孫皓《そんこう》（元宗《げんそう》）** 242～283年
孫権の孫。呉の4代目皇帝であり最後の呉帝。即位後から暴君となり、国を混乱に陥れた。呉へ侵攻してきた晋にあっけなく降伏する。

呉 **孫策《そんさく》（伯符《はくふ》）** 175～200年
孫堅の長男。父の死後、袁術に兵馬を借りて親友の周瑜とともに江東を制圧する。しかし斬り殺した于吉の呪いを受けて死亡。

呉 **孫峻《そんしゅん》（子遠《しえん》）** 219～256年
孫堅の弟・孫静の曾孫。孫亮の教育係・諸葛恪を謀殺し、権力を奪う。丞相として暴政を行った。

呉 **孫綝《そんちん》（子通《しつう》）** 231～258年
孫静の曾孫で孫峻の従弟。孫峻の死後、丞相となって権力を濫用し、孫亮を廃位。次の皇帝に立てた孫休に疎まれて誅殺された。

呉 **孫夫人《そんふじん》** ?～222年
孫権の妹。劉備と政略結婚し、ともに呉を脱出する。しかし孫権の偽手紙で呉に戻らされた。夷陵の戦いで劉備が負けると自殺。

呉 **孫亮《そんりょう》（子明《しめい》）** 243～260年
呉の2代皇帝。孫権の子。10歳で孫権を継いで帝位につく。専横を極める孫綝の排除に失敗し、誅殺された。

呉 **大喬《だいきょう》** 不明
孫策の妻であり、妹の小喬とともに呉の二喬と呼ばれた。赤壁の際、曹操が二喬を娶って銅雀台に住ませたい、と歌をよんだ。

呉 **太史慈《たいしじ》（子義《しぎ》）** 166～209年
元々は劉繇の食客。この時、孫策に一騎打ちを挑んでいる。このことから孫策に気に入られ孫家に仕えた。合肥の戦いで死亡。

群雄 **張允**《ちょういん》 ?～208年

劉表の家臣で、その死後、主君・劉琮や蔡瑁とともに曹操に従う。赤壁の戦い直前、周瑜の謀略によって曹操の怒りを買い、刑死となる。

蜀 **趙雲**《ちょううん》**(子竜**《しりゅう》**)** 158～228年

蜀の五虎大将軍のひとり。長坂の戦いにて赤子だった劉禅を救い、単騎で敵中突破した。晩年は諸葛亮の右腕として北伐に尽力。

群雄 **張衛**《ちょうえい》 ?～215年

張魯の弟。曹操が漢中攻略を行うと、曹操への徹底抗戦を主張。許褚との一騎打ちに挑むも、敗れて討死する。

呉 **張温**《ちょうおん》**(恵恕**《けいじょ》**)** 不明

呉の参謀。劉備の使者として来た諸葛亮に論戦を挑もうとして黄蓋に制止された。

その他 **張角**《ちょうかく》 ?～184年

太平道教祖。風雨を呼ぶ妖術を身につけ、「太平道人」と名乗った。黄巾の乱を起こして後漢王朝を脅かすも、乱の最中に病没する。

蜀 **張嶷**《ちょうぎょく》**(伯岐**《はくき》**)** ?～256年

南中で祝融に一騎討ちを挑むも敗れ、捕えられる。北伐では王平とともに魏軍を攪乱し、姜維の救出に成功するが、殺される。

呉 **張紘**《ちょうこう》**(子綱**《しこう》**)** 153～212年

「江東の二張」のひとり。孫策死後、曹操が呉への侵攻を企むも、使者に赴いていた張紘が侵攻をやめるよう曹操を説得し呉を守った。

魏 **張郃**《ちょうこう》**(儁乂**《しゅんがい》**)** ?～231年

官渡の戦いで袁紹に見切りをつけて曹操に主君替えした。武勇に優れるが、北伐にて司馬懿の忠告に従わずに魏延を深追いして討死。

魏 **趙昂**《ちょうこう》 不明

姜叙の部下。馬超が侵攻してきた際、妻・王氏から激励され、一族を殺されながらも馬超を撃退する。

呉 **趙咨**《ちょうし》**(徳度**《とくど》**)** 不明

劉備が呉に攻め込んで来た際、魏への降伏の使者となる。曹丕から孫権の君主の資質を問われ、的確に賞賛して曹丕を感心させた。

群雄 **張繡**《ちょうしゅう》 ?～207年

董卓に仕えたのち曹操に降る。叔父・張済の未亡人の鄒氏を曹操に奪われ挙兵し、曹操を撃退。頃合いを見て再び曹操に帰順した。

魏 **張春華**《ちょうしゅんか》 189～247年

司馬懿の正妻。司馬師、司馬昭らの生母。聡明で気の強い烈女だった。『演義』では登場しない。

群雄 **張松**《ちょうしょう》**(永年**《えいねん》**)** ?～212年

劉璋の参謀。劉備を新たな蜀の国主に迎えようと計画し、劉璋に露見して処刑された。

呉 **張昭**《ちょうしょう》**(子布**《しふ》**)** 156～236年

「江東の二張」のひとり。孫権に対しては小言が多く対立もしたが、孫権を呉帝につけるなど忠義を尽くした。

群雄 **張任**《ちょうじん》 ?～213年

劉璋の忠臣。龐統の策から劉璋を守り、落鳳坡にて伏兵を率いて龐統を討ち取った。

後漢 **貂蟬**《ちょうせん》 不明

司徒・王允の養女。歌舞に優れた絶世の美女。「連環の計」で董卓と呂布を対立させた。

蜀 **張達**《ちょうたつ》 不明

張飛の部下。張飛の無理な命令に反発して、同僚の范彊とともに張飛を殺害した。

後漢 **張超**《ちょうちょう》 ?～195年

張邈の弟で、ともに反董卓連合軍に参加。董卓の死後は呂布の配下となる。

群雄 **張邈**《ちょうばく》**(孟卓**《もうたく》**)** ?～195年

反董卓連合軍に参加。曹操と戦うが敗れ、袁術のもとに落ち延びた。

群雄 **趙範**《ちょうはん》**(公儀**《こうぎ》**)** ?～212年

桂陽太守。同姓の趙雲に自分の兄嫁との婚礼を勧め、怒った趙雲に痛めつけられる。趙雲の寝首をかこうとし、逆に捕らえられ降伏。

蜀 **張飛**《ちょうひ》**(翼徳**《よくとく》**)** 167～228年

劉備・関羽の義兄弟。長坂の戦い、益州攻略戦などで武功を上げた五虎将軍のひとり。粗暴な性格が災いして部下に暗殺される。

その他 **張宝**《ちょうほう》 ?～184年

張角の次弟で黄巾の乱の首謀者のひとり。地公将軍と名乗る。妖術で人馬の幻影を呼び出した。劉備に追われ部下に殺される。

蜀 **張苞**《ちょうほう》 ?～229年

張飛の息子。義兄弟である関羽の息子・関興とともに夷陵の戦いで奮戦。北伐で敵を追撃中、谷に落下した傷がもとで世を去る。

後漢 **張楊**《ちょうよう》**(稚叔**《ちしゅく》**)** ?～199年

董卓死後、洛陽に帰還した献帝に対し食料や衣服を献上し、大司馬に任命される。

蜀 **張翼**《ちょうよく》**(伯恭**《はくきょう》**)** ?～264年

劉璋ののち劉備に仕え夷陵の戦い・南中征圧にも参戦。諸葛亮・姜維とともに北伐を続け、鍾会のクーデターの際に殺される。

その他 **張梁**《ちょうりょう》 ?～184年

張角の弟で黄巾の乱の首謀者のひとり。人公将軍と名乗る。張角病死後も戦い続けたが、皇甫嵩に敗れて討死した。

魏 **張遼**《ちょうりょう》**(文遠**《ぶんえん》**)** 169～224年

呂布ののち曹操に仕える。袁家滅亡戦や合肥の戦いで大活躍。退却する曹丕を護衛中、丁奉の矢が命中、この矢傷がもとで死去。

群雄 **張魯**《ちょうろ》**(公祺**《こうき》**)** 不明

五斗米道指導者で漢中太守。信者は5斗の米を寄進した。馬超・龐徳を利用して漢中を防衛するも、曹操に降伏した。

群雄 **陳宮**《ちんきゅう》**(公台**《こうだい》**)** ?～198年

曹操に仕えるも、曹操が呂伯奢一家を皆殺ししたことに失望して呂布の参謀となる。最終的に呂布を破った曹操に処刑された。

魏 **陳矯**《ちんきょう》 不明

曹仁の参謀として荊州南部を守り、呉の周瑜に毒矢を浴びせる。その後、趙雲に捕まり城を追われる。

後漢 **陳珪**《ちんけい》 不明

陳登の父。呂布を説得して袁術との同盟を阻止した。

て

蜀 **陳式《ちんしょく》** ?～230年
蜀の武将。北伐にて諸葛亮の命令を無視して魏軍を追撃し、大敗。諸葛亮に処刑された。

魏 **陳泰《ちんたい》(玄伯《げんはく》)** ?～260年
魏の参謀・陳羣の息子。戦況の判断力に優れ、姜維の北伐軍を何度も退却させた。

後漢 **陳登《ちんとう》(元龍《げんりゅう》)** 不明
陳珪の息子。徐州役人として陶謙と劉備に仕える。呂布が劉備から下邳城を奪うと、呂布陣営に潜入して討伐を導いた。

呉 **陳武《ちんぶ》(子烈《しれつ》)** ?～215年
孫策の江東平定戦で武名を轟かせた猛将。黄色い顔と赤い瞳という珍しい容貌を持つ。濡須口で龐徳に斬られた。

魏 **程昱《ていいく》(仲徳《ちゅうとく》)** 141～220年
53歳で曹操に仕官。囮を用いて伏兵の中に誘い込む「十面埋伏」の計で袁紹を破った。赤壁の戦いでは曹操を何度も諫める。

後漢 **丁原《ていげん》(建陽《けんよう》)** ?～189年
荊州の地方行政官。呂布の養父。武芸に優れるが、董卓に名馬・赤兎を贈られて寝返った呂布に殺害された。

後漢 **禰衡《でいこう》(正平《しょうへい》)** 173～199年
才気煥発な毒舌家で、曹操の家臣を酷評する。曹操に疎まれて劉表の元へ、劉表にも持て余されて黄祖の元へ、のち処刑された。

呉 **程普《ていふ》(徳謀《とくぼう》)** 不明
孫家3代に仕え、赤壁の戦いでは若年の周瑜に反抗しつつも最終的には協力し、曹操軍を追い払う功績を上げた。

と

魏 **丁夫人《ていふじん》** 不明
曹操の正室だったが子は授からず。曹操が魏王になると離縁させられ、卞夫人が正妻となる。

呉 **丁奉《ていほう》(承淵《しょうえん》)** ?～271年
孫皓まで仕えた武将。逃げる孫夫人と劉備を捕らえることに失敗。しかしその後、張遼を射殺するなどの活躍を見せる。

魏 **典韋《てんい》** ?～197年
曹操の護衛を務めた武将。「悪来」と呼ばれた。張繍の謀反に遭遇した曹操を逃がすために奮戦し、立ったまま壮絶な最期を遂げた。

群雄 **田豊《でんほう》(元皓《げんこう》)** ?～200年
袁紹の参謀。諫言が多いため袁紹に疎まれ、官渡の戦いでは策を却下のうえ投獄された。敗北した袁紹に処刑される前に自害する。

蜀 **董允《とういん》(休昭《きゅうしょう》)** ?～246年
蜀末期の参謀。諸葛亮に信頼され北伐中留守を任された。魏延が反乱を起こした際は帰順を勧める使者となった。

魏 **鄧艾《とうがい》(士載《しさい》)** 197～264年
谷を転がり落ちて蜀を攻め、成都を制圧した勇将。しかしその功績を憎んだ鍾会の罠にかかり捕縛され、その後暗殺される。

後漢 **陶謙《とうけん》(恭祖《きょうそ》)** 132～194年
徐州刺史。領内で部下が曹操の父・曹嵩を殺害したため曹操に攻められる。曹操を退けたのち、客将だった劉備に後事を託して病没。

蜀 **鄧芝《とうし》(伯苗《はくびょう》)** ?～251年
蜀末期の参謀。夷陵の戦い後、呉への使者となり、優れた弁舌で関係修復を果たした。北伐では趙雲の参謀を務める。

呉 **董襲《とうしゅう》(元代《げんだい》)** ?～215年
呉郡の厳白虎を討って孫策に重用される。孫権配下でも赤壁の戦いで火を放つなど活躍したが、濡須口の戦いで船が転覆、溺死した。

魏 **董昭《とうしょう》(公仁《こうじん》)** 156～236年
袁紹ののち曹操に使え、許昌遷都を進言。樊城攻撃中の関羽に、呉の襲来をわざと流した。菜食主義者で長寿を全うする。

後漢 **董承《とうしょう》** ?～200年
献帝の舅。献帝から曹操暗殺の密勅を賜り、計画を進めるも発覚。曹操に一族もろとも処刑される。後に亡霊となって曹操を苦しめる。

後漢 **董太后《とうたいこう》** ?～189年
霊帝の生母。献帝の祖母で育ての親。何進・何皇后兄妹と対立し、何進に毒殺された。

群雄 **董卓《とうたく》(仲穎《ちゅうえい》)** ?～192年
霊帝死後の混乱を利用し、献帝を擁立、暴政を行う。反董卓連合軍に長安遷都で対抗するが、貂蟬の連環の計にかかった呂布に殺された。

魏 **鄧忠《とうちゅう》** ?～264年
父・鄧艾とともに蜀討伐戦で活躍。洛陽への帰路、鍾会の反乱による混乱の最中、親子とも殺された。

魏 **杜預《どよ》(元凱《げんかい》)** 222～284年
羊祜の遺言に従い大都督として呉を攻め滅ぼし、三国時代を終わらせた。慎重論を退けた言葉「破竹の勢い」がことわざとなる。

な

その他 **南華老仙《なんかろうせん》** 不明
道教始祖・荘子が転生した姿を名乗る仙人。張角に『太平要術』の書を授け、世直しを命じた。

は

蜀 **馬謖《ばしょく》(幼常《ようじょう》)** 190～228年
蜀の軍師、馬良の弟。司馬懿を失脚させる智謀を見せるも街亭の戦いで忠告を聞かず大敗、責任を重く見た諸葛亮に処刑される。

蜀 **馬岱《ばたい》** 不明
馬超とともに劉備軍に加わる。南中征伐や北伐で活躍。諸葛亮の死に際に密命を受け、反乱を起こした魏延を討ち取った。

蜀 **馬超《ばちょう》(孟起《もうき》)** 176～226年
蜀の五虎大将のひとり。父の敵・曹操を討とうとするも敗れ、劉備の軍門に加わる。許褚や張飛との一騎討ちを五分にした猛将。

群雄 **馬騰《ばとう》(寿成《じゅせい》)** ?～212年
馬超の父。献帝の曹操暗殺の密命に参加するも露見。のち朝廷に出仕した際、再び曹操暗殺を企てるが失敗、処刑される。

蜀 **馬良《ばりょう》(季常《きじょう》)** 187～225年
蜀の政治家で馬謖の兄。眉毛が白く優秀なことから「白眉」の故事の語源となる。荊州で関羽を支え、夷陵の戦いにも従軍。

蜀 **范彊《はんきょう》** 不明
張飛の部下。関羽の死後、暴力に絶えかねて張飛を殺害。その首をもって呉へと逃亡したが、蜀に戻され処刑される。

群雄 **潘鳳《はんぽう》** ?～191年
冀州刺史・韓馥の配下。董卓軍の華雄と戦うが討ち取られる。

ひ

蜀 **費禕《ひい》(文偉《ぶんい》)** ?～253年
蜀の政治家。諸葛亮の相談役、蔣琬と共に

劉禅を支えた。

蜀 **糜竺《びじく》(子仲《しちゅう》)** ?~221?年
蜀の文官。劉備の妻・糜夫人の兄で、劉備に長い間仕える。諸葛亮らとともに劉備に皇帝になることを進言した。

蜀 **糜芳《びほう》(子方《しほう》)** ?~222年
長く劉備配下にいたが、関羽から叱責されたことをきっかけに呉と通じ、関羽捕縛の原因をつくった。劉備に許されず処刑される。

ふ

後漢 **伏完《ふくかん》** ?~214年
献帝の妻である伏皇后の父。伏皇后とともに曹操排除を企てるが、書状が露見して処刑された。

後漢 **伏皇后《ふくこうごう》** ?~214年
献帝の皇后。父の伏完に宛てた曹操排除の書状が見つかり処刑。一族が連座した。

魏 **文欽《ぶんきん》(仲若《ちゅうじゃく》)** ?~258年
司馬一族の専横が許せず、反旗の挙兵をするも敗走。その後、諸葛誕のクーデターに協力するも、諸葛誕と対立し殺害される。

群雄 **文醜《ぶんしゅう》** ?~200年
袁紹軍の武将。官渡の戦いで顔良の敵を討とうと関羽に挑み返り討ちにされる。

魏 **文聘《ぶんぺい》(仲業《ちゅうぎょう》)** 不明
元劉表配下。曹操に降った際「荊州を守れなかった」と泣いたため曹操に忠臣と認められた。呉攻略に失敗した曹丕を守った。

へ

魏 **卞喜《べんき》** ?~200年
黄巾党の出身。関羽千里行の際、「流星鎚」という武器で関羽に挑むも、一刀のもと斬り殺される。

魏 **卞氏《べんし》** 160~230年
曹操の妻で曹丕・曹彰らの実母。歌妓の出で最初は側室として迎えられ、丁夫人の離縁後に正室となる。倹約家だったという。

ほ

群雄 **鮑信《ほうしん》** 152~192年
反董卓連合軍に所属。弟・鮑忠とともに華雄に挑むが大敗。その後、曹操とともに行った黄巾党の残党討伐で戦死。

蜀 **法正《ほうせい》(孝直《こうちょく》)** 176~220年
劉璋配下であったが劉備に蜀をとるよう進言、成都入り後は蜀郡の太守になる。定軍山の戦いでは黄忠、厳顔を補佐した。

群雄 **鮑忠《ほうちゅう》** ?~190年
反董卓連合軍に属する兄・鮑信の命令で汜水関を攻撃するが、華雄に敗れる。

蜀 **龐統《ほうとう》(士元《しげん》)** 178~213年
「鳳雛」と呼ばれた軍師。赤壁の戦いで曹操に連環の計を仕掛けた。成都攻略戦で劉備の馬を借りていたため本人と間違われ、矢の雨を浴び、絶命。

魏 **龐徳《ほうとく》(令明《れいめい》)** ?~219年
元は馬超の腹心だったが曹操に降る。于禁とともに樊城への援軍に出て武功を挙げるも水攻めに遭い、降伏を拒み斬首となった。

群雄 **木鹿大王《ぼくろくだいおう》** ?~225年
八納洞の首領で猛獣を操る。孟獲の援軍に駆けつけるも、諸葛亮の秘密兵器・木獣の前に戦死。

ま

魏 **満寵《まんちょう》(伯寧《はくねい》)** ?~242年
曹仁とともに樊城を守り、水攻めされた際には曹仁を励まし城を守りきった。その後は合肥の防衛など、呉との前線に立ち続けた。

も

魏 **毛玠《もうかい》(孝先《こうせん》)** 不明
エリート官吏で実直な人柄。赤壁の戦いでは蔡瑁に代わり水軍を担当。諸葛亮が出した無人の船に10万本の矢を射かける。

群雄 **孟獲《もうかく》** 不明
南方民族のリーダー。蜀の背後を脅かし諸葛亮と戦う。7度敗れその都度生け捕りにされたが釈放され、最後は心服した。

蜀 **孟達《もうたつ》(子慶《しけい》)** ?~228年
元劉璋配下で、劉備を益州に迎える。関羽を見殺しにした処罰を恐れ魏に降伏。第1次北伐時、再び蜀に寝返ろうとして討たれる。

よ

蜀 **楊儀《ようぎ》(威公《いこう》)** ?~235年
蜀の軍師。諸葛亮の死後、司馬懿の追撃から蜀軍を無傷で生還させた。が、その後人事の不服を口にして官位剥奪、自害する。

魏 **羊祜《ようこ》(叔子《しゅくし》)** 221~278年
魏から晋に仕えた将。呉との国境線を任された際は、敵将の陸抗と親しく交流を深めたが、油断はせず任地を守った。

魏 **楊脩《ようしゅう》(徳祖《とくそ》)** 175~219年
秀才だが、それを鼻にかけ曹操に嫌われる。曹操の「鶏肋」発言を、漢中からの撤退と判断。軍律を乱したとして処刑される。

群雄 **楊松《ようしょう》** 不明
張魯の配下。金品に目がない性格を諸葛亮に利用され、讒言で張魯と馬超の仲を裂く。曹操も彼を買収し漢中を獲得、のち殺される。

後漢 **楊彪《ようひょう》(文先《ぶんせん》)** 142~225年
後漢の官僚。献帝に忠誠を誓い李傕と郭汜を争わせ、献帝とともに曹操を頼る。

魏 **楊阜《ようふ》(義山《ぎざん》)** 不明
曹操配下の韋康に従う。韋康が馬超に降伏しそうになった時は彼を諫め、韋康が殺された後は敵討ちに尽力する。

群雄 **楊奉《ようほう》** ?~197年
李傕・郭汜が争うと、部下・徐晃の進言を聞き、献帝を連れて洛陽から逃走。徐晃が曹操に降ると、袁術のもとへ落ち延びた。

ら

蜀 **雷銅《らいどう》** ?~218年
元劉璋配下。成都攻略戦で劉備に降る。漢中争奪戦で張飛とともに先陣を務め、張郃に勝利。その追撃中、張郃の伏兵に殺される。

り

蜀 **李恢《りかい》(徳昂《とくこう》)** ?~231年
元劉璋の配下。劉備が蜀を奪うと配下になる。馬超を劉備軍に引き入れるため説得した。

群雄 **李傕《りかく》** ?~198年
董卓配下。董卓死後は郭汜とともに献帝を奉じて悪政を敷く。のち郭汜と対立した際献帝に逃げられる。最期は山賊に落ちぶれる。

呉 **陸抗《りくこう》(幼節《ようせつ》)** 226~274年
陸遜の息子であり、武将として孫皓に仕えた。晋との国境で晋将の羊祜と対峙するが、その際は敵同士ながら親交を結んだ。

呉 **陸遜《りくそん》(伯言《はくげん》)** 183~245年
呉の名将。呂蒙の後任として登場する。夷陵の戦いでは劉備の隙をついて大打撃を与えた。石亭の戦いでは曹休を破る。

蜀 **李厳《りげん》(正方《せいほう》)** ?~234年
元劉璋配下、のち劉備に降る。北伐の際、食料輸送の怠りをごまかそうと呉入寇準備の虚報を流したのが露見、庶民に落とされ自害。

群雄　**李儒《りじゅ》**　?～192年

董卓の参謀。少帝の廃位・殺害、長安遷都を進言。王允・貂蝉の連環の計を見破るも聞き入れられず、董卓誅殺後に斬首された。

魏　**李典《りてん》(曼成《まんせい》)**　174～209年

魏の武将。反董卓連合軍の義兵募集に応じて曹操に仕える。合肥の戦いでは張遼、楽進と共闘し少ない兵で呉軍を撃退した。

群雄　**李豊《りほう》**　?～197年

袁術の配下。袁術が曹操の侵攻を恐れ、寿春の地を捨てた時、寿春を守り続けた。曹操軍に敗死。

群雄　**劉焉《りゅうえん》(君郎《くんろう》)**　?～194年

幽州太守で劉璋の父。漢の魯の恭王の子孫でもある。黄巾の乱にて義勇兵募集を行い、劉備と出会った。劉備を義理の甥とする。

群雄　**劉琦《りゅうき》**　?～209年

劉表の長男。蔡瑁が弟・劉琮を跡継ぎにさせるため自分を殺そうしていることを知り、江夏へ逃亡。劉備を後見人とする。のち病死。

群雄　**劉賢《りゅうけん》**　不明

劉度の子。邢道栄とともに劉備に挑むが敗北。諸葛亮に説得され、父に降伏を勧めた。

群雄　**劉璋《りゅうしょう》(季玉《きぎょく》)**　?～219年

劉焉の子。益州牧。張魯に対抗しようと劉備を招き入れ、のちに対立。益州を明け渡すことになるも、許され荊州に移住した。

蜀　**劉禅《りゅうぜん》(公嗣《こうし》)**　207～271年

劉備の子で、幼名・阿斗。蜀の2代目皇帝となるが、蜀を治めきれないまま、魏に攻め込まれ降伏。洛陽で穏やかな余生を過ごした。

群雄　**劉琮《りゅうそう》**　不明

劉表の子で劉琦の弟。蔡瑁によって劉表の跡を継ぐ。その後曹操に降伏するが邪険にされ、于禁に暗殺される。

後漢　**劉岱《りゅうたい》(公山《こうざん》)**　?～192年

兗州刺史。劉繇の兄。反董卓連合軍に参加。

群雄　**劉度《りゅうど》**　不明

零陵太守。子・劉賢と邢道栄を劉備軍に挑ませるが敗北。のち、劉備に降伏。

蜀　**劉備《りゅうび》(玄徳《げんとく》)**　161～223年

三国時代の英雄のひとり。劉邦の血筋や人望で仲間を集め、農民の出自ながら蜀を建国する。後漢の復興を成しとげられず病死。

群雄　**劉表《りゅうひょう》(景升《けいしょう》)**　142～208年

荊州の刺史。袁術と組んだ孫堅を敗死させる。その後、曹操に追われる劉備をかくまった。後継者を決める前に病死。

蜀　**劉封《りゅうほう》**　?～220年

蜀の武将で劉備の養子。孟達にそそのかされ危機に陥った関羽に救援を送らず見殺しにし、後日打ち首にされる。

魏　**劉曄《りゅうよう》(子陽《しよう》)**　不明

後漢初代皇帝の末裔ながら曹家三代に仕えた軍師。郭嘉の推挙で曹操配下になり長期に渡って活躍した。

群雄　**劉繇《りゅうよう》(正礼《せいれい》)**　154～195年

揚州刺史。太史慈を配下に迎えるが使いこなせず、孫策に敗北。劉表の元へ落ち延びた。

蜀　**廖化《りょうか》(元倹《げんけん》)**　?～264年

元黄巾党の残党、関羽千里行の際、劉備に従軍、蜀滅亡まで仕えた武将。関羽とともに麦城で取り囲まれた際は援軍を求め脱出する。

呉　**凌操《りょうそう》**　?～203年

凌統の父。孫策・孫権に仕え、黄祖討伐に参加。当時黄祖配下だった甘寧に射殺される。

呉　**凌統《りょうとう》(公績《こうせき》)**　189～237年?

呉の若き武将。父・凌操が甘寧に殺されたことを長年恨み続けていたが、濡須口の戦いで甘寧に命を救われ、その後は和解した。

魏　**呂曠《りょこう》**　?～207年

袁尚の配下だったが、裏切り曹操に帰順。袁尚軍の武将を曹操軍に引き入れた。新野の戦いで趙雲に斬られる。

魏　**呂翔《りょしょう》**　?～207年

呂曠の兄または弟で、常に行動をともにする。呂曠と曹操軍に帰順。新野の戦いで張飛に斬られる。

その他　**呂伯奢《りょはくしゃ》**　?～189年

董卓暗殺に失敗し、指名手配中の曹操をかくまうが、疑心暗鬼になった曹操に殺される。これを見た陳宮は呂布軍に投降する。

呉　**呂範《りょはん》(子衡《しこう》)**　?～228年

元袁術配下で、孫策の旗揚げに従った。劉備と孫夫人の婚儀を勧めた参謀。曹休が攻めて来た際に迎撃、破った。

れ

群雄　**呂布《りょふ》(奉先《ほうせん》)**　?～198年

三国志最強とも呼ばれる猛将だが義父である丁原、董卓を殺害する、劉備から徐州を奪うなど裏切りを繰り返す。曹操に敗れ処刑された。

呉　**呂蒙《りょもう》(子明《しめい》)**　178～219年

魯粛の後任として荊州との前線に立つ。関羽戦では関羽を油断させ捕らえる功績を立てる。しかしその後、関羽の呪いにより病死。

後漢　**霊帝《れいてい》(劉宏《りゅうこう》)**　156～189年

第12代、後漢皇帝。彼が政治を顧みず、宦官に権力を与えたため、党錮の禁や黄巾の乱など国の混乱を招いた。

ろ

その他　**婁圭《ろうけい》**　不明

夢梅居士と呼ばれる隠者。馬超軍を責める曹操に、骨組みに水をかけ凍らせ、氷で城を築くようアドバイスした。

呉　**魯粛《ろしゅく》(子敬《しけい》)**　172～217年

孫権に仕えた参謀。赤壁の戦いでは孔明と周瑜の間に挟まれ右往左往する様が目立つが、切れ者の軍師である。

後漢　**盧植《ろしょく》(子幹《しかん》)**　?～192年

劉備とともに黄巾党討伐に出たが宦官への賄賂を無視したことで解任。その後董卓に殺されかけるも周囲の取りなしで救われた。

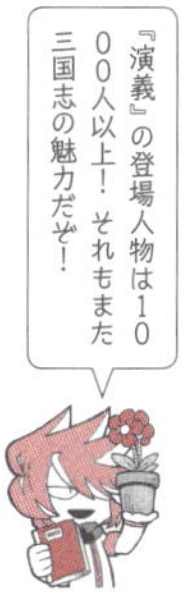
『演義』の登場人物は1000人以上！ それもまた三国志の魅力だぞ！

監修

岡本伸也（おかもと しんや／好きな武将：姜維・劉備）

兵庫県神戸市出身。KOBE鉄人三国志ギャラリー館長。三国志グッズ専門店「英傑群像」代表。三国志歴30年以上で、書籍・映画・TV番組・イベントなどの企画・監修・協力を行う。執筆・協力書籍に『ビジュアル三国志3000人』（世界文化社）、ほか多数。地元神戸では、KOBE鉄人PROJECTメンバーとして「三国志祭」「三国志電車」「アニマル三国志」などのプロデュースを行う。

マンガ

明加（はるか／好きな武将：魏延・李儒）

東京都出身。三国志をこよなく愛するマンガ家・イラストレーター。著書に『あらすじとイラストでわかる新撰組』（イースト・プレス）、など。

企画・編集制作 かみゆ歴史編集部

中村蒐（好きな武将：馬岱）
小関裕香子（好きな武将：陸遜）
町田裕香（好きな武将：馬超）
滝沢弘康（好きな武将：荀彧）

「歴史はエンタテインメント！」をモットーに、雑誌・ウェブから専門書までの編集制作を手がける歴史コンテンツメーカー。最近の編集制作物に『さかのぼり現代史』（朝日新聞出版）、『歴史を学べばニュースのウラが見えてくる世界史×日本史』（廣済堂出版）、『マンガ面白いほどよくわかる！ ギリシャ神話』（西東社）など。

参考文献

- 『三国志演義』羅貫中、立間祥介訳（徳間文庫）
- 『正史 三国志』陳寿・裴松之（ちくま学芸文庫）
- 『三國志人物事典』渡辺精一（講談社）
- 『三国志人物辞典』小出文彦監修（新紀元社）
- 『三国志軍事ガイド』篠田耕一（新紀元社）
- 『図解雑学 三国志』渡邉義浩（ナツメ社）
- 『一冊でわかる イラストでわかる 図解 三国志』渡辺精一監修（成美堂出版）
- 『歴史群像シリーズ17・18 三国志』上・下巻（学研）
- 『グラフィック版三国志 現代に生かす人間学の宝庫』（世界文化社）
- 『イラスト図解 三国志』土岐秋子著、塩沢裕仁監修（日東書院本社）
- 『三国志と乱世の詩人』林田愼之助（講談社）

画像協力

- 国立国会図書館
- 都立中央図書館特別文庫室
- 人文学オープンデータ共同利用センター（http://codh.rois.ac.jp/）

カバー・本文デザイン
酒井由加里（Q.design）

校正
関根志野

執筆
蒼井しゅら（好きな武将：張飛）
稲泉知（好きな武将：関羽）
小黒貴之（好きな武将：夏侯惇）
野中直美（好きな武将：諸葛瑾）

イラスト
ニシザカライト
ヨシシ

マンガで教養《きょうよう》
やさしい三《さん》国《ごく》志《し》

監　修　岡本伸也
編　著　朝日新聞出版
発行者　片桐圭子
発行所　朝日新聞出版
〒104-8011　東京都中央区築地5-3-2
（お問い合わせ）infojitsuyo@asahi.com
印刷所　株式会社DNP出版プロダクツ

ISBN　978-4-02-333285-0

定価はカバーに表示してあります。
落丁・乱丁の場合は弊社業務部（電話03-5540-7800）へご連絡ください。
送料弊社負担にてお取り替えいたします。